Dream! ownYourStory!

나만의 이야기로 꿈을 그리다

프롤로그

글쓰기는 미래의 리더에게 필수적인 기술로, 자신을 표현하고 세상에 영향을 미칠 수 있는 중요한 도구이다. 글을 쓰는 과정은 정교한 도구를 든 장인의 손길과 같아, 많은 연습과 노력이 필요하다.

글쓰기 교육은 세 가지 핵심 단계로 구성된다.

첫 번째는 인풋 단계로, 듣고 읽으며 지식을 습득하는 과정이다. 두 번째는 소화하는 단계로, 비판적 사고를 통해 배운 것을 자기 것으로 만드는 과정이고, 마지막으로 아웃풋 단계는 자신 생각을 말하고 쓰며 논리적으로 표현하는 과정이다.

그중에서 글쓰기는 가장 힘들고 어려운 작업이다. 그래서 하버드대학교에서는 글쓰기 교육을 통해 비판적 사고와 논리적 표현 능력을 키우는데 많은 시간을 투자한다고 한다. 자기 생각을 명확하게 글로 표현할 수 있는 능력은 리더의 중요한 자질이기 때문이다.

국제 청소년 동화 쓰기 대회는 청소년들에게 글쓰기 성공 경험을 선물한다. 청소년 작가로 그들은 자신감을 얻고 또 다른 도전을 할 수 있을 것이다. 이 대회는 단순한 글쓰기를 넘어서 세상을 더욱 아름답게 변화시킬 수 있는 의미 있는 이야기를 창작하는 과정이다. 청소년들은 12가지 품성을 주제로 글을 쓰면서 선한 가치를 추구하게 된다.

『나만의 이야기로 꿈을 그리다』가 많은 사람에게 전해지길 바라고, 작가를 꿈꾸는 학생들에게 작은 희망이 되기를 바란다. 이들이 제2의 한강 작가, 더 나아가 세계적인 작가로 성장하길 소망한다.

사단법인 희망도서관 이창준 대표

사단법인 희망도서관에서 주최하는 '국제 청소년 동화쓰기 대회'는 올해로 3회째를 맞았다. '꿈꿀 수 없는 환경에 있는 이들에게 책 쓰기로 서로의 꿈을 연결하기'라는 취지가 전 세계에 공유되고 독서 운동의 밑거름이 되고 있다. 서로 다른 나라의 학생들이 글이라는 매체를 통해 문화적인 교류를 하며 함께 성장할 수 있다고 하니 가슴이 뛴다. 글을 창작하기 위해 아이디어를 짜고, 글을 만들고 다듬는 모습을 상상만 해도 흐뭇하다.

책 쓰기 성장의 비전을 주기 위해 애쓰시는 김차순 위원장님과 희망도서관 대표 이창준 대표님 외 임원들께 깊이 감사한다. 청소년의 바른 인성은 개인뿐 아니라 사회, 그 민족을 살린다. 글은 마음을 순화시킨다. 글을 쓰는 사람은 타인을 위한 배려의 마음이 저절로 형성된다. '나'

라는 주체뿐 아니라 타인을 위한 글을 써야 하기 때문이다. 질풍노도의 시기, 인생의 골든 타임에 글로써 삶의 방향을 찾아 나가는 지혜로운 사람이 되기를 기대한다.

1, 2회 대회 수상작을 엮어 『오늘 나도 청소년 작가다!』를 출판하였는데 이번 3회 대회 수상작은 『나만의 이야기로 꿈을 그리다』라는 제목으로 출판하게 되었다. 아무쪼록 대회를 통해 세상에 나온 청소년 작가 여러분, 책과 품성으로 꿈을 선물하는 곳, 희망도서관에서 마음껏 꿈을 펼치는 청소년이 되길 바란다.

이번 작품의 심사를 하면서 글에 몰입하면서 읽었다. 가슴을 울리는 글을 발견하면서 기뻤고, 무엇보다 창의적 발상에 놀랐다. 무한대의 영감을 가진 청소년들의 글을 읽는다는 것은 행복한 일이었다. 단단한 생각의 깊이를 느끼면서 희망적인 미래를 봤다. 끝이 없이 반복되는 글쓰기 과정을 통해 '뫼비우스의 띠'처럼 지속적이고 반복적인 순환적인 삶이 되길 응원한다.

상상나래출판사 남궁기순 대표

차 례

1장

열정

꿈을 이끌어가는 동력

열정은 기쁨으로 최선을 다해 기대 이상의 일을 해낸다. 누군가 커피를 마시고 싶다면 커피에 쿠키까지 하나 더 줄 수 있는 배려가 사람들을 감동시킨다. 이렇듯 한 걸음 더 나아가는 자세가 바로 열정이다. 열정적인 사람은 꿈을 가지고 탁월한 가치를 추구한다. 열정적으로 살아가는 사람은 모든 일에 솔선수범하며, 다른 사람을 돕고 자기 일에 성실하기 때문에 새로운 통찰력이 생긴다.

 가위바위보

유승민
입상, 부일중학교

여기는 다양한 바다 생물이 살고 있는 땅끝마을이에요. 곧 마을에서 열릴 가위바위보 대회에 마을이 떠들썩했어요. 왜냐하면 이번 대회의 상품이 엄청나다는 소문이 돌았거든요. 이 마을에 사는 꽃게 둥둥이도 그 상품을 가지고 싶어 했어요. 하지만 꽃게인 둥둥이는 가위 밖에 내지 못했어요. 그런 사실에 둥둥이는 슬퍼했지요. 그래도 둥둥이는 포기하지 않았어요. 자신의 꿈을 꼭 이루고 싶었거든요. 그래서 둥둥이는 마을 여기저기 도움을 구하러 돌아다니기 시작했어요. 대부분의 물고기는 둥둥이를 비웃었죠.

"꽃게가 어떻게 가위바위보 대회에 나가?"

"정말 바보 같은 생각이야."

하지만 둥둥이는 상심하지 않았어요. 그렇게 도움을 구하다 한 물고기의 말을 듣게 되었죠.

"꽃게가 가위바위보 대회에 나간다고? 이번에도 상품은 문어가 가져갈 텐데?"

이 말을 들은 둥둥이는 문어에 대한 이야기를 찾아다녔어요. 문어는 다리가 8개라서 가위, 바위, 보를 전부 낼 수 있는데다가 매우 똑똑해서 지금까지 열린 가위바위보 대회 우승자는 전부 문어라는 이야기를 들을 수 있었지요. 그렇게 둥둥이는 문어 아저씨를 찾아갔어요. 지난 대회 우승자인 문어 아저씨에게 조언을 구하러 간 것이었죠. 둥둥이는 문어 아저씨에게 자신이 처한 상황을 털어놓았어요.

"문어 아저씨 제가 가위바위보 대회에 나갈 수 있는 방법이 없을까요?"

문어 아저씨는 열정이 넘치는 둥둥이가 마음에 들었어요. 그래서 둥둥이를 도와주기로 마음 먹었죠.

"일단 바위와 보를 내는 방법부터 찾아봐야겠구나."

계속해서 고민하던 둥둥이와 문어아저씨는 번뜩이는 아이디어 하나를 생각했어요. 바로 바위와 보 표지판을 만드는 것이었죠.

"이렇게 하면 저도 바위와 보를 낼 수 있어요!"

둥둥이가 신나서 소리쳤어요. 이제 가위바위보를 할 수 있게 된 둥둥이는 문어 아저씨와 수련을 시작했어요.

"가위바위보를 잘하려면 상대와의 심리전이 중요하단다."

문어아저씨가 말했어요. 그래서 둥둥이는 상대의 행동을 예측할 수 있도록 밤낮없이 노력했어요. 하루 종일 문어 아저씨와 가위바위보를 했죠. 하지만 마냥 순탄한 건 아니었어요. 계속해서 가위바위보를 하는 건 매우 지루하고 힘든 일이었거든요. 그럴 때마다 문어 아저씨가 둥둥이를 격려해 주었어요.

"둥둥아. 네가 이루고 싶은 꿈이 있다면 그 꿈을 위해서 최선을 다해 노력하렴. 그래야지 그 꿈을 이뤘을 때 더욱 기쁘고, 만약 그 꿈을 이루지 못한다 해도 후회가 없지 않겠니?"

그 말을 듣고 둥둥이는 힘을 내서 계속 연습할 수 있었어요. 중간에 포기하고 싶은 순간이 올 때면 계속 문어 아저씨의 말이 떠올랐거든요. 그리고 며칠 뒤 기다리고 기다리던 가위바위보 대회가 열렸어요. 둥둥이는 떨리는 마음을 진정시키고 가위바위보 대회 경기장에 도착했어요. 경기장은 굉장히 으리으리해 보였어요. 그렇게 둥둥이가 경기장에 들어서자 웅성웅성 물고기들이 떠들었어요.

"꽃게가 가위바위보 대회에 나온다고?"

"참말로! 꽃게가 어떻게 가위바위보를 해?"

이런 말들이 들려와도 둥둥이는 자신의 목표에만 집중하기로 했어요. 둥둥이는 크게 한번 심호흡을 했어요. 그리고 경기가 시작되었죠. 그렇게 둥둥이의 처음 대결 상대로 아주 다리가 긴 문어가 나왔어요. 문어는 둥둥이를 보고는 코웃음을 쳤죠.

"뭐야? 꽃게잖아? 아주 쉽게 이기겠구먼~."

"가위… 바위… 보!"

다리가 긴 문어는 바위를, 둥둥이는 준비해온 보 표지판을 내밀었어요.

"뭐야! 내가 꽃게한테 지다니! 말도 안 돼!"

다리가 긴 문어는 화를 내며 경기장을 뛰쳐나갔어요. 둥둥이는 자신을 무시하던 대회 참가자들을 하나씩이겨 나가기 시작했어요.

'가위바위보!' '가위바위보!' 둥둥이는 계속해서 경기에서 이기며 결승전까지 올라갔어요. 물고기들의 눈빛이 의심에서 기대로 바뀌는 순간이었죠! 경기장 안은 정말 조용했어요. 묘한 긴장감이 맴돌았죠. 그 정적을 깨고 둥둥이의 결승전 상대인 점박이 문어가 둥둥이를 보고 말했어요.

"어떻게 네가 결승전까지 올라왔지? 정말 이상한 일이군. 하지만 이번 대회의 우승자는 나다!"

이 말을 듣고 둥둥이는 대답했어요.

"그건 모르는 일이지! 난 아주 많이 노력했다고!"

그리곤,

"가위…… 바위…… 보!!"

둥둥이는 가위를 냈고 점박이 문어는 보를 냈어요. 둥둥이가 심리전을 이긴 것이지요.

"이번 가위바위보 대회의 우승자는 꽃게 둥둥이입니다!!"

둥둥이는 가슴이 벅차올랐어요.

"와아아아아아아!!"

물고기들의 함성 소리도 들리지 않을 만큼요. 둥둥이의 머릿속에 문어 아저씨가 했던 말이 떠올랐어요. "역시 열심히 노력하길 잘했어!"

그렇게 둥둥이는 가위바위보 대회의 첫 꽃게 우승자가 되었어요. 그렇게 경기가 끝나자 둥둥이에게 문어 아저씨가 다가왔어요. 문어 아저씨는 둥둥이는 꽉 껴안았죠.

"난 네가 해낼 줄 알았다! 하하하!"

둥둥이는 문어 아저씨의 웃음소리에 뿌듯했어요. 가위바위보 대회의 상품뿐만 아니라 자신의 꿈을 위해 열정을 가지고 열심히 노력한 값진 경험까지 얻어 둥둥이는 날아갈듯이 기뻤답니다.

열정을 품은 피아니스트와 화가 이야기

김소율

입상, 대구월배초등학교

6년 전, 여섯 살의 나이에 피아노 콩쿠르를 보러 갔을 때, 노래하는 새들의 노래도, 신비롭고 광활한 우주도 연주할 수 있을 것 같은 피아노의 매력에 반해 그 날을 기점으로 피아노 학원도 등록하고 집에 돌아와서까지도 피아노를 치며 '피아니스트'를 꿈꿨다. 그 덕분에 피아노 실력은 나날이 성장해갔고 피아노 학원에서도 실력이 뛰어난 아이라며 인정을 받았다. 반짝이는 트로피에 새겨진 이름 '빈세양'을 보고 미소 짓던 그때까지는 피아노를 시작한 것이 내 인생 최고의 선택이라고 생각했다. 그로부터 내가 12살이 되던 해, '유아인', 그 애가 우리 피아노학원에 들어왔다. 분명히 그 애도 내가 들어왔을 때처럼 아직 피아노에 미숙한 애라고 생각했지만 유아인은 피아노에 엄청난 재능을 가지고 있었다. 내가 밤낮 안 가리고 미친 듯이 연습한 것과 쉬엄쉬엄 연습한 유아인의 실력이 비등비등할 정도였다.

"아인아, 넌 꿈이 뭐야?"

"나? 피아니스트!"

"…피아니스트?"

"왜 나랑 같아?"

"응?, 뭐라고?"

"…아무것도 아니야."

아니길 바랐지만 내 꿈과 같았다. 유아인의 대답하는 말 사이사이에서 노력해도 재능은 이길 수 없다고 하는 날 비웃는 실소가 흘러나오는 듯 했다. 잔물결처럼 흔들리는 마음을 다잡고자 몇 번이나 스스로를 타일렀지만 그날은 하루 종일 집중이 안 되었고 오히려 본 실력도 안 나온 채 손이 꼬였다. 그날, 집에 와서 베개에 머리를 파묻고 처음으로 단순히 피아노를 좋아하는 마음으로 가능한 것인지 아주 깊게 생각했다.

'피아니스트는 유아인에게 더 어울리는 자리이지 않을까. 모차르트도 재능이 뒷받침 해줬으니까. 노력해도 재능은 못 이긴다는데 사실이었구나.'

꼬리에 꼬리를 문 생각들이 뭉게뭉게 떠다니며 올라가 같은 꿈 아래 다른 유아인과 자신의 실력을 더 대비되게 만들었다.

"그만두는 게 낫겠지."

지금까지 피아노를 쳐온 내 손을 바라보며 왠지 모를 슬픔에 어느새 눈가에 굵은 눈물이 떨어지지 못한 채 맺혔다. 피아노를 끊고 난 후의 난 다시 시작할 의지도, 열정도 식어버렸다. 지금의 세양의 상태를 표현하자면 살아있다면 살아있는 것이지만 죽었다면 죽은 것이나 다름없는 폐인이었다. 비유하자면 배터리가 다 닳은 장난감이 된 셈이다.

"딩동~."

초인종 소리가 울리자 문이 열리는 소리와 함께 공손하게 인사하는 누군가의 목소리가 들렸다.

"세양아, 아인이가 너 본다고 찾아왔는데 밖에 나와서 얘기라도 하지 그래?"

"세양아, 나야 유아인."

'유아인? 걔가 왜 내 집에…'

나는 떨어지지 않는 발걸음을 겨우 떼어 방문 앞에 웅크려 고통스러운 듯 말했다.

"제발 그냥 돌아가."

"그래도 너 지금 피아노 학원도 몇 달째 안 나오고 있잖아, 얼굴 보는 것도 안 되는 거야, 세양아? 걱정돼서 그래."

"걱정 안 해도 돼. 곧 피아노 학원도 그만 둘 거야."

"어? 그만둔다니? 그럼 네 꿈은?"

"내 꿈에 참견하지 마. 내가 알아서 할 거야."

"…말이 안 통하네. 어쩔 수 없지."

곧 유아인은 작게 한숨을 내쉬더니 내 방 문에 몸을 기대어 말을 걸었다.

"예전에 내 꿈에 대해 물어본 적 있었잖아. 사실 피아니스트 따윈 되고 싶진 않아. 부모님이 억지로 정한거야. 솔직히 재능이 있어도 난 음악은 안 할 거야. 하고 싶은 일이 있거든."

"하고 싶은… 일?, 아인이 이미 피아니스트 꿈 있는 거 아니었어? 다른 뭔가 있는 거야?"

"그림 그리는 거. 어떤 위기가 닥친대도 그림만큼은 포기하고 싶지 않아. 아니, 포기 안 해."

"…하고 싶은 일이 있어서 좋겠네. 넌."

"응?"

"난 하고 싶은 일 같은 거 없어. 피아노 끊고 난 뒤로 아무 것도, 딱히 뭘 하고 싶다는 의욕이 안 생기거든."

"피아노 치는 거 많이 좋아해?"

그 한마디만 했을 뿐인데 내 눈동자가 흔들렸다.

"예전엔 좋아했지. 지금은 아니지만."

"가끔은 좋아하는 일에 무모하게 매달리는 것도 난 나쁘지 않다고 생각해."

"무모하게 매달렸다가 어떤 수모를 당하면?"

"예상에 불과한 수모로 네가 좋아하는 일을 포기할 수는 없잖아?"

"난 그렇게 강한 사람이 아닌걸."

"아니, 넌 충분히 강한 사람이야. 마음껏 열정을 쏟아 부었고 진심을 다했잖아. 빈세양, 넌 네 꿈에 다시 도전할 자격이 있어. 그러니 그렇게 기죽어 있지 마."

아인이의 말에 마음이 혼란스러워졌다. 내가 정말 다시 내 꿈에 도전해도 되는 걸까. 포기하지 않아도 되는 걸까. 만약 정말로 그래도 된다면, 다시 나아가고 싶다. 달칵-

"어라, 세양아?"

"…고마워."

"다시 시작할 수 있게 해줘서 고마워…!"

마음을 다잡고 문에 기대고 있던 아인을 꼭 안았다. 안아줌과 동시에 꾹꾹 참고 누른 눈물들이 지금까지 쌓아왔던 마음의 짐들과 함께 흘러내렸다.

"나… 잘 할 수 있겠지?"

"당연하지. 응원할게."

"나도… 나도 네 꿈 응원할게."

내 앞의 어두운 미래가 두려워도 아인의 말대로 내가 좋아하는 일 앞에
서 주춤하고 싶진 않았다. 서로의 밝은 미래에 맑고 청아한 피아노의 선율
이 그림처럼 퍼져나간 열정의 씨앗이 싹트는 순간이었다.

 도전하는 용기

이윤주
입상, 서울잠현초등학교

"전교회장 선거 지원하실 분들은 미리 말해 주세요. 추천도 받을게요."

그말이 끝나자마자,

"반장 너 이번에도 전교회장 선거 나갈거지?"

라며 소희가 어이없다는 듯 나를 빤히 쳐다보았다. 그렇다. 나는 매번 반회장은 물론 전교부회장 회장 모두 해 본 최초 학생이다.

내가 이렇게 임원에 집착하는 건 엄마, 아빠 모두 임원을 해왔기 때문이다. 어린이 임원을 해야 하는 건 어쩌면 피할 수 없는 숙명 같은 것이었다. 그렇다고 막 세상이 힘들다거나 그런 느낌을 받지는 않는다. 오히려 난 내 일을 즐겼다. 간식과 웃김으로 아이들을 사로잡기만 하면 되기 때문에 별 스트레스를 받지는 않았다. 하지만 그건 5학년 때까지의 일이다.

5학년 겨울방학 즈음 메로나를 먹으며 텔레비전을 보고 있는데 동생이 내 얼굴을 보며 배꼽 빠지게 웃었다. 텔레비전을 보고 웃으면 모르겠는데 내 얼굴을 보고 웃다니! 한창 외모에 신경을 많이 쓸 때라 그런지 짜증을 내며 화장실로 달려가 보았다. 세상이 무너지는 것만 같았다. 내 얼굴에 대왕

여드름이 나를 반기고 있었다. 완전 징그럽게 생긴 그건 아무리 긁어도 아무런 타격이 없었다.

그때 소희가 '여드름에는 물감이 좋지'라고 했던 말이 떠올랐다. 그때는 '말 같지 않는 소리'라고 생각했는데 막상 여드름을 보고 나니 물감이 떠올랐다. 그래서 최대한 내 피부와 잘 맞는 물감색으로 가려보았다. 그 이후로 지금까지 그러고 다녔다. 얼마 전에 친구가 내 얼굴에 물을 붓는 바람에 내 물감에 감춘 여드름이 훤히 드러났지만. 심지어 살까지 쪄서 예전의 멋지고 이쁜 반장이 아니라 못생긴 반장이 되어버렸다. 그걸 뻔히 아는 소희는 지금 나에게 전교회장을 할거냐고 물어보는거고, 나는 애써 외면을 하려했지만 이미 소희가 손을 들어버렸다.

나는 곧바로,

"야 뭐하는 짓이야?!"

이러면서 막아보려 했지만 소희는 재빠르게 나를 추천해버렸다. 왠지 모르게 화가 나고 억울했다. 나는 뒤도 안 돌아보고 항상 가던 음악실로 뛰어갔다. 음악실애 가는 이유는 딱히 없지만 약간 내 마음을 알아주는 느낌이랄까?

그리고 거기에는 나같은 친구가 한 명 더 있다. 처음 그 애를 발견한 건 선생님의 심부름을 하면서였다. 음악실에 처음 가본 때라 어색한 분위기였지만, 그곳이 너무 아늑해서 나는 '조금만'이란 생각과 함께 잠시 자버렸다. 깨어났을 땐 점심시간이었다. 10분 정도 지났던 거다. 나는 긴 하품을 하곤 음악실을 나가려 했는데 한 아이의 목소리가 들렸다.

"시끄러워."

딱 4글자뿐이었지만 어쩐지 좋았다. 그 이후로 슬프거나 화가날 때 음악실에서 주절주절 떠들었었던 거 같다. 나 혼자 말하는 거라는 말이 더 적합했지만 그 애는 몇 번씩 공감해 주고 그게 나한텐 정말 행복한 시간이었다. 그래서 나는 매번 '내 이야기 들어줘서 고마워'이렇게 이야기를 끝내곤 했다.

"오늘은 왜 그렇게 화가 나 있어?"

그 애의 첫마디였다. 거의 처음으로 말을 건 거라 나는 당황해하며 또 다시 주저리주저리 말을 했다. 말하고 나니 한결 마음이 후련해졌다. 하지만 그애는 곧바로

"그럼 해봐. 전교회장. 해봐서 손해 볼 건 없잖아. 안 그래?"

내 편이라고 생각한 아이의 말이 내 가슴을 콕콕 찔렀지만, 초등학교 마지막 학년에 마지막 도전이란 생각이 들었다. 영어학원이 끝나고 나는 서점에 들렀다. 전교회장과 관련된 책을 찾아보려고 간거긴 한데 막상 찾으려니 손이 계속 떨렸다. 마침 엄마께 부재중 전화가 떠 있었고, 나는 바로 집을 향해 갔다. 도착했을 땐 왠일인지 엄마가 평소보다 일찍 와 있으셨다. 엄마의 얼굴은 함박미소로 번져 있었다.

"너 전교회장선거 나갈거라며?"

벌써 소문이 퍼진 분위기였다. 큰 마음을 먹고 전교회장 선거에 나가기로 결심을 했지만 학교를 가자마자 전교회장이 되려고 노력하는 아이들을 보니 위축이 되었다. 그래선지 학교는 어수선했다. 여러 후보자가 마이쮸나 캔디 사탕 등을 주며 아이들을 유혹했다. 그중에서도 작년에 전학 왔던 유라는 그 누구보다도 더 열심히 선거운동을 했다. 물론 선거운동을 하면

안된다고 하지만 선생님들도 가끔 눈 감아 주셨다. 드디어 선거 당일이 되었다. 친구들의 도움으로 전교회장 선거에 나갔다. 나도 열심히 준비한다고 했지만 긴장됐다. 음악실에 있는 친구도 응원의 말을 해주었다. 선거 결과는 아쉽게도 탈락이었다. 친구들보다 준비가 미흡했던 것 같았다. 하지만 최선을 다했기에 후회는 없었다. 등 떠밀려 도전한 전교회장 선거였지만, 내게 주어진 일에 최선을 다하는 방법을 배운 소중한 시간이었다.

2장

책임감

원하는 것을 이루어 내는 경영자 마인드

책임감은 다른 사람들이 나에게 기대하는 바를 알고 그것을 행하는 것이다. 경영자는 자신의 성과를 책임지는 사람이다(피터 드러커). 자신의 인생에서도 최종적인 인생 결정권자는 바로 자신이다. 우리는 어렸을 때부터 자기 주도적으로 무엇을 결정하기보다 다른 사람과 비교되면서 타인의 의지에 따라 살아왔다. 짧은 시간에 더 빨리 달리기 위해서 수많은 사교육을 받고 자라온 탓에 스스로의 인생을 찾아가는 능력이 부족하다. 책임감은 그와 같은 삶에서 벗어나 내가 원하는 삶을 온전히 살아가게 하는 힘이다.

책임감을 가진 작은 용감한 소년

어재원

입상, 공릉중학교

마을과 소년의 꿈

옛날, 푸른 숲과 맑은 강이 흐르는 작은 마을이 있었습니다. 이 마을은 작고 평화로운 곳으로, 마을 사람들은 농사를 짓고 작은 상점에서 생활하며 조용히 살고 있었습니다. 그곳에는 오래된 전설이 있었습니다. 바로 별빛의 나무라는 전설이었죠. 별빛의 나무는 마을에서 가장 높은 산 정상에 자고 있었고, 그 나무의 꽃이 피면 마을 사람들의 소원이 이루어진다고 전해졌습니다. 하지만 그 나무를 본 사람은 아무도 없었고, 그저 전설로만 전해졌습니다.

마을의 한 소년, 토미는 언제나 별빛의 나무를 찾아가는 꿈을 꾸고 있었습니다. 토미는 작고 마른 체구의 아이였지만, 그의 마음은 항상 커다랬습니다. 그는 별빛의 나무가 진짜 존재한다고 믿었고, 그 나무를 찾아 세상에서 가장 아름다운 꽃을 가져오면 마을 사람들의 소원이 이루어질 거라고 확신했습니다. 하지만 마을 사람들은 그의 말을 믿지 않았습니다. 그들은 그저 어린아이의 꿈일 뿐이라고 생각했습니다.

"그 험한 산을 올라갈 수 있을까? 토미는 너무 어리잖아."

마을 어른들은 토미의 꿈을 가볍게 여겼습니다. 그들은 별빛의 나무는 단지 상상 속에만 존재하는 것이라 믿었고, 마을 사람들은 그 이야기를 별로 신경 쓰지 않았습니다.

부모님의 제안

하루는 토미가 부모님에게 조심스럽게 말했습니다.

"엄마, 아빠. 저는 별빛의 나무를 찾아갈 거예요. 그 나무는 정말 존재한다고 믿어요. 그리고 그 꽃을 가져오면 마을 사람들의 소원이 이루어질 거예요."

부모님은 잠시 생각하다가 대답했습니다.

"토미야, 그 산은 매우 험하고 위험해. 너 혼자서 그 산을 오르는 것은 너무 위험하다. 만약 네가 그 산을 오르고 싶다면, 먼저 우리 집의 동물들을 잘 돌봐야 한다. 너의 책임감을 보여줘야 한다는 뜻이야."

토미는 부모님의 말에 고개를 끄덕였습니다.

"그럼 제가 책임지고 동물들을 돌볼게요. 그리고 나서 별빛의 나무를 찾으러 가겠습니다."

부모님은 토미의 결심을 존중하며 그에게 동물들을 돌볼 책임을 맡겼습니다. 마을에는 아픈 동물들이 많았고, 그들은 아무도 제대로 돌보지 않았습니다. 미미라는 토끼는 다리가 부러져 제대로 걷지 못했고, 루비라는 개는 나이가 많아 몸이 약해졌습니다. 또 피카라는 새는 날 수 없었습니다. 마을 사람들은 이 동물들이 아픈 이유를 알지 못하거나, 무관심하게 방치

했습니다. 하지만 토미는 달랐습니다. 그는 이 동물들이 건강을 되찾을 수 있도록 도와주고 싶었습니다.

동물들과의 첫 만남

토미는 매일 아침 일찍 일어나 동물들을 돌보기 시작했습니다. 먼저, 미미를 돌보았습니다. 미미는 다리가 부러져 제대로 걷지 못했기에 토미는 조심스럽게 그를 안고 마을 근처의 풀밭으로 데려갔습니다. 토미는 약초를 찾고, 풀을 뜯어 미미에게 먹이로 주었습니다. 그가 먹이를 먹고 조금씩 기운을 차리기 시작할 때, 토미는 더 열심히 돌보았습니다. 하지만 처음에는 그 일이 너무 힘들었습니다. 미미를 다루는 것이 어려웠고, 매일 풀을 찾는 일도 피곤했습니다.

그 다음은 루비를 돌보았습니다. 루비는 나이가 많아 몸이 많이 약해졌습니다. 그녀는 이제 거의 움직이지 못하고, 누워만 있었습니다. 토미는 루비에게 따뜻한 담요를 덮어주고, 그녀가 편안하게 쉴 수 있도록 배려했습니다. 루비가 한숨을 쉬며 몸을 움츠릴 때마다, 토미는 조심스럽게 그녀의 손발을 마사지하며 기운을 북돋아 주었습니다.

마지막으로 피카, 날지 못하는 새를 돌보았습니다. 피카는 날 수 없었고, 언제나 슬퍼 보였습니다. 토미는 피카를 밖으로 데리고 나가 햇볕을 쬐게 했고, 날 수 있도록 조금씩 날개를 펼쳐 보았습니다. 피카는 처음에는 날개를 펴지 않았지만, 시간이 지나면서 점차 날개를 흔들며 힘을 기르는 모습을 보였습니다. 토미는 그 모습을 보며 한 줄기 희망을 느꼈습니다.

어려움과 인내

토미는 동물들을 돌보는 일이 너무나도 힘들었습니다. 매일 아침 일찍 일어나고, 밤늦게까지 동물들의 상태를 체크하고 보살폈습니다. 피카가 날 수 없을 때는 너무나 마음이 아팠고, 루비가 힘없이 누워 있을 때는 자신이 부족한 것 같다고 느껴지기도 했습니다. 그러나 그럴 때마다 토미는 부모님이 해준 말을 떠올렸습니다.

'책임감은 내가 맡은 일을 끝까지 해내는 것이야. 비록 힘들어도 내가 해야 할 일은 끝까지 해야 한다.'

시간이 흐르면서 동물들은 조금씩 나아졌습니다. 미미의 다리가 나았고, 루비는 다시 활발히 움직이기 시작했습니다. 피카도 점차 날 수 있는 힘을 되찾았습니다. 토미는 동물들이 회복하는 모습을 보며 큰 기쁨을 느꼈습니다. 그는 깨달았습니다.

'책임감이란 어려운 일이지만, 그만큼 큰 보람을 주는 것이야.'

마을 사람들의 변화

마을 사람들은 토미의 변화를 지켜보았습니다. 그들은 처음에는 그저 작은 아이가 동물들을 돌보는 것을 신기하게 여기기만 했습니다. 하지만 시간이 지나면서, 토미가 그 모든 책임을 다하는 모습을 보며 마을 사람들은 점차 그를 존경하기 시작했습니다.

하루는, 마을 어른들이 토미에게 다가왔습니다.

"토미야, 네가 동물들을 이렇게 잘 돌보는 모습을 보니, 정말 훌륭하다. 우리는 너의 책임감과 노력에 감동을 받았다. 이제 너는 별빛의 나무를 찾을 자격이 충분하다."

토미는 자신이 동물들을 돌보며 배운 책임감을 바탕으로, 마을 사람들에게 자신감을 얻었습니다. 그는 부모님에게 말했습니다.

"이제 저는 별빛의 나무를 찾으러 갈 거예요. 마을 사람들을 도울 수 있게 되기를 바랍니다."

산을 향한 여정

토미는 부모님의 허락을 받고, 드디어 별빛의 나무를 찾기 위한 여정을 떠났습니다. 그는 길고 험난한 산길을 오르며 여러 번 좌절할 때도 있었습니다. 그가 산에 오를 때마다 비바람이 몰아치고, 바위가 미끄러워 넘어지기도 했습니다. 하지만 토미는 결코 포기하지 않았습니다. 그는 생각했습니다.

"책임감을 가지고 내가 해야 할 일을 끝까지 해야 한다. 나의 꿈은, 그리고 마을 사람들의 소원은 이 산을 넘으면 이루어질 거야."

별빛의 나무를 만나다

산의 정상에 도달한 토미는 결국 별빛의 나무를 찾았습니다. 그 나무는 빛나는 꽃을 피우고 있었습니다. 나무는 아름다운 빛을 발하며, 마치 꿈처럼 토미에게 말을 걸듯이 그를 맞이했습니다. 토미는 그 꽃을 따서 조심스럽게 주머니에 넣고 마을로 돌아가기로 결심했습니다.

마을로 돌아온 후

마을로 돌아온 토미는 꽃을 마을 사람들에게 보여주었습니다. 마을 사람들은 그의 용기와 책임감을 칭찬하며, 그가 가져온 꽃을 보고 감동했습니다. 이제 마을은 더욱 행복하고 화목한 곳이 되었으며, 토미의 이야기와 책임감은 모두에게 큰 교훈을 주었습니다.

 지구의 눈물

최조은

입상, 서울잠현초등학교

사람이 살지 않았던 먼 옛날, 하나님이 칠흑 같던 어둠 속에서 우주를 만들어 내시고 별, 화성, 토성, 목성, 금성, 수성, 태양, 소행성, 대성 그리고 지구를 만드셨어요. 그리고 지구에는 공기, 물, 나무, 동물, 사람을 만드셨죠. 모든 것을 만드신 하나님은 지구에게 말했죠.

"지구야, 네가 이 나무, 동물, 사람 등을 잘 지키고 보살펴 주렴."

이 말을 하고 하나님은 떠나셨어요. 지구는 '너희는 내 자식들과 같아. 내가 너희를 잘 보살펴 줄게' 그렇게 지구는 하나님이 말씀하신 약속을 잘 지키며 살아갔어요. 어느 덧 10년, 20년… 100년… 500년 어느덧 2026년이 지났어요. 지구는 인간들이 꽃밭에서 뛰어 놀 때도, 나무와, 밭을 가꿀 때도, 서로 다툼이 일어나 전쟁을 할 때도 항상 곁에 있어주고 도와주었어요. 인간들 역시 항상 도와주고 곁에 있어주는 지구가 고마웠죠. 하지만 점점 인간의 마음이 변해갔어요.

늘 곁에 있었기에 당연하게 여기던 사람들은 조금 더 편한 삶만을 추구했거든요. 사람들은 산을 파괴하고, 마구잡이로 도로를 만들고 아무 곳이

나 쓰레기를 버리기 시작했어요. 육지를 넘어 바다에까지 쓰레기를 버리고 담배를 피우고, 매연가스를 내뿜었죠. 사람들은 지구는 신경 쓰지도 않았어요. 지구는 하루가 다르게 병약해지고 쇠약해 졌어요.

지구는 생각했어요. '이 아이들이 정말 내가 사랑하는 이들에 맞나'라구요. 지구는 너무 실망했어요. '나는 너희들을 아꼈는데 정말 사랑하고, 도와주었는데…' 하지만 사람들은 그것도 모르고 점점 더 지구를 망치기 시작했어요. 지구가 화가 나 점점 더 뜨거워지고 있다는 것도 눈치 채지 못했어요.

결국 지구는 자기 스스로 이 아이들을 내 몸에서 떨쳐 버리기로 결심했어요. 화산을 터뜨리고, 해에게 부탁해서 해가 뜨지 않게 하고, 자기 스스로 몸을 마구 흔들며 분노를 표출했죠. 사람들은 그제서야 당황하기 시작했어요.

"이게 무슨 일이야. 지구가 멸망하고 있는거 아닐까?"

사람들은 그제서야 지구를 걱정하기 시작했어요. 가족들은 모두 모여 기도를 하고, 그제서야 지구를 살릴 대책을 세우려했지요. 하지만 지구는 그래도 아랑곳하지 않고 더욱 세게 자신의 몸이 사라질 정도로 마구 분노를 표출했어요. 사람들은 뜨거워진 지구를 견디지 못하고 쓰러져 갔습니다. 이를 보다 못한 하나님이 사람들에게 말하셨어요.

"너희가 한 짓을 보거라. 너희가 쓰레기를 버리고 매연가스를 뿜고, 지구를 오염시켰지. 지구는 그동안 너희에게 도움을 주고 늘 지켜주었다. 지금 이것은 너희가 만들어낸 결과다."

사람들은 하늘에서 들리는 음성을 듣고 그제서야 지구에게 큰 소리로 외쳤습니다.

"미안해. 우리가 그동안 지구를 지키지 못했어. 앞으로 다시는 지구를 함부로 대하지 않을거야, 믿어줘."

　이 말을 들은 지구는 분노를 멈췄어요. 사람들은 만세를 외치며 환호했
고, 지구는 사람들에게 한 번 더 기회를 주기로 마음먹었습니다. 사람들은
앞으로 모든 일을 지구와 상의하며 결정하기로 하고 함께 행복하게 살게
되었답니다.

포구를 떠나는 날

정현우

우수상, 범어중학교

3.

노을이 살짝 물드는 저녁 무렵, 선우는 헐떡이는 숨을 고르며 집으로 돌아왔습니다. 현관문을 열자 제일 먼저 빈 신발장이 보였습니다. 평소라면 반가운 아버지의 장화가 있어야 할 자리가 텅 비어 있었습니다. 벌써 2주째 보이지 않는 장화였습니다. 선우는 가방을 내려놓고 부엌으로 달려갔습니다. 문을 열자마자 익숙한 생선 냄새가 코끝을 찔렀습니다. 선우는 작은 목소리로 물었습니다.

"엄마! 아빠 오늘 온다고 했잖아. 정말 오늘 오는 거 맞아?"

어머니는 설거지를 멈추고 잠시 가만히 서 있었습니다. 물방울이 '똑, 똑' 하고 떨어지는 소리만 주방을 가득 채웠습니다. 그 짧은 침묵 속에서 선우는 이미 무언가를 눈치 챈 듯했습니다. 어머니의 얼굴에는 서툴게 지은 미소가 어른거렸고, 그 미소는 이번 달 들어 벌써 세 번째로 보는 표정이었습니다.

"오늘은… 조금 늦으신다고 하셨어. 우리 먼저 자자."

그 말을 듣자 선우의 시선이 바닥으로 내려앉았습니다. 조금 전까지 들떠 있던 마음이 눈 깜짝할 사이에 사그라졌습니다. 주먹을 꽉 쥐다 천천히 펴면서 가슴 깊숙이 올라오는 먹먹함을 누르고 있었습니다. 식탁 위에는 노릇하게 구워진 꽁치가 놓여 있었습니다. 아버지가 가장 좋아하시는 생선이었지요. 아마 어머니가 아버지를 기다리며 정성껏 구우셨을 거라고요. 그날 밤, 선우는 잠자리에 누워 한참을 뒤척였습니다. 방 안은 고요했지만, 마음속은 잔잔하지 않았습니다. 벽 너머에서 어머니가 부엌을 정리하는 소리가 희미하게 들려왔습니다. 바람이 계속해서 창문을 후려쳤습니다.

　"대체 뭐가 그렇게 바빠서 집에 안 오는 거야…"

　선우는 이불을 뒤집어쓰며 혼잣말했습니다. 아무리 아버지가 바다에 나가 일을 해야 한다는 걸 알아도, 집에 없는 날이 더 많다는 사실이 서운했죠. 그리고 그때, 갑자기 어머니가 다급히 방으로 뛰어 들어왔습니다. 선우는 어머니의 표정을 보는 순간, 상황이 심상치 않음을 직감했습니다. 어머니의 얼굴은 창백했고, 입술은 말릴 새 없이 떨리고 있었습니다. 그녀는 말없이 선우의 손을 잡아끌더니, 현관으로 급히 향했습니다.

　"엄, 엄마 어디 가? 대체 무슨 일인데!?"

　선우는 울먹이며 물었지만, 어머니는 대답 대신 손만 꽉 잡았습니다. 문을 열자 강풍이 얼굴을 후려치듯 불어왔습니다. 하늘은 이미 먹구름으로 뒤덮여 있었고, 바닷바람에는 비릿한 냄새가 섞여 있었습니다. 선우는 아직 잠옷 차림이었지만, 그걸 신경 쓸 여유조차 없었습니다. 어머니의 손에 이끌려 골목을 벗어나자, 마을 사람들이 하나둘 포구 쪽으로 몰려가는 모습이 눈에 들어왔습니다. 발 아래는 이미 비에 젖어 질척거렸고, 머리 위로는 굵은 빗방울이 후드득 떨어졌습니다. 비바람에 앞이 잘 보이지 않아 어머니는 선우를 더욱 꽉 붙들고 있었습니다.

"조심해. 발 미끄러지지 않게!"

어머니의 목소리는 바람에 휘말려 희미하게 들렸습니다. 그렇게 포구 가까이 다다르자 사람들이 잔뜩 모여 있었습니다. 희미한 등불들이 비바람 속에서 흔들리며 위태롭게 깜빡이고 있었고, 멀리 바다에서는 거친 파도가 부딪히는 소리가 마을까지 울려 퍼졌습니다. 선우는 어머니 곁에 꼭 붙어서 겨우 앞으로 나아갔습니다. 하지만 빗물이 계속 얼굴을 때려 앞이 제대로 보이지 않았습니다. 그 순간, 누군가가 뒤에서 우산을 씌워주었습니다. 뒤를 돌아보니 마을의 할아버지가 비에 젖은 채 우산을 건네주고 있었습니다.

"애는 젖으면 안 되지……."

할아버지는 짧게 말한 뒤 어머니를 바라보며 고개를 끄덕였습니다. 어머니는 우산을 받아들고 선우의 머리 위로 고이 씌웠습니다.

"감, 감사합니다… 조금만 참자. 선우야, 곧 소식이 올 거야."

어머니의 말에도 목소리 끝엔 떨림이 묻어 있었습니다. 선우는 발끝이 젖고 옷이 축축해지는 것도 잊은 채 멀리 바다를 바라보았습니다. 거기엔 아무것도 보이지 않았습니다. 검은 파도와 비바람뿐이었지요. 선우는 어머니의 손을 잡은 채 묻고 싶어졌습니다.

"엄마, 대체 무슨 일이야? 아빠… 무슨 일이 생긴 거야?"

하지만 어머니는 대답 대신, 떨리는 손으로 선우의 손을 더 꽉 붙잡았습니다. 그녀의 침묵이 오히려 모든 것을 말해주는 듯했습니다. 선우는 그 답답함에 목소리를 높이고 싶었지만, 눈앞에 펼쳐진 광경이 그를 잠잠하게 만들었습니다. 주민들이 등불을 들고 있었지만, 거센 비바람에 불빛은 흔들리고 꺼질 듯 위태로웠습니다. 어둠 속에서도 모두의 얼굴에는 불안과 걱정이 가득했습니다.

"아빠가… 바다에 있는 거야……?"

선우는 낮은 목소리로 겨우 물었습니다. 어머니는 여전히 대답하지 않았지만, 이번에는 고개를 살짝 끄덕였습니다. 그 순간, 선우는 가슴이 철렁 내려앉는 듯했습니다. 비바람과 함께 몰아치는 파도 소리가 더욱 크게 들려오는 것만 같았습니다.

"…여기 있어야 해."

어머니는 조심스럽게 말했습니다.

"구조대가… 찾으러 나갔어. 조금만 기다리면 소식이 올 거야."

하지만 선우의 눈은 이미 멀리 바다를 향하고 있었습니다. 바다 위엔 아무것도 보이지 않았습니다. 어두운 물결만이 일렁이고 있었고, 그 위로 쏟아지는 빗줄기가 흩날리고 있었습니다. 선우는 더 이상 말을 잇지 못하고 입술을 꾹 다물었습니다. 바람이 세차게 불어 우산이 뒤집힐 듯했지만, 어머니는 우산을 꽉 붙들고 있었습니다. 선우는 우산 아래서 몸을 웅크린 채, 어머니 옆에 꼭 붙어 서 있었습니다. 그렇게 시간이 흘렀습니다. 거센 비바람은 조금도 잦아들 기미가 보이지 않았습니다. 선우는 어머니 곁에서 꼼짝도 하지 않았습니다. 빗물이 흘러내려 얼굴과 옷을 흠뻑 적셨지만, 선우는 이를 전혀 개의치 않았습니다.

"선우야, 너무 늦어질 것 같아. 우리 안으로 들어가자. 여기서 기다린다고 소식이 빨리 오지는 않아."

어머니는 선우를 타일렀지만, 선우는 고개를 저으며 자리에 굳건히 서 있었습니다. 어머니는 선우를 더 이상 설득하지 못하고 그저 우산을 고쳐 잡아 빗물을 막아주었습니다. 시간이 지나면서 선우는 몸이 점점 지쳐 갔습니다. 어깨를 잔뜩 웅크리고 눈꺼풀이 서서히 내려앉았지만, 그의 시선은 여전히 바다를 향해 있었습니다. 그사이에도 남아있던 몇 주민들은 희미한 등불 아래 서로를 부축하며 걱정스러운 대화를 주고받고 있었습니다. 칠십여 분이 지났을 무렵, 갑자기 누군가가 외쳤습니다.

"구조선이 보여!"

그 외침에 모든 이들의 시선이 한곳으로 향했습니다. 멀리 어둠 속에서 작은 불빛이 흔들리며 점점 가까워지고 있었습니다. 주민들 사이에서는 희미한 탄성과 안도의 소리가 흘러나왔습니다.

"선우야, 봐! 구조선이 오고 있어!"

어머니의 목소리가 흥분으로 떨렸습니다. 선우는 무거워진 눈꺼풀을 간신히 들어 올리고 바다를 바라보았습니다. 저 멀리, 거친 파도를 뚫고 다가오는 구조선의 불빛이 분명히 보였습니다. 구조선이 포구에 도착하자 주민들이 몰려들어 어부들을 돕기 시작했습니다. 젖은 옷과 피곤한 얼굴에도 무사히 돌아온 어부들의 표정에는 안도감이 가득했습니다.

"아빠는요?! 아빠는 어디 계세요?"

선우는 정신이 번쩍 들며 주민들 사이를 헤집고 구조선 쪽으로 달려갔습니다. 마침내, 다른 어부들의 부축을 받으며 배에서 내리는 아버지의 모습이 보였습니다. 비에 젖고 지친 모습이었지만, 아버지는 선우를 향해 미소를 지었습니다. 선우의 눈물이 비바람과 함께 날아갔습니다. 그렇게 그 밤의 여운은 다음 날 아침까지 이어졌습니다. 밤새 비바람을 견디며 기다렸던 어머니와 선우는 결국 몸살이 나고 말았습니다. 아침 햇살이 희미하게 비추는 방 안, 집 안은 고요했지만 각자의 자리에서 고생한 흔적이 역력했습니다. 아버지는 구조 작업과 험난한 파도와 씨름한 탓에 허리가 나갔고, 선우와 어머니는 비바람을 맞으며 긴 시간을 버틴 덕에 고열과 감기에 걸린 상태였습니다.

"집 들어가서 쉬고 있지, 이게 뭐람."

아버지는 소파에 기댄 채 허리를 주무르며 헛웃음을 지었습니다.

"그래도 모두 무사히 돌아왔잖아요."

어머니가 침대에 누운 채 희미하게 미소 지으며 대답했습니다. 그녀의 목소리는 여전히 떨렸지만, 안도의 기운이 묻어났습니다. 선우는 이불 속에서 고개만 빼꼼 내밀었습니다. 아직 열이 가시지 않아 얼굴이 벌겋게 상기된 상태였지만, 그의 눈에는 어제의 두려움과 긴장이 조금씩 사라지고 있었습니다. 바다에 떠 있던 검은 구름이 조금씩 걷히듯 말입니다. 선우는 이불 속에서 살짝 몸을 꼼지락거렸습니다. 방 안 공기는 어딘가 축축했고, 창밖으로는 밤새 내린 비가 만든 반짝이는 물웅덩이가 보였습니다. 선우는 이불을 얼굴까지 끌어 올린 채 입으로 숨을 쉬며 어제의 일을 떠올렸습니다.

"……아빠, 이제 일 하지 마."

선우는 이불 속에서 얼굴만 빼꼼히 내밀며 단호하게 말했습니다. 목소리는 아직 열로 기운이 없었지만, 그 안에는 강한 의지가 담겨 있었습니다. 아버지는 허리를 주무르다 멈춰, 선우를 잠시 바라보았습니다. 그의 얼굴에는 놀람과 함께 약간의 의아함이 비쳤습니다.

"갑자기 무슨 소리냐?"

"그냥 하지 마…."

선우는 다시 이불 속으로 몸을 숨기며 작게 대꾸했습니다. 그러더니 이내 고개를 들고 덧붙였습니다.

"바다 나가는 거 이제 그만해."

아버지는 말없이 선우를 바라보다가 헛웃음을 지으며 고개를 저었습니다.

"네가 뭘 안다고 그런 소리를 하냐. 아빠가 일을 안 하면 우리가 뭘 먹고 살겠니?"

"다른 일 하면 되잖아. 꼭 바다에 나가야만 되는 건 아니잖아!"

선우는 갑자기 목소리를 높이며 이불을 높이 걷어찼습니다. 그의 얼굴은 열로 더 붉어져 있었지만, 그 안에는 걱정과 불안함이 가득했습니다. 아버지의 말은 예상했던 대로 단호했지만, 그것이 오히려 선우를 더 답답하게 만들었습니다. 왜 아버지는 다른 방법을, 다른 일은 생각하지 않는지 이해할 수 없었습니다. 고개를 숙인 채 손을 꼭 쥐었습니다. 거센 비바람 속에서 어머니의 떨리는 손을 잡고 있던 순간, 아무것도 보이지 않는 어두운 바다를 바라보며 발을 동동 굴렀던 시간. 구조선의 불빛이 나타나기 전까지 느꼈던 그 두려움이 아직도 가슴 깊숙이 남아있었습니다. 다른 친구들의 아버지와는 너무나 다른 자신의 아버지가 원망스러웠습니다. 준호의 아버지는 저녁마다 집에 들어와 가족들과 함께 저녁을 먹고, 주말에는 공원으로 산책을 나간다고 했습니다. 선우는 그런 이야기를 들을 때마다 자신이 놓치고 있는 무언가가 있다는 생각이 들었습니다. 그 무언가는 과연 아버지의 사랑이었을까요? 선우는 아버지를 바라보며 목소리를 높였습니다.

"다른 아빠들은 밤마다 집에 같이 있어! 매일 늦게 들어오고 다치고 위험하게 사는 사람은 내 아빠밖에 없잖아!"

아버지는 그의 말을 듣고 잠시 아무 말도 하지 않았습니다. 손을 머리 뒤로 넘기며 깊은 한숨을 내쉬는 모습이 보였습니다. 선우는 그런 아버지의 모습이 더 답답했습니다.

"왜 꼭 바다에 나가야 하는 건데! 다른 일도 있잖아…!"

선우는 억울함에 목소리를 높였습니다. 그의 눈에는 이미 눈물이 맺히기 시작했습니다. 어머니는 선우의 울먹이는 목소리에 깜짝 놀라 부엌에서 서둘러 나오셨습니다. 손에 뭔가를 들고 있었는데, 따뜻하게 데운 물과 감기약이 담긴 작은 쟁반이었습니다. 어머니는 선우와 아버지 사이의 긴장감이 한껏 높아져 있는 것을 보고 잠시 얼어붙은 듯한 표정을 지었습니다.

"선, 선우야, 아프니까 큰소리 내지 말고 약부터 먹어야지. 아버지께 큰소리치지 말고……"

어머니는 조심스러운 목소리로 선우를 다독이며 다가갔습니다. 하지만 선우는 그녀의 말을 듣지 않고 아버지를 향해 눈물을 머금은 채 고개를 돌리지 않았습니다.

"엄마도 똑같아!… 아무 말도 안 하고 아빠가 저렇게 계속 나가게 놔두잖아! 다 걱정하고 있는데, 왜 아무도 아빠한테 그만두라고 안 해!"

선우는 울음을 참으려 애썼지만 목소리는 떨리고 있었습니다. 그의 얼굴은 더 붉어졌고, 눈에서 눈물이 또르르 흘러내렸습니다. 어머니는 그제야 쟁반을 식탁 위에 놓고 선우에게 다가왔습니다. 그녀는 선우의 어깨를 잡고 부드럽게 달래려 했습니다.

"선우야, 아빠도 다 이유가 있는 거야. 걱정 안 하게 하려고 열심히 일하는 거잖아."

"일 때문에 걱정하는 건데, 무슨 걱정을 안 하게 하려고야…!"

그는 고개를 푹 숙인 채 눈물을 훔쳤습니다. 그 순간, 아버지가 천천히 일어나 휠체어로 다가갔습니다. 그의 움직임은 느리고 조심스러웠지만, 표정은 선우가 쳐다보아도 무슨 뜻인지 이해할 수 없었을 겁니다. 그는 말없이 휠체어에 앉고는 천천히 현관 쪽으로 방향을 틀었습니다.

"어디 가세요…!"

어머니가 당황한 얼굴로 물었습니다.

"……잠시 바람 쐬고 올게."

아버지는 짧게 대답하곤 바퀴를 굴리며 문 쪽으로 나아갔습니다. 그는 선우와 어머니를 한 번도 돌아보지 않았습니다.

"지금 몸이 이러신데 어디를 가신다는 거예요…! 지금은 집에서 쉬셔야죠!"

어머니는 거실에서 허겁지겁 달려 나왔습니다. 그녀는 아버지를 막으려 했지만, 그의 표정을 보고 손을 멈췄습니다. 대체 어떤 표정이었길래요? 아버지는 현관에 걸려 있던 낡은 우산 하나를 집어 들었습니다. 우산을 펼치지도 않은 채 천천히 문을 열고 밖으로 나섰습니다. 차가운 비바람이 문틈으로 밀려 들어오며 거실 공기를 스산하게 만들었습니다. 그의 등은 비에 젖으며 서서히 멀어져 갔고, 선우와 어머니는 그 뒷모습을 말없이 바라볼 수밖에 없었습니다. 어머니는 깊은 한숨을 내쉬며 문가에 멈춰 섰습니다. 그녀의 손은 문고리를 잡고 있었지만, 끝내 문을 닫지도, 아버지를 붙잡지도 못했습니다.

"맨날 저런 식이야. 맨날 자기 마음대로 하고…!"

선우는 이불을 꽉 움켜쥔 채 화를 터뜨렸습니다.

"몸도 아픈데 뭐 하러 나가는 건데! 비도 오는데! 엄마도 아무 말 안 하고 그냥 놔두고!"

그는 울컥한 감정에 이불을 걷어차며 소리쳤습니다. 그의 두 눈에는 뜨거운 눈물이 가득 차올라 더 이상 멈출 수가 없었습니다. 어머니는 고개를 떨군 채 한참 동안 선우를 바라보았습니다. 그녀의 표정에는 미안함과 위로하려는 마음이 뒤섞여 있었지만, 그 모든 것을 어떻게 표현해야 할지 몰라 보였습니다.

2.

검은 구름이 낮게 내려앉은 하늘 아래, 바닷바람은 여전히 거칠게 몰아쳤다. 낡은 휠체어는 비바람에 약간씩 흔들렸지만, 그 위에 앉은 사람은 한 치도 움직이지 않았다. 비에 젖은 어깨와 머리칼은 이미 축축히 몸에 달라붙었고, 들고 있던 낡은 우산은 휠체어 뒤쪽 등받이에 대충 걸쳐 있었다. 우산은 그리 튼튼하지도 않았고, 바람에 몇 번이나 휘청였지만, 등받이의 작은 홈에 간신히 걸려 비를 조금이나마 막아주고 있었다. 아버지는 무릎 위에 손을 올린 채, 그저 바다를 바라보았다. 멀리 보이는 파도는 잔혹할 만큼 거칠게 물보라를 흩날리며 몰아치고 있었다. 그 소리가 마치 꾸짖는 듯, 때로는 위협하는 듯 울려왔다. 그는 아무 말 없이 그 모든 것을 온몸으로 받아내고 있었다. 바람은 그의 얼굴을 스치며 차갑게 뺨을 때렸고, 비는 이마를 타고 흘러내렸다. 따뜻한 집과 얼마 되지 않은 거리였지만, 휠체어의 바퀴에는 이미 흙과 물이 엉겨 붙어 있었다. 그는 이를 전혀 신경 쓰지 않았다. 그의 생각은 지금 더 먼 곳에 머물고 있었다. 바람이 뺨을 스치며 차갑게 때렸고, 빗줄기는 그의 이마를 타고 흘러내렸다. 눈가에 닿은 비는 천천히 턱 아래로 떨어져 내렸다. 그 방울이 빗물인지 눈물인지 그는 알 수 없었다. 그는 그것이 중요하지 않다는 것을 이미 알고 있었다. 휠체어의 바퀴는 질척거리는 진흙 속에 절반쯤 잠겨 있었다. 그는 그곳으로 돌아갈 생각이 들지 않았다. 아니, 자신이 없었다. 용기가 없었다. 집 안의 따뜻한 공기와 사랑하는 가족이 있는 자리보다 지금 이곳이 더 익숙했다. 바다는 그에게 모든 것을 주었고, 동시에 모든 것을 빼앗아 갔다. 그는 그것을 잘 알고 있었다. 바다를 바라보는 그의 눈은 멀리, 보이지 않는 수평선 너머를 향했다. 그곳에는 그의 꿈과 후회가, 그리고 끝없는 의문들이 떠다니고 있었다.

바다는 그의 인생이었다. 어린 시절, 친구들과 바닷가에서 뛰놀던 기억은 여전히 선명했다. 그 물결 속에서 그는 무언가 특별한 사람이 될 수 있을 거라 믿었다. 대학을 선택할 때도, 그는 바다를 택했다. 어선 사관이 되기 위해 그는 얼마나 많은 밤을 도서관에서 보냈는지 모른다. 그러나 그 길의 끝에서 그를 기다리고 있던 것은 낭만도, 성공도 아니었다. 그의 손이 무릎 위에서 천천히 움직였다. 손끝이 떨렸다. 그 손은 거친 밧줄을 잡고, 비바람을 뚫고 살아왔지만, 이게 다 무슨 소용이 있겠는가?

"미안해…"

"미안하다…. 못난 아빠라서……"

그의 어깨가 천천히 들썩이기 시작했다. 결국 눈물이 터져 나왔다. 뜨겁고도 서러운 눈물이 비에 섞여 볼을 타고 흘러내렸다. 그는 이를 악물고 울음을 삼키려 했지만, 이미 넘쳐 흐르는 감정은 멈추지 않았다. 소리 없이 어깨가 들썩이고, 그의 손은 휠체어 바퀴를 꽉 움켜쥐었다. 멀리 거친 파도는 여전히 물보라를 흩날리며 몰아쳤고, 그의 마음속에서는 똑같이 거센 소용돌이가 일고 있었다. 아들의 울먹이는 목소리, 아내의 걱정스러운 눈빛, 그리고 자신의 무력함이 얽히고설켜 그를 옥죄었다. 그는 더 이상 참을 수 없었다. 힘차게 휠체어의 바퀴를 돌렸다. 미끄러운 진흙과 물웅덩이를 지나며 휠체어는 덜컹거렸지만, 그는 신경 쓰지 않았다. 바퀴에 엉긴 진흙이 휠체어를 무겁게 만들었고, 그의 팔에는 고통스러운 긴장감이 느껴졌지만, 그는 멈추지 않았다. 시장으로 가야 했다. 선우의 얼굴에, 아내의 얼굴에 다시는 그런 서운함과 걱정을 드리우고 싶지 않았다. 미안하다는 말을 어떻게 해야 할지 몰랐지만, 무언가를 해야 한다는 생각에 휠체어를 더욱 빠르게 굴렸다. 넘어질 것 같은 휠체어는 언제라도 그의 의지를 배반할 준비가 되어 있었지만, 그는 멈추지 않았다. 길 한가운데에서 주머니를 더듬었다. 젖은 손가락이 무엇인가 차가운 금속에 닿았다. 그는 배지를 손에 쥐고 한참 동안 바라보았다. 희미한 빛 속에서도 배지의 표면이 번쩍였다. 그것은 한때 그의 자부심이었고, 그의 노력의 증명이었다. 하지만 지금, 그것은… 무슨 소용이 있겠는가? 있는 힘껏 팔을 휘둘러 배지를 멀리 던졌다. 배지는 허공을 가르며 사라졌고, 물웅덩이 위에 잠시 반짝이다가 바다로 흘러갔다. 그가 지켜보던 마지막 흔적도 이내 파도에 삼켜졌다. 더 이상 필요 없어. 이를 악물고 다시 바퀴를 굴렸다. 너무 급하게 돌린 탓에 휠체어가 진흙 속으로 깊이 빠졌다. 균형을 잃은 그는 그대로 앞으로 넘어졌다. 차가운 진흙탕 속에 온몸이 내팽개쳐졌다. 그의 팔꿈치와 무릎은 진흙 위로 쓸리며 쓰라린 통증을 가져왔다. 넘어진 그의 몸 위로 비가 세차게 쏟아졌다. 차갑고 축축한 진흙이 손끝에서부터 팔꿈치, 무릎까지 들러붙었고, 차갑게 젖은 옷은 몸을 더 무겁게 만들었다. 그는 잠시 그대로 엎드려 있었다. 손바닥에 느껴지는 질척한 흙과 물의 차가움이 그를 더욱 깊이 짓눌렀다. 허리에서는 통증이 스멀거리며 올라왔다.

"되는 게 하나도 없네…"

그의 목소리는 비바람 속에서 쉽게 사라져버렸다. 낡은 우산은 그의 몸 앞으로 떨어져 있었다. 그 우산마저 비바람에 뒤집혀 달빛을 가리고, 남아있던 희미한 빛마저 차단하고 있었다. 그는 천천히 팔을 들어 진흙을 짚으며 몸을 일으키려 했다. 하지만 허리에서 다시금 날카로운 통증이 밀려왔다. 찌르듯 아려오는 고통에 그는 이마를 찌푸렸다. 온몸이 축축하게 젖어들었지만, 그는 움직일 의지가 없었다. 진흙 속에서 스며드는 차가움은 그의 몸뿐 아니라 마음까지도 얼어붙게 만들었다. 손바닥 아래로 느껴지는 축축한 흙의 질감은 마치 그가 더 이상 일어나지 말라는 협박처럼 느껴졌다.

"못난 아버지라… 정말 미안하다…"

그는 땅에 머리를 박은 채 중얼거렸다. 아들의 얼굴, 아내의 눈빛이 그의 머릿속에서 떠나지 않았다. 그들의 실망과 걱정이 얽힌 표정이 떠오를 때마다 그의 가슴은 더 무거워졌다. 몸을 일으켜야 했다. 다시 휠체어로 돌아가야 했다. 하지만 그의 팔과 다리는 이미 지쳐버렸다. 무엇보다, 그의 마음이 움직이지 않았다.

1.

어머니는 한숨을 쉬며 거실 소파에 앉아 이마를 짚었어요. 선우의 눈물이 떠오르면서 마음 한구석이 아려왔죠. 거실 바닥에 이불을 차버리고 전기장판에 누워있던 선우를 바라보며 일어나 다가갔어요. 어머니는 선우의 옆에 다가가 부드럽게 이불을 덮어주려 했어요. 하지만 선우는 이불을 걷어차며 일어나더니 아무 말도 없이 방으로 들어가며 방문을 쾅 닫아버렸어요. 어머니는 선우가 문을 닫는 소리에 잠시 멍하니 서 있다가 깊은 한숨을 내쉬었어요. 한동안 닫힌 문을 바라보며 무언가 말을 걸까 고민했지만, 이내 고개를 숙였죠.

"참… 마음도 여린 아이가."

어머니는 스스로를 다독이며 자신의 이마에 손을 얹었어요. 뜨겁게 달아오른 이마를 느끼고는 고개를 저으며 주방으로 향했죠. 찬장에서 머그잔을 꺼내 따뜻한 물을 따라 한 모금 마셨어요. 뜨거운 물이 몸속 구석구석을 타고 내려가며 긴장을 조금 풀어주는 것 같았지만, 여전히 마음 한구석이 아릿했어요. 그렇게 목을 젖히고 머그잔을 내려놓은 뒤 거실 한쪽에 흩어진 이부자리를 정리하기 시작했어요. 흩어진 이불을 접으며 문득 선우의 얼굴이 떠올랐어요. 조금 전 눈물이 가득했던 그의 얼굴이 자꾸만 머릿속에서 맴돌았죠. 잠시 손을 멈추고 거실 창문을 바라보았어요. 창밖에는 여전히 비가 세차게 내리고 있었죠. 여보는 대체 이 비 오는 날에 어디로 사라지신 건지…

"콜록, 콜록."

그녀는 목을 한 번 가다듬으며 몸을 일으켰어요. 기운이 없었지만, 한편으론 무언가를 해야 한다는 생각에 마음이 가만히 있질 않았어요. 어머니는 주방으로 가서 머그잔에 따뜻한 물을 준비했어요. 목이 칼칼하고 따가워 물이 필요했지만, 그보다도 선우가 걱정됐어요. 머그잔을 들고 조심히 아들의 방으로 향했죠. 문을 살며시 열고 들어가자, 선우는 이불을 덮고 자고 있었어요. 하지만 얼굴은 여전히 붉게 달아올라 있었고, 숨소리가 고르지 못했죠. 어머니는 천천히 다가가 이마에 손을 얹었어요. 다시 주방으로 돌아갔다 찬물에 수건을 적셔 방으로 돌아온 어머니는 선우의 이마 위에 조심스럽게 수건을 올렸어요.

"금방 나아질 거야. 엄마가 곁에 있으니까… 걱정하지 마."

어머니는 작은 목소리로 중얼거리며 선우의 이마를 쓰다듬었어요. 선우는 잠결에 미간을 살짝 찡그렸지만, 다시 깊은 잠에 빠져들었어요. 어머니는 잠시 아들의 곁에 앉아 있다가 밖으로 나왔어요. 방 문을 닫으며 다시 한번 창밖을 바라보았죠. 어두운 하늘 아래 쏟아지는 비와 거센 바람 소리가 그녀의 마음까지 흔드는 듯했어요. 그리고 이내 결심한 듯 우산을 챙겼어요. 문 옆에 걸린 낡은 외투를 걸치고, 부엌에서 남편이 늘 쓰던 노란색 커다란 손전등도 챙겼죠. "혹시 우리 여보 못 보셨나요? 휠체어에 검은색 우산을 쓰고 있을 텐데요…" 어머니는 가게마다 고개를 숙이며 묻고 또 물었어요. 그러나 돌아오는 대답은 하나같이 같았어요.

"글쎄요, 날씨가 이래서 다들 일찍 들어갔을 텐데… 여기서는 못 봤어요."

"아이고, 이 비바람에 밖에 계시다고요? 어쩌면 좋아…"

어머니는 걱정으로 몸이 더 안 좋아졌지만 발걸음을 멈출 수 없었어요. 작은 가게들 사이를 지나며 하나라도 단서를 찾으려 애썼죠. 그렇게 골목을 지나 시장 중심부로 가까워지자, 그녀는 한쪽 구석에서 불이 켜진 가게를 발견했어요. 선우가 좋아하던 통닭집이었죠. 어머니는 조심스럽게 다가갔어요. 통닭집 문틈으로 안을 들여다보니, 흐릿한 형광등 아래 누군가가 앉아있었어요. 어머니는 마음을 다잡으며 문을 열고 안으로 들어갔어요. 비바람이 밀려들자 가게 안의 주인이 놀란 얼굴로 고개를 들었죠.

"아이고, 선우 엄마! 여기까지 무슨 일이야?"

통닭집 주인은 어머니를 보며 물었어요. 어머니의 젖은 외투와 떨리는 손을 보더니 걱정스러운 얼굴이 되었죠. 그 순간, 구석에 앉아있던 사람이 고개를 들었어요. 낯익은 얼굴이었죠. 그는 예상했던 대로 바로 남편이었습니다. 그는 만신창이가 된 모습으로 테이블에 엎드려 있었어요. 주변엔 기름 묻은 닭 뼈 몇 조각과 빈 소주 병들이 흩어져 있었고, 술 냄새가 진동했어요. 어머니는 남편의 모습을 보고 숨이 멎는 듯 가슴이 철렁 내려앉았어요. 남편은 흙투성이가 된 채, 축 늘어진 몸을 의자에 기댄 채 앉아 있었죠. 그의 휠체어는 테이블 옆에 세워져 있었고, 바퀴에는 진흙이 잔뜩 엉겨붙어 있었습니다. 테이블 위에는 흙이 묻은 수건 몇 장이 널려 있었는데, 아마 이 집 주인이 불쌍한 남편에게 건네준 듯했어요. 남편은 그녀를 바라보며 말없이 고개를 떨궜어요. 그의 눈은 붉게 충혈되어 있었고, 얼굴에는 피곤함과 서러움이 뒤섞인 표정이 역력했죠.

"이 사람이랑… 아는 사이야…?"

주인은 당황한 얼굴로 어머니에게 물었어요.

"아, 아. 선우 아빠…!"

어머니는 고개를 끄덕이며 남편에게 다가갔어요. 한참을 바라보다 이내 꾹 참아왔던 감정을 터뜨리듯 그를 꼭 안았어요. 그녀의 어깨는 남편의 젖은 옷과 흙투성이 몸에 닿았지만, 그럴 겨를이 없었죠.

"대체 왜 여기서 이러고 있어요?! 이런 꼴로……"

아버지는 어머니가 자신을 꼭 껴안자 당황한 얼굴로 얼어붙었어요. 젖은 머리카락이 이마에 달라붙은 채로 그녀를 바라보며 중얼거리듯 말했죠.

"아니, 이렇게 뜨거운데…! 왜 나왔어? 그냥 기다리지, 먼저 자지 그랬어…."

그의 목소리에는 피곤함과 당황함, 그리고 미안함이 뒤섞여 있었어요. 하지만 어머니는 그런 그의 말에 더 화가 난 듯 남편의 어깨를 붙잡고 단호한 목소리로 쏘아붙였어요.

"걱정돼서 어떻게 자요! 선우도 아픈데, 당신은 어디 있는지도 모르겠고, 이 비바람 속에서 도대체 무슨 생각으로 이런 꼴이 돼서 여기에 있는 거예요…?"

어머니의 목소리가 떨렸지만, 그 안엔 분명한 걱정과 분노가 담겨 있었어요. 남편은 그녀의 말을 듣고는 고개를 숙였어요. 그리고 한참 동안 아무 말도 하지 않다가 천천히 입을 열었죠.

"미안해… 그, 그냥. 생각할 시간이 좀 필요했어."

어머니는 그의 말을 듣고 잠시 멈칫했어요. 그리고 떨리는 목소리로 물었죠.

"생각이라니요…? 무슨 생각이요? 집에서 함께 얘기하면 되잖아요. 다 같이… 꽁치나 구워 먹으면서요…" 남편은 그녀를 똑바로 보지 못한 채 중얼거리듯 말했어요.

"…나 때문에 네가 고생하고, 선우가 속상해하고… 이제 더는 못하겠어. 바다 일… 이젠 접으려고."

그의 말에 어머니의 눈이 커졌어요.

"뭐, 뭐라고요…?"

남편은 한숨을 쉬며 손을 무릎 위에 얹었어요. 손끝이 떨리고 있었지만, 그는 억지로 목소리를 가다듬으며 말했죠.

"다 접고 그냥… 노가다라도 뛰려고. 뭐라도 해서 먹고 살면 되잖아. 더이상 이렇게 위험하게 살고 싶지 않아. 너희도 걱정하게 만들고 싶지 않고……"

그렇게 결국 어머니와 남편은 비바람을 뚫고 집에 도착했어요. 어머니는 비에 젖은 몸으로 휠체어에 탄 남편을 부축하며 현관문을 열었죠. 안으로 들어서자마자 따뜻한 공기가 두 사람을 감싸 안았지만, 젖은 옷과 몸은 여전히 차갑게 떨리고 있었어요.

"옷부터 갈아입어요. 이렇게 젖어선… 감기 걸리겠어요."

어머니는 떨리는 손으로 남편의 휠체어를 밀며 욕실로 향했어요. 그녀는 욕실 문을 열고 수건을 꺼내 남편의 옷을 벗기는 걸 도왔죠. 남편은 고개를 숙인 채 그녀의 손길을 조용히 따랐어요.

"물 끓일 테니까 씻고 나오세요. 너무 오래 젖은 채로 있었어요…."

어머니는 말끝에 기침을 터뜨렸어요.

"참, 이게 뭐 하는 짓인지."

남편이 샤워를 시작하자 어머니는 부엌으로 가서 따뜻한 물을 데웠어요. 손이 젖은 머리카락을 쓸어올릴 때마다 그녀의 몸에서 식은땀이 배어나오는 것 같았죠. 물이 끓는 동안 어머니는 보일러를 올리고 거실에 있던 담요를 꺼내와 소파에 준비해 두었어요.

"이제 조금이라도 따뜻해야지…"

어머니는 중얼거리며 뜨거운 물 한 잔을 따라 한 모금 마셨습니다. 차가웠던 목이 조금 풀리는 것 같았지만, 여전히 몸이 떨렸어요. 남편이 샤워를 마치고 욕실에서 나오자, 어머니는 준비해 둔 담요를 들고 다가갔어요.

"여기 앉으세요. 담요 덮고 좀 쉬어요."

남편은 어머니의 도움을 받아 소파에 앉았고, 어머니는 담요를 그의 몸 위에 덮어줬어요.

"당신은?"

남편이 걱정스러운 얼굴로 물었어요. 어머니는 남편 옆에 앉아 담요를 함께 덮었어요. 방금 전까지 차가웠던 몸이 점점 담요 속에서 따뜻함을 찾아가고 있었지만, 그녀의 마음은 여전히 무거웠습니다. 남편은 그녀의 무릎 위에 손을 올린 채 고개를 숙이고 있었죠. 어머니는 그의 옆모습을 한참 바라보다 조심스럽게 입을 열었어요.

"왜 그만두기로 한 거예요? 갑자기…"

어머니의 목소리는 낮았지만, 담담한 듯하면서도 떨리고 있었습니다. 남편은 고개를 들지 않은 채 한숨을 길게 내쉬었어요.

"선우가 걱정해서. 너도 걱정해서. 그리고… 이제 내가 그만둬야 할 때가 됐다는 생각이 들어서."

그의 목소리는 낮고 차분했지만, 그 안에 억누른 감정들이 묻어나왔어요. 어머니는 그의 대답에 잠시 말을 잇지 못했죠.

"그럼… 그만두고 나면 뭘 할 건데요? 정말 공사 같은 거라도 할 생각이에요?"

"아무거나 하면 되지. 몸이 남아있는 한 뭔가 할 수는 있을 거야. 건설 현장 일이라도 하든, 뭐, 다른 게 있지 않겠어…?"

그는 말끝을 흐리며 고개를 다시 숙였어요. 어머니는 그의 말을 들으며 가슴이 무겁게 내려앉았어요.

"그렇게 쉬운 일이 아니잖아요. 몸도 다 상한 상태인데… 지금, 그토록 원했던 거잖아요. 지금 위치까지 오기 위해 얼마나 애썼는지 내가 다 봐왔는데요."

남편은 그 말을 듣고 고개를 들지 않은 채 입술을 굳게 다물었어요. 어머니의 목소리는 점점 더 떨리며 이어졌어요.

"그렇게 힘들게 버텨왔던 당신인데… 이제는 왜 이렇게 쉽게 포기하려고 해요?"

남편은 한동안 대답하지 않았어요. 긴 침묵 끝에, 그는 천천히 고개를 들며 어머니를 바라봤죠. 그의 눈에는 눈물이 가득 맺혀 있었어요.

"그래… 그토록 원했던 거였지. 바다에서 인정받고, 우리 가족한테 자랑스러운 사람이 되고 싶었어. 그걸 위해 여기까지 온 거야."

남편의 목소리는 낮았지만, 그 안에는 억눌린 울음이 담겨 있었어요. 그는 떨리는 손으로 얼굴을 쓸어내리며 말을 이었어요.

"근데… 그게 무슨 소용이겠어. 내가 자랑스러운 사람이 되는 것보다…"

"선우의 '일반적인 아빠'가 되는 게 더 중요하잖아."

어머니는 그의 말을 듣고 잠시 멈칫했어요. 남편은 울음을 삼키며 떨리는 목소리로 말을 이어갔습니다.

"선우가 내 걱정 때문에 울고, 너도 내 걱정 때문에 잠 못 자는 걸 보는데… 더는 내가 원하는 걸 위해 살 수가 없더라고. 내 자리는 바다가 아니라, 집이었어. 가족들 곁에 있어야 했던 건데… 너무 늦게 깨달았어."

어머니는 그의 말을 들으며 눈물을 참으려 했지만, 결국 한 방울이 볼을 타고 흘러내렸어요. 그녀는 남편의 손을 꼭 잡으며 떨리는 목소리로 말했어요.

"……멍청이."

그녀의 목소리는 떨렸지만 단호했어요. 남편은 그녀의 말을 듣고 놀란 듯 고개를 들었죠. 어머니는 그를 똑바로 바라보며 말했습니다.

"왜, 왜 그렇게까지 해야만 해요? 안전하게 일한다는 말은 못해요? 왜 우리를 위해서라고 하면서, 매번 혼자 다 짊어지려고만 해요?"

그녀의 눈에는 눈물이 고였지만, 그 안에는 단단한 결의가 느껴졌어요. 남편은 그 말을 듣고 잠시 멍하니 그녀를 바라보다가, 떨리는 손으로 얼굴을 가렸어요.

"안전하게… 일한다고? 내가 어떻게 안전하게 일할 수 있을까. 바다는 그런 게 아니야. 내가 아무리 조심한다고 해도, 거긴 나를 기다려주지 않거든."

0.

선우는 잠이 오지 않았어. 이불을 뒤집어쓰고 눈을 감아보려 했지만, 머릿속은 잔잔할 틈이 없었어. 감기로 뜨겁게 달아오른 이마를 손등으로 짚어보았지만, 그런다고 진정될 것도 아니었지. 몸은 무거웠고, 머릿속은 한

없이 가벼워져 여기저기 흩어졌어. 아버지가 했던 말들, 어머니의 떨리는 목소리, 그리고 비바람 속에서 포구를 바라보던 기억이 끝도 없이 밀려들었어. 아빠한테 큰소리친 거… 처음이었지. 선우는 이불을 더 깊이 끌어당기며 눈을 감았어. 심장이 조용히 두근거리다, 이내 점점 빠르게 뛰기 시작했지. 손을 가슴에 올려보았어. 두근거림은 쉽게 가라앉지 않았어.

아버지의 얼굴이 떠올랐어. 진흙탕에 빠져 넘어지던 모습, 축축하게 젖은 옷을 입은 채 어머니의 손에 이끌려 돌아오던 모습, 그리고 침묵으로 일관하던 표정. 선우는 고개를 돌리고 이불을 꽉 움켜쥐었어. 왜 그랬을까. 아버지가 싫었던 걸까? 아니었어. 그건 분명히 아니었어. 그가 싫어서가 아니라, 그가 너무도 좋아서 그랬던 거였어. 모든 것이 엉킨 채로 터져나왔던 그 순간, 선우는 아버지의 고단함을 떠올릴 겨를도 없었어. 바람 속에서, 비 속에서, 그리고 바다 속에서… 그는 아버지를 원망하기에 앞서 자신이 느끼는 불안을 뱉어내는 것이 급했어. 아버지에게 화를 내던 그 순간 어머니의 눈빛이 떠올랐어. 말릴 법도 했는데, 어머니는 선우를 그냥 바라보기만 했었지. 그 눈빛이 무엇을 담고 있었는지 도무지 알 수 없었어. 무언가를 참으려는 듯한 모습, 그러나 그 너머에는 이해와 안쓰러움이 스쳐 지나갔던 것도 같았어. 거실에서 문이 조심스레 열리는 소리가 들렸어. 어머니였어. 그녀의 발소리는 느렸고, 문이 닫히는 소리는 고요한 어둠 속에서 또렷하게 울렸지. 어디 가는 거지? 선우는 이불 속에서 얼굴을 내밀며 잠깐 숨을 멈췄어. 나가면 안 되는 거 아닌가. 엄마도 아픈데. 아, 맞아. 아빠는 허리까지 다쳤는데… 이제는 서로 곁에 있어야 하는데. 그는 다시 이불 속으로 파고들었어. 문을 열고 따라가야 할까 싶었지만, 움직일 엄두가 나지 않았어. 몸은 무겁고, 머릿속은 더 무거웠어. 결국 그는 눈을 감았어. 그리고 시간이 얼마나 지났을까. 선우는 문득 눈을 떴어. 방 안은 여전히 고요했지만, 거실 쪽에서 들려오는 낮은 소리가 고요를 흔들고 있었어. 이불 속에서 그는 가만히 숨을 멈추고 귀를 기울였어. 어머니와 아버지가 이야기하는 것 같았어. 어머니의 목소리는 담담했지만 어딘가 떨려 있었어. 아버지를 향한 질문과 어머니의 긴 호흡 사이에는 무언가 무거운 것이 가라앉아 있었어. 그다음 들려온 것은 아버지의 목소리였어. 낮고 느릿했으며, 평소와 다르게 힘이 없었어. 그가 어떤 결정을 말하고 있는 것 같았어.

"이제 내가 그만둬야 할 때가 된 것 같아."

그런 뜻이었어. 아버지가 바다를 떠나겠다는 뜻이었어. 선우는 몸을 움찔하며 이불을 더 끌어안았어. 그는 아버지의 목소리가 그렇게까지 무거웠던 적이 있었는지 떠올려 보았지만, 없었어. 지금 들려오는 말들은 낯설었어. 아니, 그보다도… 낯설어서 더 가슴이 이상했어. 어머니는 아버지에게 무언가를 묻는 것 같았어. 마치 '그렇게 해서 무엇을 하겠느냐'고 묻는 듯한 어조였어. 그 안에는 실망도, 걱정도, 슬픔도, 그리고 어쩌면 답답함까지 섞여 있는 것 같았어. 그러나 아버지는 차분하게 대답했어. 그의 목소리는 더 낮아졌고, 거실의 공기를 넘어 방 안의 공기까지 무겁게 짓누르는 것 같았어.

"그래… 그토록 원했던 거였지. 바다에서 인정받고, 우리 가족한테 자랑스러운 사람이 되고 싶었어. 그걸 위해 여기까지 온 거야."

"선우가 내 걱정 때문에 울고, 너도 내 걱정 때문에 잠 못 자는 걸 보는데… 더는 내가 원하는 걸 위해 살 수가 없더라고. 내 자리는 바다가 아니라, 집이었어. 가족들 곁에 있어야 했던 건데… 너무 늦게 깨달았어."

"안전하게… 일한다고? 내가 어떻게 안전하게 일할 수 있을까. 바다는 그런 게 아니야. 내가 아무리 조심한다고 해도, 거긴 나를 기다려주지 않거든."

그 말은 선우의 가슴을 깊숙이 파고들었어. 그것은 아버지의 무력감이자 두려움이 담긴 고백이었어. 선우는 눈을 질끈 감았어. 바람과 파도, 그 끝없는 위험 속에서 홀로 싸우던 아버지의 모습이 머릿속을 가득 채웠어. 그가 매일 무슨 마음으로 배에 올랐는지, 그리고 무엇을 잃으면서 그 일을 계속해왔는지 그제야 조금씩 느껴지는 듯했어. 아아, 그랬던 거구나. 그 무게를 조금은 이해할 수 있을 것도 같았어. 하지만 동시에, 그것을 이해하지 못했던 자신이 미워졌어. 방 안 공기가 갑자기 무겁게 내려앉았어. 선우는 숨이 가빠지는 것을 느끼며 이불 속에서 몸을 웅크렸어. '내가 아빠한테 그런 말을 해서… 아빠가 그만두겠다고 한 거야…' 그 생각이 떠오르자, 선우는 가슴이 뻐근하게 아파왔어. 그저 서운함에서 던졌던 말이었는데, 아버지에게는 너무 큰 짐이 되어버린 것 같았어.

"콜록, 콜록."

선우는 갑작스런 기침에 이불을 걷어내며 상체를 일으켰어. 목이 칼칼하고 눈가가 뜨거웠어. 하지만 그보다 더 견딜 수 없었던 건 거실에서 계속 들려오는 낮고 무거운 낯선 아빠의 목소리였어.

"⋯⋯그냥."

아버지의 말이 다시 끊겨 들렸어. 그는 확실히 무언가를 내려놓으려 하고 있었어. 아니, 이미 내려놓은 것처럼 들렸어. 그 순간, 선우는 더 이상 견딜 수 없었어. 손바닥으로 눈을 비비며 몸을 일으켜 세웠어. 심장이 두근거리고 다리가 후들거렸지만, 멈추고 싶지 않았어. 선우는 방 문으로 다가가 조심스럽게 손을 뻗었어. 하지만 멈칫했지.

'이렇게 나가면… 아빠가 뭐라고 할까.'

문 너머에서 들려오는 어머니의 목소리와 아버지의 대답이 계속해서 이어졌어. 내가 이렇게 있으면 안된다고. 선우는 더 이상 참지 못하고 문 손잡이를 잡아당겼어. 문이 열리는 소리에 거실에 있던 두 사람이 동시에 고개를 돌렸어. 소파에 나란히 앉아있던 어머니와 아버지의 얼굴에는 놀람과 당황이 서려 있었어. 아버지는 고개를 약간 든 채 선우를 바라보았고, 어머니는 그를 보며 자리에서 반쯤 일어나려 했어.

"선우야, 너 왜…"

어머니의 말이 채 끝나기도 전에 선우는 주먹을 꽉 쥐고 한 걸음 더 다가섰어.

"……엄마, 아빠, 내, 내가 소리쳐서 미안해…!"

선우의 목소리는 떨리고 있었지만, 분명했어. 거실의 공기가 갑자기 멈춘 듯 고요해졌어. 아버지는 입을 열려다 멈추었고, 어머니는 놀란 표정으로 선우를 바라보았어.

"그때… 그냥 화가 나서… 아빠가 왜 항상 바다에만 가는지 모르겠어서… 내가……"

선우는 말을 이어가며 눈물을 꾹 참으려 했지만, 목이 메이는 감정을 숨길 수 없었어. 두 손을 꼭 쥔 채 그의 어깨가 떨리고 있었지.

"아빠가 그렇게 힘든지도 모르고, 내가 그런 말을 했어…."

아버지는 선우의 떨리는 목소리를 들으며 천천히 일어섰어. 허리를 다친 탓에 그의 움직임은 느리고 힘겨웠어. 어머니는 놀란 얼굴로 그를 막으려

했어.

"여보, 그러다 허리 더 다쳐요…!"

하지만 아버지는 조용히 손을 들어 그녀를 제지하며, 비틀거리는 걸음으로 선우에게 다가갔어. 고개를 푹 숙이고 있는 선우의 앞에 멈춰 선 아버지는 한 손을 그의 어깨에 올렸어.

"선우야."

낮고 부드러운 목소리였어. 선우는 고개를 들지 못한 채 어깨를 떨며 서 있었어. 아버지는 말없이 선우를 끌어안았어. 통증이 느껴졌지만, 그는 개의치 않았어. 두 팔로 아들을 꼭 안으며, 자신의 따뜻한 온기를 전했어.

"아빠가 미안하다, 선우야."

그 한마디가 선우의 마음속 무언가를 무너뜨렸어. 그는 더 이상 참지 못하고 아버지의 품에서 펑펑 울기 시작했어. 억눌려 있던 감정이 터져 나와 거실을 가득 채웠지.

"아빠, 미안해…… 나 때문에 나가서… 미안해요…!"

선우는 울먹이며 아버지의 허리를 꽉 안았어. 아버지는 아무 말 없이 그의 등을 천천히 쓰다듬었어. 지금은 이 말고는 아무것도 중요하지 않았어. 뒤에서 지켜보던 어머니는 당황한 얼굴로 손을 모으고 두 사람을 바라보았어.

"여보, 선우야, 둘 다 아픈데……"

"아빠… 미안해. 아빠, 정말 미안해……."

선우는 울음을 삼키며 아버지의 품에서 말했지만, 눈물은 멈출 줄 몰랐어. 아버지는 그런 선우의 등을 천천히 두드리며 낮고 다정한 목소리로 말했어.

"괜찮다, 선우야. 아빠는 네가 이런 마음으로 나와 이야기해 줘서… 정말 고맙다."

어머니는 그제야 천천히 다가와 두 사람 옆에 무릎을 꿇고 앉았어. 그녀는 한 손으로 아버지의 허리를 받쳐주며, 다른 손으로 선우의 어깨를 가만히 어루만졌어.

"선우야, 아빠도 네 마음을 알고 있을 거야. 우리 다 같이… 힘내 보자. 응?"

선우는 아버지의 품에서 고개를 들었어. 눈물과 열에 젖은 얼굴은 붉게 달아올라 있었고, 떨리는 목소리로 입을 열었지.

"아빠, 일 그만두지 마요… 그냥…"

그는 말끝을 흐리며 아버지를 똑바로 바라보았어. 눈물이 다시 고여 시야가 흐려졌지만, 멈추지 않고 말을 이어갔어.

"그냥 너무 열심히 하지 마. 그렇게 힘들게 하지 말고… 우리랑 좀 더 있어줘요."

아버지는 선우의 말을 들으며 입술을 꾹 다물었어. 그의 얼굴에는 깊은 생각과 감정이 엇갈리고 있었어. 한동안 말을 잇지 못하다가, 아버지는 천천히 고개를 끄덕였어.

"……그래, 선우야."

"아빠가 네 말 꼭 새길게. 너무 무리하지 않고, 선우랑 더 많은 시간을 보내도록 노력할게."

아버지는 잠시 말을 멈추고, 선우를 바라보며 입가에 옅은 미소를 지었어. 눈가에는 아직 지우지 못한 피곤함과 감정의 흔적이 남아 있었지만, 그의 목소리는 한결 부드러워졌어.

"미안하다, 선우야."

그는 선우의 머리를 한 번 쓰다듬고는, 작게 웃으며 말을 이었어.

"뭐, 내일… 놀이공원이나 갈까?"

그 말에 선우는 눈물을 훔치며 눈을 동그랗게 떴어. 잠깐의 정적 후, 그의 얼굴에는 믿기지 않는 듯한 표정이 떠올랐어.

"진짜…? 아빠도 가?"

"응, 우리 다 같이. 아빠도. 네가 가고 싶어 했던 곳이잖아. 다만… 감기 다 나으면."

선우는 입술을 떨며 고개를 끄덕였어. 눈물이 다시 고였지만, 이번에는 조금 다른 감정에서 비롯된 것이었어.

"응… 좋아. 정말 좋아…….."

어머니는 그 모습을 바라보며 작게 웃었어. 그녀의 눈가에도 촉촉한 빛이 맺혀 있었어. 그날 밤, 비가 멈추고 달빛이 희미하게 비추는 거실에서, 세 사람은 서로를 바라보며 오래도록 그 자리에 앉아있었어. 바람이 창문을 두드리며 흩어져갔고, 집 안은 고요 속에 따뜻한 온기로 가득했어. ……이제, 모든 것이 조금씩 괜찮아질 것 같았어.

 지구야~ 앞으로는

오건후

입상, 포항제철공업고등학교

어느 날 곰이는 자기도 이제 많이 커서 혼자서도 머리 감고 샤워도 할 수 있다며 큰소리를 뻥뻥치고 목욕탕으로 들어갔습니다. 세면대 위에 곰이가 좋아하는 시트러스 시원한 향을 풍기는 샴푸가 반갑게 곰이를 맞아 주었습니다.

"와~~ 내가 좋아하는 냄새다. 샴푸는 펑펑 짜서 구름만큼 거품을 많이 내야 개운해!"

하면서 곰이는 샴푸 반통을 펑펑 짜서 머리에도 비비고 몸에도 비비고 욕조에도 뿌려 첨벙첨벙 구름 거품나라를 만들었습니다. 거품을 머리위에 쌓아 응가 모양을 만들며 혼자 거울을 보며 깔깔 넘어갈 정도로 웃고 있을

때, 엄마가 욕실문을 열고 깜짝 놀라

　"곰이야~ 샴푸를 이렇게나 많이 쓰면 어떻게 해. 필요한 적당량만 사용을 해야지. 샴푸도 낭비되고, 씻어내는데 물도 낭비되고, 무엇보다 이 거품들이 다 어디로 가겠어? 이러면 안돼~"

　하고 말씀하셨습니다. 곰이는 혼잣말로 '이깟 샴푸 좀 쓰면 어때? 내가 좋아하는 향이라서 몇 번더 누른 것 뿐인데… 씻으면 되지.'

　어느 날 곰이는 음료수를 먹고 싶었습니다. 주방에 가서 음료를 따르려는데 머그컵이 모두 씽크대 안에 담겨져 있어 씻기가 귀찮았습니다. 그래서 서랍 안에 있는 커다란 종이컵을 빼 음료를 따라서 마셨습니다. 냉장고에 든 케이크도 먹고 싶어 일회용 포크로 덜어서 케이크를 먹었습니다. 입에 생크림이 묻어서 휴지로 입을 닦고, 장난감을 가지고 놀고 있을 때 엄마가 들어오셔서

　"곰이야~ 방이 이게 뭐니? 종이컵이며 빨대며, 포크며, 일회용 접시며, 장난감이며 방이 난장판이구나. 쓰레기라도 분리 수거하여 정리를 좀 하렴."

　이라고 말씀하셨습니다.

　"이것만 놀구 제가 다 정리할게요."

　라고 말한 뒤 곰이는 30분을 더 장난감으로 놀고 휴지, 빨대, 종이컵, 접시, 포크 등 쓰레기를 분리하지 않고 한꺼번에 비닐에 담아 버렸습니다.

　따스한 봄날의 끝자락 산책하기 딱 좋은 날씨인 어느 날, 곰이는 놀이터에서 친구들과 신나게 경찰도둑 놀이를 하고 놀다가 집에 들어왔습니다.

　"아~ 좀 뛰어놀았더니 땀이 나려고 하네. 에어컨을 강하게 틀어 땀을 말려야겠다."

라고 하면서 긴옷을 입고 에어컨 앞에서 뒹굴뒹굴하고 있었습니다. 퇴근하신 엄마가

"곰이야~ 벌써 에어컨 켤 날씨는 아닌 것 같은데? 더우면 샤워를 하고 짧은 옷으로 갈아 입으렴."

하고 말씀하셨습니다. 곰이는

"엄마, 땀이 찌익 나려고 할 때, 에어컨을 틀고 말리면 금방 시원해지고 뽀송한 느낌이 들고 얼마나 좋은데?"

라고 하며 계속 에어컨 앞에 미소를 짓고 앉아 있었습니다.

어느 날 곰이가

"엄마, 과자 먹고 싶어요. 마트에 가요."
라고 해서 엄마가
"그래, 장바구니 가지고 운동삼아 걸어 갔다 오자꾸나."
라고 답했습니다.
곰이는

"싫어요, 엄마 차 타고 가요."

라고 말하여 엄마는 곰이와 함께 매연을 내뿜는 오래된 차를 타고 마트에 가서 장을 보고 돌아왔습니다.

어느 날, 수돗물에서 초록색 라떼가 흘러 내렸습니다. 냄새도 고약했습니다. 뉴스에는 녹조현상이 심각하다고 난리였습니다. 곰이는 가족들과 여름휴가를 바닷가로 갔습니다. 바다에는 쓰레기들이 둥둥 떠다니고, 빨대가 귀에 꽂힌 아기 돌고래, 플라스틱 모자를 쓴 아기 거북이들이 눈물을 흘리고 있었습니다. 밤늦게 집에 돌아와 전등을 켜는데 불이 들어오지 않았습니다. 낮에 에어컨을 너무 많이 틀어대서 남아있는 전기가 없어서 그렇다고 했습니다. 곰이는 어둠이 무서워서 엄마 품에 꼬옥 안겼습니다. 다음 날도 무더위는 한창이었는데 전기도 안 들어오고 기온은 45도를 넘었습니다. 곰이는 기운이 없어서 축 처져 있었습니다. 샤워를 하려 욕실에 갔는데 물도 나오지 않았습니다. 며칠째 씻지도 못하고 너무 간지러워 잠도 오지 않았습니다.

3장

근면

실행이 없이는 어떤 일도 일어나지 않는다

근면은 자신에게 주어진 기회와 재능을 열심히 활용하여 열매를 맺게 한다. 어떤 사람들은 이 세상을 부족하고 악의적이고, 힘든 곳으로 생각한다. 하지만, 올바른 방법으로 의미 있는 삶을 추구하고 소중한 것을 구한다면 반드시 원하는 것을 얻을 수 있다. 근면은 무조건 열심히 일하는 것만을 의미하지는 않고, 일 중독이 되어 일에서 벗어나지 못하고 번아웃 되는 것을 말하지도 않는다. 일을 잘하는 사람은 땀을 흘릴 때와 멈출 때를 알고 꾸준히 효과적인 방법을 찾아낸다. 하다가 되지 않으면 방법을 바꾼다. 말로만 하지 않고 직접 찾는다. 그래도 막히면 더 적극적으로 행동한다. 절망의 문을 두드리면서 열릴 때까지 호소한다.

 어린 나무 이야기

신수민
입상, 정화여자고등학교

깊고 푸른 초록 숲 속에는, 나무들이 하나둘씩 자라나고 있었어요. 숲은 언제나 평화롭고 조용했지요. 햇살은 나뭇잎 사이로 살며시 비쳐 숲을 따뜻하게 감싸고, 바람은 부드럽게 나무들 사이를 스쳤어요. 그 숲 속에는 나이가 많은 나무들도 있었고, 새로 자라난 어린 나무들도 있었지요. 그 중 한 어린 나무는 다른 나무들보다 더 빨리 자라기를 바랐어요. 다른 나무들이 차분히 자라며 숲의 리듬을 따를 때, 그 나무는 늘 자신이 더 높이 자라야 한다고 생각했어요. 마치 자라는 속도가 자신을 특별하게 만든다고 믿었던 것처럼, 그는 항상 더 빠르고 더 크게 자라려고 했답니다. 주변의 나무들은 하나씩 천천히 자라며 자연의 흐름을 따르는데, 그 나무만은 늘 바쁘게, 조금이라도 더 빨리 자라려고 했지요. 어린 나무는 자신만의 욕심을 좇았어요. 더 많은 햇빛, 더 많은 바람을 원하는 마음에 숲의 여유를 놓쳤지요.

어느 날, 자신과 비슷한 크기를 가진 나무가 어느새 더 우뚝 자라 있는 것을 보고는 마음속에 불안함이 일었어요.

"왜 나는 다른 나무들처럼 크지 못할까? 내가 더 빨리 자라면 숲에서 가장 멋진 나무가 될 수 있을 거야."

그러면서 점점 더 많은 햇빛과 바람을 차지하려 했어요. 그날, 어린 나무는 옆에 있던 나무 아저씨에게 다가가 말을 했어요.

"저기, 당신 잎을 조금 옆으로 치워줄래요? 햇빛을 더 받아야 해요."

나무 아저씨는 잠시 조용히 생각하다가 대답했어요.

"햇빛은 모두에게 고르게 필요하단다. 네가 더 많이 받으면, 다른 나무들이 자라기 힘들어."

하지만 어린 나무는 듣지 않았어요.

"그래도 나는 더 빨리 자라야 해요!"

그렇게 나무 아저씨는 어린 나무의 부탁을 들어주었지만, 알고 있었지요. 이건 잘못된 일이라는 걸. 그저 어린 나무가 스스로 깨닫기를 기다린 것이었답니다. 어린 나무는 점점 더 많은 것을 차지하고, 그 욕심은 끝이 없었어요. 바람이 잘 부는 방향에 있는 나무들에게도 요구했어요.

"제발 바람을 더 불어주세요. 바람이 세게 불어야 내가 더 빨리 자랄 수 있어요!"

하지만 나무들은 속상한 마음으로 말했어요.

"바람은 모두가 함께 받아야 해. 네가 욕심을 부리면 다른 나무들이 다칠 거야."

그러던 어느 날, 비바람이 휘몰아쳤어요. 숲 속의 모든 나무들은 이번 비가 지나가면 더 튼튼하고 건강해질 거라 믿으며 뿌리에 힘을 주며 굳건히 비바람을 맞았지요. 하지만 어린 나무는 다르게 생각했어요. '햇빛이 없어도 되지만, 비를 많이 맞으면 빨리 자랄 거야!'

그렇게 어린 나무는 나무 아저씨에게 다시 말을 걸었어요.

"아저씨! 조금만 몸을 기울여주세요. 비를 많이 맞아야 하니까요."

나무 아저씨는 조금 걱정이 되었지만, 결국 부탁을 들어주었어요.

"네가 원하는 대로 하렴."

어린 나무는 기쁜 마음으로 비를 맞기 시작했어요. 비가 쏟아지면서 자신이 더 크게 자라날 거라는 기대에 가득 차 있었지요. 하지만 시간이 지나면서 비바람은 점점 더 거세졌어요. 어린 나무는 갑자기 불어오는 강한 바람에 몸이 기울어진 채 더 이상 버티기 힘들다는 걸 느꼈어요. 그제야 어린 나무는 깨달았지요.

'햇빛만큼 중요한 건 뿌리였구나. 내가 그렇게 급하게 자라려 하며 기울어졌을 때, 뿌리가 얼마나 약해졌을까…'

비가 끝난 뒤, 어린 나무는 땅 속에서부터 떨리는 기운을 느꼈어요. 자신의 뿌리가 얼마나 깊이 내리지 않았는지를 깨달았지요. 다른 나무들은 비바람 속에서도 흔들리지 않고, 튼튼한 뿌리로 바람을 막아냈어요. 어린 나무는 그제야 자신이 무엇을 놓쳤는지 알았어요. 급하게 자라려고 욕심을 부린 대가가 너무 크다는 것을.

"큰 욕심을 부리면 안 되는 거구나. 이제는 더 이상 욕심을 부리지 않고, 자연의 리듬에 맞춰 천천히 자라야겠어."

어린 나무는 그 순간 진심으로 다짐했어요.

'절제하며 자라야만, 진짜 튼튼하고 강한 나무가 될 수 있겠구나.'

그리곤 어린 나무는 다시 마음을 다잡았답니다. 이제는 그 속도를 맞춰, 조심스럽게 한 걸음씩 자라가기로 결심했어요. 그렇게 나무는 점차 자신을 바꾸어 나갔어요. 그리고 조금씩, 더 깊은 뿌리로 숲의 일부로 자리 잡았답니다.

# 우리 모두는 소중해

김정현

입상, 서울잠현초등학교

더하기 도시와 빼기 도시가 있었습니다. 더하기 도시의 사람들은 무조건 많은 것이 좋다고 생각했고, 빼기 도시 사람들은 무조건 줄이는 것이 좋다고 생각했습니다. 그들은 서로의 의견이 많다며 다투게 되는데 이 둘의 사이는 과연 어떻게 될까요?

저는 더하기 도시에서 태어난 아이입니다. 부모님은 장난감이 있어도 계속 계속 하나씩 많이 사두고 쌓아두는 것을 좋아하셔서 우리집은 발을 딛고 서있을 공간도 없습니다. 부모님은 멈출 생각도 없이 계속 1+1을 구매하고 또 구매하고 계세요.

저는 빼기 도시에서 태어난 아이입니다. 우리 집은 텅텅 비었어요. 부모님은 하나를 받으면 하나를 빼고, 두 개를 받으면 두 개를 빼고 늘 비워내기를 하고 계세요. 학교 준비물을 모아두었는데, 부모님이 저도 모르게 제 것을 다 버리셔서 가끔은 준비물 없이 학교에 가게 될 때도 있어요.

두 도시 어른들의 싸움과는 다르게 아이들은 점점 싸움에 지쳐갔습니다. 그때 이 두 도시의 싸움을 멈출 한 명이 나타났습니다. 그는 서희라는 인물이었습니다. 서희는 이대로 두 도시의 싸움을 지켜볼 수 없다고 생각

74

해 더하기 도시와 빼기 도시의 대표를 모아 함께 이야기를 나누었습니다. 하지만 둘은 서로의 주장만 내세울 뿐 배려하지 않아 문제를 해결할 수 없었어요. 그때 서희가 말했어요.

"서로를 존중하고 배려하며 이야기를 합시다. 자신만 맞다고 이야기를 하다 보면 이 이야기는 끝날 수가 없어요."

그때부터 두 대표는 상대방의 이야기를 듣기 시작했습니다. 더하기 도시 대표는 빼기 도시가 자꾸 버리기만 해서 우리에게 필요한 것을 모으다 보니 더하게 됐다고 이야기를 했어요. 그 이야기를 들은 빼기 도시는 깜짝 놀랐어요. 그 동안은 자신들이 버리는 것이 도시의 깔끔함을 유지하는데 큰 도움이 된다고 생각했거든요. 놀라기는 더하기 도시 사람들도 마찬가지 였어요. 빼기 도시의 사람들이 필요한 것도 마구 버린다고 생각했는데, 도시를 위해서 라는 것을 몰랐거든요. 서로 다른 생각을 가지고 있던 두 도시는 서로의 이야기를 들어보며 서서히 변하기 시작했어요. 더하기 사람들은 자신들에게 필요 없었던 물품을 빼기마을에 나누며 필요한 만큼 가지는 것에 익숙해져 갔고, 빼기 마을 사람들 역시 무조건 버리지 않고 꼭 필요한 것들을 안기게 되었어요.

두 도시의 평화를 지켜보던 서희는 이제 옆마을의 곱셈과 나눗셈 마을의 분쟁이 있다는 소식을 듣고 그 도시로 떠났습니다. 자꾸 자꾸 곱해서 가지려는 곱셈마을과 무조건 나누기만 하려는 나눗셈 마을 역시 서로 존중하고 이야기를 들어주면 더하기와 빼기 마을처럼 평화롭게 지낼 수 있을 테니까요.

춤추는 얼음 왕자, 빈아르무

이서빈
입상, 관호초등학교

옛날 옛날 한 옛날에, 춤추는 것을 좋아하는 얼음왕자 빈아르무가 살고 있었어요. 빈아르무는 '꿈의 무용단 칠곡레인보우'의 단원이었죠. 빈아르무는 춤을 출 때면 언제나 진지한 표정을 지었어요. 사람들은 그런 빈아르무를 보고 '얼음왕자'라고 불렀답니다. 하지만 빈아르무가 웃지 않는 진짜 이유는 따로 있었어요. 바로 춤을 틀릴까 봐 너무 집중했기 때문이었죠. 빈아르무는 춤을 출 때마다 마치 물감으로 아름다운 그림을 그리는 상상을 했어요.

"빨간색 물감으로 하늘을 슥슥, 파란색 물감으로 바다를 슥슥…"

빈아르무는 온 몸으로 물감을 흩뿌리듯 춤을 추었어요. 어느 날, 빈아르무는 '춤추는 화가'라는 꿈을 꾸었어요. 꿈속에서 붓 대신 몸으로 그림을 그렸고, 물감 대신 춤으로 색칠을 했죠. 빈아르무는 꿈에서 깨어나자마자 그림을 그리기 시작했어요. 빈아르무는 춤을 출 때처럼 진지한 표정으로 그림을 그렸어요. 빈아르무는 춤추는 화가가 되기 위해 밤낮으로 노력했어요. 춤 연습도 게을리하지 않았죠. 빈아르무는 춤을 출 때마다 그림을 그리는 상상을 했고, 그림을 그릴 때마다 춤을 추는 상상을 했어요. 마침내 빈아르무는 '춤추는 화가'라는 꿈을 이루었어요. 빈아르무는 춤으로 그림을 그리는 최고의 무용수가 되었답니다. 빈아르무의 춤은 마치 살아있는 그림처럼 아름다웠어요. 사람들은 빈아르무의 춤을 보며 감탄했고, 빈아르무의 그림을 보며 감동했답니다.

빈아르무는 춤추는 화가가 되어 사람들에게 꿈과 희망을 선물했어요. 빈아르무는 오늘도 춤을 추고 그림을 그리며 행복한 나날을 보내고 있답니다.

절제

더 좋은 것을 얻는 선택과 집중

절제는 더 좋은 것을 얻기 위해 내 마음대로 하고 싶은 욕망을 제한하는 것이다. 절제는 더 좋은 것에 대한 투자이다. 다른 잡다한 것을 제거하는 것이다. 산책하면서 우연히 나무 가지를 보다가 특별한 것을 발견하기도 한다. 다른 나무들과의 생존경쟁을 위해서 계속 위로 뻗어가야 하는데 중간 가지에게 영양분을 빼앗겨 더 뻗어가지 못하는 것이 있다. 절제는 더 좋은 열매를 맺기 위해 선택과 집중을 하도록 도와준다. 포기하는 것이 아니다. 더 아름다운 열매로 많은 이들에게 나누기 위한 소중한 투자이다.

절제의 힘

최재원
입상, 서울잠현초등학교

"얘들아 잘 시간이다." 할머니께서 말씀하셨다. 할머니는 내가 잘 시간이 되면 책을 읽어 주시는데 오늘 책은 교훈이 담고 있는 책인 것 같았다. 책 제목은 '절제의 힘'이라는 책이었다.

게임을 좋아하는 '게임 좋아'씨는 오늘도 게임을 하고 있었다. 게임 좋아 씨의 생활은 늘 똑 같았다. 생활하는 모든 순간마다 게임 생각뿐이었다. 4시간 밖에 없는 잘 시간도 게임에 대한 생각을 하면서 자고, 게임을 하고 싶어서 아플 때도 있다. 게임 친구들도 게임을 아주 좋아했지만 친구들은 숙제도 많이 하고 체육도 아주 잘하는 모범생이었다. 친구들은 같이 밖에서 놀자고 권했지만 게임좋아씨는 다 거절했다.

"우리 축구하자"
"싫어"
"우리 야구하자"

"싫어"

친구들은 게임좋아 씨가 모든 걸 거절하자 친구들은 점점 속상함이 쌓여 더 이상 게임좋아씨를 찾지 않았다. 게임좋아 씨는 친구들이 찾지 않는다는 것도 모른 채 게임에만 몰두했다. 그렇게 하루, 이틀 게임을 하자 친구들도 게임좋아씨를 점점 잊어가기 시작했다.

그러던 어느 날 게임좋아 씨 앞에 어느 종이비행기가 날아온다. 그 종이비행기 안에는 '게임을 좋아하는 사람은 눌러봐야 할 버튼! 이 버튼을 누르면 게임만 하는 나라로 간다.'라고 적혀 있었다. 게임좋아 씨는 처음에는 의심했지만 1초도 안 되서 버튼을 누른다. "위이이잉"하는 소리가 났지만 달라지는 건 없었다. 그러자 게임좋아 씨는 '에이 장난이었나 보다.' 하고 다시 게임을 시작했다.

그리고 곧 게임에서 만난 친구들과 다시 게임을 하기 시작했다. 1시간, 2시간, 3시간을 하다 조금 이상한 것을 발견했다. 평상시라면 친구가 '나 이제 숙제해야 해서 나갈게.'라고 하면서 게임을 나갈 텐데(상관없지만) 시간이 계속 흐르는 대도 나가지 않았다. 게임좋아씨는 "너 숙제 안 해?"라고 물어보았지만 답장이 오지 않았다. 그리고 이상한 점이 한두 가지 아니었다. 주변과 동네 모두 물 떨어지는 소리만 들릴 정도로 엄청 조용하고 사람이 있더라도 모두 다 핸드폰만 들여 다 보고 있던 것이었다. 그러자 게임좋아 씨는 '아 이건 아니다.'라는 생각과 함께 다시 버튼을 눌러서 집으로 돌아간다. 이 때부터 게임좋아씨는 게임을 하고 싶은 생각이 떠나지 않아도 '이제 조금 운동을 해볼까?'라고 생각하며 친구들에게 같이 놀자고 메시지를 보낸다. 친구들은 변해버린 게임좋아씨의 모습에 놀랐지만 반가워해주었다. 처음에는 자신만만하게 메시지를 보냈던 게임좋아씨는 처음하는 체육이니까 너무 어려웠다.

"조금만 천천히!"
"아 또 졌잖아."

그러자 운동이 어렵다고 생각하고 다시 게임을 하기 시작했다. 그러자 다시 종이비행기 하나가 날아왔다. 이번에는 '자신이 한 일을 보고 다시 시작할 수 있는 물약'이라고 쓰여져 있고, 게임좋아씨는 설명서를 읽지도 않고 물약을 마셨다. 그 환상에서 자신이 보지 못했던 일이 눈 앞에 펼쳐지기 시작했다. 자신을 한심하게 보는 이웃집들, 자신을 잊고 있는 친구들이 모두 게임만 하는 게임좋아씨를 바라보고 있는 것이었다. 게임좋아 씨는 너무 부끄럽고 쥐구멍에 숨고 싶은 심정이었다. 현실로 돌아가려고 다시 물약을 마시자 무언가 이상했다. 현실로 돌아가지 않고, 다시 그 장면이 계속 보이는 것이었다.

"자자 오늘은 이것까지 보자." 너무 재밌었지만 할머니가 그만 읽자고 하자 어쩔 수 없이 자려고 했지만 "자라고 하면 못 볼 줄 알고?" 나는 손전등을 켜고 다시 읽기 시작했다.

당황한 게임좋아씨 앞에 종이비행기가 날라왔다. "나를 그렇게 괴롭혀 놓고 잊은 건 아니겠지?" 이것을 본 순간 이것을 만든 사람이 누군지 한 번에 알아차렸다. 게임좋아씨가 게임 속에서 괴롭히던 한 사람이 있었다. 바로 게임즐겨씨였다. 게임즐겨씨는 평소에 게임을 즐겨했지만 게임좋아씨는 그 사실을 알고 놀리기 시작했다. 그렇게 1달, 2달 그리고 이렇게 된 것이다.

"미안해, 다시는 놀리지 않을 게!"

게임 좋아씨가 사과하자 게임즐겨씨는 사과만 받을 생각이었기 때문에 환상 세계에서 게임좋아씨를 풀어주었다.

환상에서 풀려나자 게임좋아씨는 게임을 계속하면 벌어지는 일들을 경험하고 더 이상 게임을 하지 않도록 노력하게 되었다. '게임중독 벗어나기' 교육을 받은 후 게임좋아씨는 자신이 '게임중독 벗어나기' 봉사를 이끌게 된다. 그리고 게임좋아씨의 계획은 바뀌었다. '하루에 8시간 이상 자기', '하루에 게임은 10분!', '운동 열심히 하기!' 이렇게 계획이 바뀌자 친구들은 게임좋아 씨와 더 친해지게 되었고, 게임좋아씨는 절제의 힘을 알아가게 된다.

책을 다 읽고 나니 어느 순간에 아침이 되어 있었다. 나는 어제와 똑같이 생활을 하고 나중에 게임시간이 왔을 때 할머니에게 말했다. "할머니! 책읽어 주세요!"

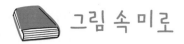 그림 속 미로

노효정

우수상, 남창고등학교

학교 생활은 카이에게 무미건조했다. 열여섯 살의 그는 오늘도 턱을 괸 채 호숫가에 앉아 있었다. 한적하고 넓은 호수가 있는 이곳은 카이가 재작년에 우연히 찾은 비밀 공간이었다. 점심시간 학교를 빠져나와서 왼편으로 쭉 걷다보니 이런 곳을 발견하게 되었다. 카이에게 이곳은 유일한 안식처였다.

카이의 어깨에는 가방 끈이 걸쳐져 있었다. 가방 안에 든 것은 그림 도구들이다. 자세를 펴고 일어났다. 팔레트를 준비하고 호수에서 물을 뜬 뒤, 적당한 자리를 찾아 앉았다. 바람에 찰랑이는 머리카락 아래, 물감으로 얼룩진 손이 붓을 잡아 더 개성적으로 보였다. 멈춰있던 손이 움직여 선을 그었다. 붓 끝이 살짝 갈라졌다. 붓이 지나간 자리에 호수가 나타났다. 물통에 붓을 담구니, 그곳에도 탁한 호수가 퍼졌다.

캔버스에 다시 붓칠을 하니 이번에는 울퉁불퉁한 돌들이 생겨났다. 붓끝이 닿는 곳마다 세상이 변했다. 바람은 더 부드러워지고, 햇살은 상냥해진다. 현실에서 느낄 수 없는 온기가 그 안에 있었다.

카이는 자신이 그린 세계를 사랑했다. 현실의 호수보다도 캔버스 위에 펼쳐진 풍경이 더 따뜻하고 완벽해보였다. 그렇게 느끼는 이유는, 그곳에 완벽한 친구가 있기 때문일지도 몰랐다. 카이의 습관이었다. 그는 늘 그림 속에 가상의 친구를 함께 그려 넣곤 했다. 큰 키, 곱슬거리는 머리, 반짝이는 눈동자와 활기까지 카이가 가지지 못한 결핍들로 완벽한 친구를 그려냈다.

물감이 다 마른 것을 확인하고 고개를 들었을 때는 이미 어둠이 찾아온 후였다. 차가운 공기와 건조한 물감 향이 섞여서 묘한 기분이 들었다. 카이가 사는 마을은 학교 오른편에 있었다. 집으로 가는 길은 기억하고 있지만, 눈앞이 캄캄해서 길을 분간하기 어려웠다. 하필이면 오늘이 그믐밤이었다.

또래의 아이들과 관심사가 같진 않지만, 카이 또한 청소년이었다. 호기심과 상상력이 머릿속을 지배할 시기였다. 문득 학교에서 친구들이 나누던 뱀파이어 이야기가 생각났다. 달빛이 없는 밤에는 그림자에 숨어 더 은밀하게 활동할 수 있다고…. 호수를 둘러싼 숲 속에서 은밀하게 사냥하고 있을 뱀파이어가 두려웠다.

상상은 그치지 않았다. 급기야 마녀들이 갑자기 호수 아래에서 튀어나올 것 같아 겁이 나서 그대로 주저앉아버렸다. 미지의 상상이 끝도 없이 펼쳐졌다. 재빨리 그림 도구를 정리하여 가방을 끌어안고 고개를 파묻었다. 귓가에선 물결이 바람을 타는 소리가 날카롭게 들렸다. 어느 순간부터 풀 밟히는 소리가 들렸다. 심장박동이 조금씩 빨라졌다. 길고양이라도 보고 싶지 않았다. 그저 단순한 착각일 뿐이라 생각하며 눈을 질끈 감았다.

"길을 잃었니?"

들리는 목소리는 바람 같았다. 부드럽지만 차가웠다. 카이는 천천히 뻣

뻣한 고개를 올렸다. 제일 먼저 보이는 것은 노란 등불이었다. 그것을 잡고 있는 검은 장갑 낀 손을 보고 그제서야 낡은 외투를 뒤집어 쓴 사람이 보였다. 등불을 낮게 잡고 있어 얼굴을 확인하기 어려웠다. 말투와 목소리로 구분해서 이 사람이 그저 나이가 조금 있다는 것만 유추했다. 아무튼 뱀파이어도 마녀도 아니었다. 카이는 드디어 한숨을 내쉬고 울 것 같은 목소리로 말했다.

"사방이 어두워서 마을로 돌아가는 길을 못 찾겠어요."

"이 밤엔 별도 길을 잃는단다. 하지만 내가 아는 곳은 안전하지 나를 따라오겠니?"

카이는 잠깐 망설였다. 열여섯 살쯤 되면 안다. 모르는 사람을 따라가는 것은 어두운 밤 보다 더 위험할지도 모른다. 그러나 다시 어둠 속에 버려지기 싫었다. 그래서 용기를 짜내어 말했다.

"저를 마을로 데려다 주실 수 있나요?"

장갑 낀 손이 침묵했다. 고민을 하는 것 같았다. 카이는 자신도 모르게 손을 움켜쥐었다.

"당연히 그래야지…."

불신과 불안이 등을 감쌌다. 그래도 희망적이었다. 서둘러 감사 인사를 하려는데 말이 이어졌다.

"그런데 내가 이곳을 멀리 떠날 수 없어서 숲의 초입까지 데려다주마. 그후론 등불을 밝혀서 이동할 수 있겠니?"

카이는 조금 두려웠지만 한편으론 다행이라고 생각했다.

"감사합니다."

둘은 나란히 길을 걸었다. 발아래 밟힌 풀들이 바스락거렸다. 걸음을 옮길 때마다 촛불이 흔들렸다. 카이는 조용히 걷다 무심코 지나온 길을 돌아봤다. 등 뒤로 펼쳐진 암흑을 보며, 괜히 그것에 쫓기는 기분이 들어 오싹했다.

"그래, 너는 어쩌다 이 시간까지 이곳에 남아있니?"

들려오는 질문에 카이는 가방 끈을 움켜쥐고 입을 열었다.

"여기가 한적해서 그림을 그리기 좋거든요. 그림에 몰입하다 보니 시간 가는 줄 몰랐어요."

그 말에 등불의 주인이 시선을 내려 움켜진 가방을 쳐다본 것 같다고 카이는 생각했다.

"그림을 자주 그리니?"

카이는 그림에만 애정을 가지고 살아갔다. 그림을 좋아하는 만큼 자주 그렸다. 조금 밝아진 목소리로 "네." 하며, 카이가 긍정하자 이번엔 조금 흥미로운 질문이 날아왔다.

"그림을 좋아하는구나. 그림 속 세상에 들어가 보고 싶다고 생각해본 적 없니?"

카이의 발 아래 밟힌 풀이 떨렸다. 살짝 멈칫하던 걸음은 자연스럽게 이어졌다. 생각을 읽힌 기분이라 심장이 두근거렸다. 이미 여러 번 해 본 상상이었다. 자신의 그림 속에 들어갈 수 있다면 가장 기쁜 것은 단연 카이일 것이다. 그러나 그것은 단순히 상상일 뿐이었다.

"좀 전의 호수처럼 끝없이 펼쳐진 길을 본 적 있니? 그 길은 네가 원하는 대로 변할 수도 있고 네가 꿈꾸지 못한 것을 보여줄 수도 있단다."

전부 도통 의중을 알 수 없는 말뿐이었다. 이해가 안 가 무심코 눈썹을 찌푸리자 옆에서 점잖은 웃음소리가 흩어졌다.

"그래, 어렵겠지. 지금은 이해하기 어려울 거야. 힌트를 주마. 이곳에 자주 찾아오는 것 같던데, 호수 저편으로 난 길을 본 적 없니? 해가 지면 보이기 시작할 거란다. 걷다 보면 답을 찾게 될지도 모르지."

등불의 주인은 그 말을 끝으로 갑자기 걸음을 멈춰버렸다. 정신을 차리고 주위를 살피니 벌써 숲의 입구였다.

"사람들은 날 데달로스라고 부르기도 하지. 내 이야기가 흥미로웠다면 해가 저물 때 호수를 찾아와 안개를 건너렴."

자신을 타칭 데달로스라고 한 그 사람은 등불을 넘겨주며 말했다. 등불이 내 손에 들린 순간 마치 데달로스는 처음부터 없었던 것처럼 사라졌다.

잔 소름이 카이의 팔에 돋았다. 신기루 같은 형상에 겁먹기보다는 데달로스가 남기고 간 말에 좀 더 호기심 불렀다. 집으로 가는 걸음을 재촉하면서도 카이의 머릿속은 호수 뒷편의 미지의 공간에 대해서 끊이지 않았다. 바람이 자꾸만 속삭이는 것 같았다 비밀을 알고 싶지 않냐고….

카이는 무사히 집으로 도착했다. 등불을 책상에 올려두고 방 안에 앉아 호수의 풍경을 떠올리며 스케치북에 선을 그렸다. 그림 속에서 길이 점점 더 선명해지자, 문득 내일 다시 호수로 가야겠다고 다짐했다.

* * *

다음 날, 카이는 일찍 깨어났다. 해가 뜨지 않은 새벽부터 집을 나와 호수로 갔다. 아직 다 가시지 않은 어둠이 숲에 묻어 있었지만 호기심과 흥미가 두려움을 이겼다.

호수에 도착해선 해가 질 때까지 그림만 그렸다. 똑같은 풍경이라도 카이는 매번 다채롭게 그려냈다. 놀라울 정도의 몰입이었다. 해가 떨어지는 건 순식간이었다. 사방이 어두워지자 카이는 호수를 응시했다. 호수 뒤는 안개의 장막이 펼쳐져 평소에는 볼 수 없었다. 그러나 데달로스의 말대로 안개 속에서 희미하게 물길이 보였다. 길은 놀라울 만큼 가깝게 이어져 있었다.

카이는 희뿌연 안개 속에서 오직 길만 따라 앞으로 움직였다. 발밑에서 자갈과 흙의 감촉이 얇은 신발 가죽을 통해 느껴졌다. 해는 떨어진지 오래라 날이 쌀쌀했다. 이상하게 앞으로 전진할수록 안개가 짙어졌다. 사방이 점점 더 뿌옇게 흐려지며 길의 경계가 희미해졌다. 귀 뒤로 오싹한 기분이 들었다. 카이는 멈춰 서서 주위를 둘러보았다. 안개 너머로 보이는 윤곽이 어딘가 익숙했다.

멈췄던 걸음을 다시 움직였다. 발끝에서 닿는 감촉이 분명하게 달라졌다. 처음엔 흙이었던 길이 어느새 부드럽고 매끄러운 표면으로 바뀌어 있었다. 카이는 고개를 숙였다. 발밑은 더 이상 현실의 것이 아니었다. 그것은 선명한 붓질로 칠해진 길이었다.

고요 속에서 발걸음 소리와 침 삼키는 소리만 들렸다. 어디선가 물감 냄새가 스쳤다. 카이는 속으로 갈등하면서도 착실히 걸었다. 발걸음은 멈추지 않고, 얇은 안개의 막을 갈랐다. 카이가 숨을 삼켰다. 나열된 나무 의자와 나무 책상 바닥도 나무고, 심지어 벽도 나무였다. 온통 나무로 도배되어 있는 이곳은 카이가 모를 수 없는 공간이었다.

카이는 그 순간 깨달았다, 자신이 그림 속 세상에 들어왔단 사실을. 믿을 수 없는 현실에 벙쪄 있는데, 어깨 너머로 말소리가 들렸다.

"카이?"

그건 정확히 카이를 부르는 목소리였다. 황급히 뒤돌은 카이가 목소리의 주인을 쳐다봤다.

"아……."

그리곤 탄식했다. 큰 키에 곱슬머리, 반짝이는 눈동자까지 카이의 그림 속에서 수없이 만나 온 친구가 눈앞에 서있었다. 카이는 멍하니 친구를 바라보았다. 친구는 카이의 모습에 웃음을 터뜨렸다.

"정말 카이구나, 너와 만나고 싶었어!"

카이 또한 반가운 건 마찬가지였다. 둘은 나무의자를 끌어와 나란히 앉았다. 그리고 대화했다.

"카이, 네가 어떻게 이곳에 있는지 모르겠어. 단지 나는 반가울 뿐이야!"

"나도 그래, 널 만나게 될 줄은 정말 몰랐어."

카이는 제가 빚은 완벽한 친구이자, 자신의 피조물을 바라봤다. 그것에 눈을 떼기 어려웠다. 과연 누가 상상할 수 있을까? 작가가 자신의 작품과 함께 대화 나누는 것을. 꿈에서만 그리던 일이었다.

카이는 손끝을 책상을 두드렸다. 단조로운 소리가 박자감 있게 실내에 퍼졌다. 이곳은 카이가 다니는 학교의 풍경 중 일부를 그린 것이었다. 언젠가 그렸던 교실의 풍경화가 둥실둥실 떠오르다 다시 가라앉았다. 완벽한 친구가 카이에게 질문했다.

"그런데 카이, 이곳은 네가 현실에서 가장 자주 머물렀던 공간이잖아, 왜 이렇게 텅 비어있어?"

친구의 질문은 카이를 씁쓸한 현실로 끌고 갔다. 살짝 낮은 목소리로 카이가 대답했다.

"내가 원하는 건 이런 고요한 교실이야."

친구는 다리를 꼬고 앉아 있었다. 곰곰이 생각에 잠긴 얼굴은 곧 박수 소리와 함께 감춰졌다. 친구가 일어서며 말했다.

"그래 네가 좋다면 나도 좋아! 이곳을 더 구경해볼래? 뒷문을 통해 나가면 또 다른 완벽한 친구가 널 맞이해 줄 거야."

카이 또한 일어섰다. 첫 번째 친구와 짧게 인사하고 나무문을 열었다. 환한 빛이 카이를 포용한다. 카이의 얼굴에 삐죽삐죽 숨길 수 없는 미소가 설렘으로 물들었다. 눈이 빛에 적응하기 위해 여러 번 깜빡였다. 곧 보이는 광경은 역시 기억 속에 있는 곳이었다. 따뜻한 바람이 흙내음을 퍼다주고, 작은 새들이 지적이는 곳 이곳은 카이만 아는 곳이다. 마을 깊은 곳에 있어 아무도 찾지 않는 작은 아지트였다. 카이는 과거 기억을 헤집었다. 아주 어릴 적 부모님이랑 소풍 오던 곳. 이제는 카이만 기억하는 은밀한 기억이다. 흙을 밟고 걸어가서 반듯하게 잘린 통나무 위에 앉았다. 손으로 나무의 단면을 쓸었다. 희미한 물감 냄새가 나는 듯 했다. 카이의 얼굴이 가라앉았다. 방금 전과 비교하여 극도로 차분해진 얼굴에선 우울의 냄새가 풍겼다.

카이가 자신의 그림에만 몰입하던 이유가 이곳에 있었다. 눈을 감은 채 새소리에만 집중했다. 그림에 완벽한 친구를 그려 넣던 것도 이 시기부터였다. 자신에게 없는 것을 채워줄 친구가 필요했었다.

그 순간 새소리 이외에 불편한 소음이 귀에 잡혔다. 누군가 신발을 바닥에 끌면서 다가오고 있었다. 느리게 눈을 뜨고 뒤를 돌자 완벽한 친구가 그 곳에 있었다.

"안녕, 카이. 생각이 많아 보이는 얼굴이네."

내가 곁에 있어줘도 괜찮을까? 친구는 내게 묻고 있었다. 배려가 담긴 위로에 웃음이 나왔다. 나와 달리 정말 섬세하구나 싶어서. 이곳에서도 시간은 흘렀다. 분명 낮이었는데, 이제는 해가 지고 있었다. 정말 신기한 풍경이었다. 내 세계가 움직인다는 것이 여전히 믿기지 않았다. 멍하니 저무는 해를 쳐다보는데, 친구가 기지개를 켰다. 부서진 노을이 친구의 눈동자에 박혔다. 일어선 친구가 카이를 보며 말했다.

"해가 질 것 같으니 이제 다른 그림으로 넘어갈까?"

친구는 나무들이 터준 길을 가리키고 있었다.

"저쪽으로 넘어가면 다음 풍경이 보일 거야."

밝게 웃는 모습에 아쉬운 마음이 들었다. 카이는 내심 이 공간이 가장 마음에 들었다. 다음 풍경이야 천천히 구경하면 될 것이고, 지금은 이곳에서 떠나고 싶지 않은 마음이었다.

"나는 조금 더 있다가 갈래."

친구는 웃었다. 그리고 조금 곤란하다는 듯이 말했다.

"…그렇지만 밤은 어둡고 쌀쌀해."

친구는 카이를 걱정하는 듯했다. 걱정스러운 눈으로 빨리 다음 공간으로 넘어가는 것을 은근히 종용했다. 카이는 나무 사이에 서서 눈 안에 과거에 그렸던 풍경을 담았다. 미련이 자꾸만 발목을 잡았다.

그 순간, 하늘의 사각지대가 우그러지기 시작했다. 밤하늘이 쭈굴쭈굴

접히고 있었다. 카이의 두 눈이 커졌다. 그 시선을 따라온 친구도 카이가 보는 하늘을 보곤 눈썹을 일그러뜨렸다.

"저게 뭐야…?"

친구는 황급히 카이의 등을 떠밀었다. 억지로 밀려난 카이는 나무 사이로 넘어져버렸다. 또 다시 빛이 카이를 범람했다. 눈앞이 하얘져서 자꾸만 방금 본 상황을 떠올랐다. 구겨지던 밤하늘, 카이가 사랑하는 공간…, 기분이 이상했다. 그저 머리가 어지러웠다.

카이는 넘어진 상태 그대로 다음 장소로 넘어왔다. 무릎을 털고 일어나 주변부터 살폈다. 익숙한 마을의 풍경이었다. 앞집은 한창 공사 중일 때라 덜 마른 시멘트와 벽돌이 쌓여있었다. 시멘트 냄새 대신 축축한 물감 냄새가 진동했다. 마을의 집엔 창문이 많았다. 두드려서 감촉을 살피면 눅눅했다. 전체적으로 마을이 서글퍼보였다. 그제서야 한 가지 떠오르는 사실이 있었다. 이 그림 그리다가 실수로 물통을 엎질렀었다. 젖은 옷을 수습하느라 깨진 몰입 탓에 이 그림은 내던지고 새로운 그림에 몰두했었다. 이번 장소는 버려진 그림 속이었다.

친구를 만나서 대화를 나누고 싶었다. 구겨진 하늘에 대해서 묻고 싶었다. 그런데 친구의 모습이 안 보였다. 집들은 조그맣고 창문은 또 많아서 숨어버린 친구를 찾긴 힘들었다. 카이는 차가운 바닥에 주저앉았다. 열세 번째 집을 둘러보다가 지쳐버렸다. 몸에서 젖은 물감 냄새가 풍겼다. 거리엔 고양이 한 마리도 그리지 않았다. 그만큼 고요했다. 카이는 어깨를 벽에 기대었다.

문득 자신이 이 공간에서 도대체 무얼하고 있는지 회의감이 들었다. 분위기가 처져서 그런지 몸에 피로가 쉽게 쌓였다. 카이는 자리에서 일어났다. 다음 풍경으로 넘어가 그곳의 친구와 대화하는 게 더 빠를 것 같다고 생각 들었다.

마을을 돌아다니면서 봐두었던 우물이 있다. 그곳이 통로라는 생각했다. 그곳 외엔 길이 없었다. 카이는 우물 위에 한쪽 다리를 걸쳤다. 꿉꿉했다. 우물 안은 깜깜해서 보이지 않았다. 깊이를 가늠할 수 없어 두려움이 들었다. 나머지 다리도 올리려는 데 뒤에서 목소리가 붙잡았다.

"카이, 벌써 … 가게?"

아직은 해가 지지 않아서 괜찮은데. 친구의 목소리는 묘하게 시들어 있었다. 얼마나 찾아다녔는데 갈 때쯤이 되어서야 나타나곤, 카이는 조금 신경질이 났다. 얼굴을 마주보고 못된 행동을 비난할 생각이었다.

친구는 서있었다. 얼굴과 옷에서 방울이 뚝뚝 떨어졌다. 카이는 경직된 채로 친구를 쳐다봤다. 카이가 굳어있자 친구가 다가왔다. 멍하니 다가오는 것을 쳐다봤다. 친구가 지나온 걸음엔 자국이 남았다. 다가온 친구가 카이에게 손을 뻗었다.

"떠나지 마…."

녹아내린 손이 카이의 손을 덮었다. 진한 물감냄새가 번졌다.

"네가 날 이곳에 가뒀잖아, 너도 여기서 같이 살아 축축하고 물감 냄새만 진동하는 곳에서!"

카이는 숨을 들이켰다 딸꾹질이 나올 것만 같았다. 친구의 얼굴이 가까이 있었다. 함부로 숨을 쉬면 안 될 것 같았다. 녹아내린 부분마다 기괴하고 소름끼쳤다. 몰랐다. 물통을 엎질렀을 때, 카이는 그저 젖은 옷을 닦아

내느라 바빴다. 젖고 번져버린 그림 세상이 존재하는 줄도 몰랐다. 그 속에서만 살고 있는 카이의 친구까지도 무서운 감정이 들었다. 그림을 사랑하는 주제, 섬세하진 못했다. 전부 카이의 탓이었다. 그의 몰입이 초래한 결과였다….

카이는 자신이 저지른 일을 깨닫고 뒷걸음질 쳤다. 흐물흐물한 손은 쉽게 풀려났다. 그러나 물러날 곳은 없었다. 당연한 수순으로 우물에 빠져들었다. 아래로 추락하면서 우물 위 떠오른 친구의 얼굴을 쳐다봤다. 얼굴이 녹아내려 표정을 읽을 수 없었다.

빛이 그물처럼 카이의 등을 감쌌다.

떨어진 곳은 호수였다. 카이가 재작년 점심시간 학교를 몰래 빠져나와 발견한 곳이다. 며칠 전 그렸던 풍경이 눈앞에 펼쳐졌다. 주변을 수색할 것도 없이 완벽한 친구는 카이의 시야 끄트머리에 보였다.

카이는 망설였다. 망설이다가 결국 그 곁으로 다가가 쭈구려 앉았다. 물론 도망가고 싶단 생각이 먼저 들었다. 그렇지만 카이에겐 이 세상과 친구는 단순한 그림조각이 아니었다. 친구는 가상의 가족이고, 내 그림은 친구의 삶이었다. 방금 전의 축축지근한 마을과 녹아내리던 친구가 얼굴에서 지워지지 않는다. 우선 사과부터 해야 했다.

"…저기, 미안해."

카이는 볼이 간지러워져서 긁었다. 친구는 카이를 쳐다보지 않았다. 그럼에도 카이가 이 세상을 떠날까 봐, 조약돌들을 카이의 발 위에 올려두었다.

"내 몰입이 너에게 영향을 끼치고 있는지 몰랐어."

카이는 이번엔 귀를 긁적였다. 간질거렸다. 부끄러움이 자꾸만 고개를 들었다.

"그림 속에 혼자 둬서 미안해."

친구가 고개를 들었다. 녹지 않은 얼굴에 눈물이 맺혀 있었다. 일그러진 눈썹이 축 처진다. 카이는 이 순간 깨달음을 얻었다. 몰입은 빈 부모님의 자리를 대체해 줄 것이라고 생각했다. 그래서 그림에만 몰두했었다. 그러나 과한 몰입은 누군가에게 상처를 입힐 수도 있단 사실을 알게 되었다. 그것이 아주 가깝고 또 소중히 여기는 대상이 될 수도 있단 것을…. 둘은 화해했다. 카이가 진심으로 사과했고, 친구가 그것을 받아주었다. 친구는 우는 얼굴로 카이에게 새끼손가락을 내밀었다. 카이 또한 젖은 얼굴로 새끼손가락을 내밀었다. 둘은 새끼손가락 끝을 맞대고 약속했다. 친구가 카이를 현실 세계로 내보내는 대신 조건으로 내세운 약속이다.

"잘 지내."

"너도."

호수가 보는 앞에서 둘은 약속했다. 과한 몰입에 현실을 내버려두지 않을 것이라고. 몰입이 나쁘단 게 아니었다. 그러나 적절히 절제가 필요하단 것을 카이는 이제 안다. 호수가 그 증인이었다.

마음앱

이재인
입상, 염리초등학교

"오늘은 같이 놀 수 있지?"

내가 물었다.

"오늘은 너 끝나고 아무 학원도 없잖아. 그러니까 오늘, 지난 일주일에 못 논 것까지 실컷 놀자! 먼저 당연히, '우리 분식'에서 슬러시 사 먹고, 다음 네 집 가서 서로 매니큐어나 실컷 바르자! 또 다음에는…"

"소령아, 나 오늘은 못 놀아…"

벼리가 조그마한 소리로 말했다.

"왜?"

나는 지쳤다는 목소리로 벼리에게 물었다. 정말 참을 만큼 참았다. 벼리 저 녀석, 이제는 친구한테 시간도 못 낸다니. 실망이다.

"오늘 금요일이잖아. 너 금요일에는 학원 없다면서!"

말하다 보니까 소리가 커졌다.

"부모님이 새 학원 다니라고 해서… 미안해"

벼리가 모기만한 소리로 대답했다. 벼리는 놀랐는지, 눈에 눈물이 맺히기 시작했다. 뭐, 울어도 난 상관없다. 잘못은 벼리가 했으니까.

"너, 내 친구 맞아? 어떻게 친구가 나한테 시간도 못 내줘? 게다가 너 주말에도 학원 때문에 못 만나니까, 다음 주까지 너의 잘못된 행동에 대해서 한번 생각해 봐."

나는 영화에서 악당을 마주하고 서있는 영웅처럼 거침없이 말을 뿜어냈다. 그때 마침 종이 울렸고 나는 가방을 들고 곧바로 새 학원으로 가는 벼리와 반대 방향으로 걷기 시작했다. 집까지 반쯤 갔을 때, 내가 만난 건 다름 아닌 벼리의 어머니였다.

"안녕하세요.".

나는 예의 바른 어린이가 마땅히 해야 할 것처럼 인사하였다.

"호호호, 안녕?"

벼리의 어머니도 언제나처럼 웃으시며 인사하셨다.

"그런데, 우리 벼리는 어디 가고, 너만 혼자 오니? 너희 둘은 언제나 같이 오지 않니?"

"벼리는 새 학원 갔는데요."

"우리 벼리는 오늘 학원 안 가는데? 내가 학원 프로그램을 싫어해서 수요일에 수학 학원 한 개만 보내. 그리고 우리 벼리는 똑똑해서 학원 안 가도 괜찮아. 그런데 왜 갑자기 그런 엉뚱한 소리를 하니?"

"아, 제가 헷갈렸나 보네요. 벼리는 오늘 다른 친구랑 가기로 했어요."

나는 놀랐지만 벼리의 어머니께 말씀드리지 않았다. 어른들이 끼면 일이 피곤해진다. 뭐야, 진벼리, 지금까지 거짓말하고 있었던 거야? 정말 슈퍼울트라 대박 실망이다. 누구 덕분에 지금의 진벼리가 되었는데. 나와 벼리는

1학년 때부터 지금 5학년까지 단짝 친구였다. 내가 처음 1학년 때 벼리를 만났을 때 벼리는 정말 실망스러운 친구였다. 유행 아이돌 사진 대신에 유치한 토끼 인형을 들고 다니고, 장기자랑 시간에 멋진 힙합 노래 대신에 작은 별 동요를 부르는 유치한 친구 말이다. 그런 벼리를 나, 강소령이 바꾸어 주었다. 그런데 그것의 보답이 이거라니! 정신없이 걷다 보니까 처음 보는 가게가 나왔다.

"푸른 소년의 뭐든지 가게?"

나는 간판을 뚫어져라 보았다. 그때 가게 안에서 푸른 소년이 걸어 나왔다. 누구라도 그가 푸른 소년이라는 걸 알았을 것이다. 그 애는 푸른색 티셔츠에 청바지를 입고 있었고, 머리카락도 파란색으로 염색되어 있었다. 마지막으로, 깊은 호수 같은 눈동자도 어두운 푸른색이었다. 유난히 창백한 소년의 피부 덕분에 이 모든 푸른색이 눈에 잘 띄었다.

"우리 가게에 어서 와. 나는 푸른 소년이고, 물어보고 싶은 것이 있으면 물어봐도 좋아."

나는 집에 가야 한다는 걸 알면서도 안 보이는 무언가에 이끌리듯이 가게 안으로 들어갔다.

"우리 가게에서는 돈은 받지 않아. 그러니까 마음대로 한 개만 골라."

나는 무료라는 말에 제일 비싼 물건을 고르기로 했다. 제일 비싸 보이는 물건은 핸드폰이었다. 나는 핸드폰은 인류의 파괴를 가져온다는 부모님의 이상한 주장 때문에 핸드폰이 없었기에 아주 기쁜 발걸음으로 계산대로 향했다.

"우리 가게는 돈을 받지 않는 대신에 사용자가 2명이야. 나머지 사용자는 네가 정해. 아, 참고로 우리는 이 물건을 팔지는 않아. 네가 필요한 만큼 동안만 빌려주는 거지. 그 기간은 1시간이 될 수도 있고, 1년이 될 수도 있고 평생이 될 수도 있어. 특히, 네가 고른 상품의 경우에는 오랫동안 빌리는 경우가 많아. 그러면 잘 쓰고, 새로운 앱이 많이 쌓이길 빌게!"

나는 그 마지막 말과 함께 가게 안으로 들어올 때와 마찬가지로 안 보이는 무언가에 밀리듯 가게를 나갔다. 그날 밤, 나는 내 새 핸드폰을 켰다. 푸른 소년이 알려 준 것처럼, 핸드폰은 사용자를 한 명 더 정하라고 했다. 오늘 벼리의 어머니를 만났던 일은 이미 아까 전에 머릿속에서 추방된 나는 망설임 없이 '진벼리'를 썼고, 곧 핸드폰이 켜지기 시작했다. 하지만 핸드폰이 켜졌을 때 나는 실망감을 감출 수 없었다.

"이게 뭐야!"

핸드폰 안에는 내가 기대했던 게임 앱은 커녕, 당연히 있어야 하는 전화 앱이나 사진 앱도 없었다.

"이거 순 불량품이잖아! 이거 신고해야 하는 것 아니야?!"

화가 너무 많이 나서 매운 고추를 먹은 잔뜩 먹은 기분이 들 때쯤 나는 이 핸드폰에 앱이 아무것도 없는 것은 아니라는 사실을 발견했다.

"이건 뭐지? '사용자를 알아요'?"

나는 궁금한 마음에 얼른 들어가 보았다. 저희 상품은 모든 앱을 스스로 만들어야 하지만, 이 앱 만큼은 처음부터 설치되어 있습니다. 이 앱을 통해서 당신은 자신에 관해서 무엇이든 물어 볼 수 있습니다. 스스로를 알아간다는 개념으로 말이죠. 그럼, 한번 시작해 볼까요?' 이런 알림이 뜬 뒤에 실제 앱 화면이 나왔다. 화면은 반으로 나누어져 있었는데, 한 쪽에는 토끼 인형이 그려져 있었고, 다른 반쪽에는 아이돌 그림이 있었다. 토끼 위에는 벼리의 이름, 나머지 반쪽에는 내 이름이 있었다. 나는 벼리의 칸에 질문을 쳐 보았다. '나의 최애 아이돌은?' 하지만 'Enter'를 아무리 눌러도 안 들어가져서 포기하고, 내 칸으로 들어갔다. 거기서 같은 질문을 쳤더니 거기서는 답이 1초 만에 나왔다.

"내 칸에만 쳐야 하는구나! 역시 나는 똑똑해!"

나는 스스로에게 자랑스럽게 말하고 다른 질문 몇 가지를 시도해 보았다. 그러다가, 좀 재밌는 질문이 떠올랐다.

"누가 저를 제일 싫어하나요?"

이 답만 있으면 나를 싫어하는 아이를 불러내 제대로 혼내 줄 수 있을 거라고 생각한 나는 망설임 없이 'Enter'를 눌렀고, 나는 답에 충격 받아 잠시 동안 멈출 수밖에 없었다. 빙긋 웃고 있는 아이돌 앞에 적힌 이름은 '진벼리'였다. 내 단짝이 나를 싫어한다고? 그것도 제일? 그때 번뜩 오늘 아침이 생각이 났다. "그래서 나랑 안 논거였어? 근데 왜? 대체 왜?"

그날 밤, 나는 벼리에 대한 분노 때문에 잠을 못 이루고, 결국 주말도 우울하게 지내고 말았다. 월요일 아침, 내 머릿속에 남아 있는 생각은 하나뿐이었다.

"복수할 거야!"

나는 학교에 가서도 벼리를 모른척하고, 은근슬쩍 다른 애들한테도 벼리와 친하게 지내지 못하도록 부추겼다. 그날 밤 나는 내 핸드폰을 내려다보다가, 새로운 앱을 발견했다. "이건 뭐지? 왕따 앱?". 나는 얼른 들어가 보았다. '이 앱은 사용하면 사용할수록 배터리가 사라지게 됩니다. 이 핸드폰에는 충전기도 없으니 사용하지 않아야겠지요?'이게 끝이었다. 다음에는 실제 앱도, 다른 설명도, 아무것도 없이 말이다.

"뭐 이런 엉터리 앱이 다 있어?! 좋은 기능도 없고, 할 수 있는 것도 없잖아!".

나는 핸드폰을 책상 위에 던져두고 잠자리에 들었다. 화요일에도 나는 벼리를 무시했고, 다른 애들도 이제는 나를 더욱 더 적극적으로 도왔다. 드디어 무언가를 알아차린 벼리는 하루 종일 고개를 숙이고 다녔고, 나는 그 모습을 누구보다 흐뭇하게 바라보았다. 하지만 문제는 집에 왔을 때였다. 내 핸드폰에 배터리가 50%밖에 남지 않았다. 같은 일이 수요일에도 반복되고 목요일에도, 금요일에도 반복되어서 결국 배터리가 10%밖에 남지 않은 지경까지 이르렀다. 배터리가 막 목숨을 다할 때 새로운 앱이 떴다. '긴급 마음 통화 연락망. 다른 사용자가 진심으로 요청한 앱입니다. 이 앱을 이용하여 사용자와 대화를 나눌 수 있습니다.'. 나는 벼리와 연락하기는 싫었지만, 이 새 앱이 궁금해서 한번 '전화'를 눌렀다.

벼리는 바로 전화를 받았다.

"여보세요?"

내가 벼리에게 물어도 대답이 없었다. 대신 한숨 소리만 들려올 뿐이었다. 내가 기다리다가 지쳐서 전화를 끊을 무렵 갑자기 말소리 들려왔다.

"학교 가기 싫어. 모두가 싫어. 특히 소령이. 내가 소령이가 좋아하는 걸 같이한다고 해서 내가 그것들을 좋아하다는 건 아닌데. 난 아이돌도 싫고 힙합도 싫은데. 누가 내 마음을 알아주었으면 좋겠다…"

그것을 마지막으로 통화가 끊어졌다.

"뭐야, 벼리 내가 해주는 것들 싫어했어? 잠깐만, 그러면 벼리가 나를 싫어하는 이유는 벼리가 하기 싫어하는 일을 시켜서니까, 내가 원인을 제공한 셈이야? 괜히 벼리를 무시하고 괴롭혀서 벼리를 속상하게 했나?"

그때 내 핸드폰에서 '띵'하는 소리가 났다. 새로운 앱이 올라와 있었다.

"사용자 이해 앱?"

'이 앱에서는 상대방을 이해하면 할수록 배터리가 올라갑니다. 100%의 배터리를 기대할게요!'. 내가 벼리를 이해한 덕분인지 배터리가 50%로 올라와 있었다. 다음 주 월요일, 나는 벼리 자리로 갔다.

"벼리야, 오늘 학교 끝나고 같이 놀래?"

"오늘도 나 학원가야 돼."

오늘도 벼리는 같은 대답만 했다.

"진짜? 오늘은 네가 원하는 거 하면서 놀자. 맨날 내가 원하는 것만 해서 미안해. 나는 너도 아이돌 같은 거 좋아하는 줄 알고."

벼리는 놀란 표정으로 나를 바라보았다.

"어떻게 알았어? 나 그런 거 싫어하는지? 그러면 학교 끝나고 우리 집 가서 놀래?"

벼리와 나는 그날 얼마나 신나게 놀았는지, 부모님들이 잔소리 비를 퍼부었다. 하지만, 우리는 잔소리 비에 흠뻑 젖어도 얼굴은 웃고 있을 수밖에 없었다. 다음 날 아침 나는 내 핸드폰의 '띵'하는 소리와 함께 일어났다. 새로운 앱이 떠 있었다.

"친구 앱?"

'친구 앱은 다른 사용자와 진정한 친구가 되었을 때 나타나는 앱으로 이제 상품을 반납할 때가 되었다는 뜻입니다. 상품을 반납할 때는 꼭 다른 사용자와 같이 반납해 주십시오. 그럼, 푸른 소년의 뭐든지 가게를 이용해 주셔서 감사합니다! 참고: 이제 다른 손님들이 이 상품을 이용해 볼 수 있게 처음 상태로 초기화 해주시기 바랍니다.'

나는 빙긋 웃고, 벼리와 오늘 오후에 같이 그 신비로운 가게를 다시 찾아가야겠다고 생각한 뒤 핸드폰의 맨 위에 아주 조그맣게 뜬 '초기화'라는 버튼을 눌렀다.

5장

존중
아름다운 연합

존중은 자신의 즐거움보다 다른 사람의 행복을 먼저 생각하는 것이다. 존중은 사람을 외적인 조건에 따라 가지 않고 그 존재 자체를 중요하게 여긴다. 생명 존중에 대한 가치를 회복하여 서로가 존중해 줄 때 공동체 안에서 모두가 행복감을 느낀다. 가정 안에서 존중받지 못한 아이들은 후에 중독으로 빠지기 쉽다. 같이 살면서 화도 내고 상처도 받을 수 있다. 있는 그대로에 가치를 두어야 한다. 가치가 존중될 때 천국으로 변한다. 존중받은 사람 안에 잠재되어 있는 보석이 드러난다.

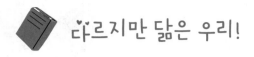
다르지만 닮은 우리!

장정민

입상, 한영고등학교

옛날 옛적에 두 개의 나라가 있었습니다.

OO나라는 봄 여름 가을 겨울 사계절이 뚜렷했고, 특히 봄에는 향기로운 꽃들이 가득히 피어나는 곳이었어요. 반면 @@나라는 매우 더운 여름만이 존재하였어요. @@나라는 비가 많이 오고 습지가 많아 야자수가 많이 자라나는 곳이었어요.

각각 두 나라는 태어날 때부터 씌워지는 가면이 존재했어요. OO나라는 나비모양의 가면이, @@나라는 코알라모양의 가면을 쓰고 살아왔죠. 하지만 그 나라들은 서로에 대한 감정이 좋지 못했어요. 그들이 생긴 것도 사는 방식도 너무나도 달랐기 때문이죠. 그래서 그들은 서로를 이해하지 못한 채 결국 적대심이 커져가게 되었죠.

OO나라에 사는 비비는 부모님을 도와 향기로운 꽃들의 꿀을 모으는 일을 하고 있었어요. 비비는 바다 근처에 있는 언덕에서 꿀을 모으는 것을 가장 좋아했어요. 그곳에서는 @@나라가 잘 보였기 때문이죠. 하지만 비비의 부모님은 비비가 @@나라 근처에 가는 것을 싫어했어요.

"비비야 절대 저 바다를 건너 옆 나라로 가면 안 된다는 것을 잊지마렴."

하지만 비비는 부모님의 말을 이해하지 못했어요. 비비가 바라본 @@나라는 전혀 위험해 보이지 않았거든요.

"하지만 엄마, @@나라는 너무나도 평화로워 보이는걸요? 전혀 위험하지 않아요!"

"비비야 그들은 우리와 너무 달라! 우리는 봄에는 향기로운 꽃들의 꿀을, 여름에는 돼지꼬리가 달린 수박을, 가을에는 다람쥐를 도와 도토리를 모으고, 겨울에 눈이 내리면 썰매를 타지만 그들은, 매일매일 무더운 여름 속에 살고 있단다. 그리고 저들의 가면을 봐, 저렇게 큰 코를 가지고 있잖아! 우리와는 달라."

부모님의 말을 들은 비비는 그날 이후로 더욱 @@나라에 관심이 가기 시작했어요.

그러던 어느날 비비가 꿀을 모으다가 인기척을 들었어요. 그건 바로 바다 반대편 @@나라에 사는 코코였어요. 비비는 처음보는 @@나라 사람을 보고 너무나도 놀라 도망쳤어요. 부모님께 들은 @@ 나라 사람은 폭력적이고 무서운 사람이였거든요.

비비가 깜짝 놀라 달리다가 그만 돌멩이에 걸려 넘어지고 말았어요.

"아야!"

그 소리를 듣고 코코는 다리를 건너 비비에게로 달려갔어요.

"괜찮니? 어디 안다쳤어?"

코코는 자신이 가지고 있던 약초로 비비의 상처를 치료해주었어요. 비비는 코코의 따뜻함에 감동을 받았어요.

"정말 고마워! 너 덕분에 상처가 덧나지 않을 것 같아."

"아니야! 네가 많이 다치지 않아서 다행인걸! 너는 OO나라에 사는가 보구나!"

"맞아. 난 OO나라에서 왔어. 너는 @@나라에서 왔니?"

"응 맞아. OO나라라면 여름뿐만 아니라 봄, 가을 그리고 겨울도 있는 그 나라 맞지?"

"맞아. 우리나라는 사계절이 있어서 더욱 아름나운 나라야."

그날 이후 비비와 코코는 친구가 되어 부모님 몰래 바닷가에서 만나 시간을 보내곤 했어요. 매일 코코와 만나 놀던 비비가 그날도 부모님 몰래 코코를 만나고 온 날이었어요.

"엄마 다녀왔습니다!"

"그래 비비야. 그나저나 네 손에 그 야자수 잎은 뭐니? 어머 그건 @@나라 야자수 잎 아니니? 그걸 왜 네가 가지고 있는거니?"

"네? 그게…" 비비는 깜짝 놀라서 말을 더듬기 시작했어요.

"비비야 사실대로 얘기하렴. 너 요즘 누구를 만나서 노는거냐 ? 설마 @@나라에 사는 애랑 만나니?"

"네… 사실 바닷가 근처에서 @@나라에 사는 코코라는 친구를 만났어요."

"하지만 걱정하지 마세요! 코코는 엄마 아빠가 말씀하신 그런 애가 아니에요! 정말 착해요! 이 야자수잎도 코코가 따다 준 걸요?"

"비비야, 엄마가 몇번을 말했니! @@나라 사람들은 너무 위험해! 그들은 우리와 얼굴도 다르고 먹는 음식도 옷도 모두 다르잖니!"

"안되겠다 비비야. 당분간 바닷가 근처에서 꿀을 모으지 마렴. 이제부터 아빠랑 같이 숲속에서 꿀을 모으렴."

"하지만… 네 알겠어요, 아빠."

비비는 그날 이후로 코코를 만나지 못했어요. 며칠 뒤 비비는 아빠와 함께 숲 속에서 꿀을 따고 있었어요.

"비비야, 미안하지만 집에 가서 꿀병을 더 들고 와줄래? 오늘따라 꿀이 정말 많구나!"

"네, 아빠. 얼른 가서 가져올게요."

비비는 집으로 가는 길에도 계속해서 코코와 함께 했던 추억을 생각했어요. 그러던 그때,

"살려주세요! 누가 좀 도와주세요!"

누군가 바닷가 근처에서 소리치고 있었어요. 비비는 바닷가 근처로 달려갔어요.

"도와주세요! 누가 우리 형 좀 구해주세요!"

코코가 쿠쿠의 야자수 공을 가지러가다 그만 바다에 빠져버린 것이었어요.

"쿠쿠야! 얼른 가서 어른들을 모셔와!"

"알겠어, 비비형 조심해!"

비비는 망설임 없이 바다에 뛰어들었어요.

"코코야! 괜찮아? 내 손을 어서 잡아!"

"비비야! 날 구하러 온거니?"

"그래 코코야 어서 날 잡아! 물길이 너무 세서 위험해!"

코코와 비비는 너무 빠른 물길에 눈을 뜨기도 어려웠어요. 그때 눈 앞에

긴 덩쿨이 보였어요.

"애들아! 어서 이 덩쿨을 잡으렴!"

바로 코코의 아빠가 @@나라의 긴 덩쿨을 들고 와 코코와 비비를 구하려던 것이었어요. 덕분에 그 둘은 무사히 물속에서 빠져나왔어요. 하지만 둘은 서로의 모습을 보고 너무나도 놀랐어요

"코코야, 너 가면이…!"

"비비야, 네 가면도…!"

바닷물에 그만 코코와 비비의 가면이 벗겨지고 만 것이었어요. 하지만 더 놀라운 건 가면을 벗은 코코와 비비의 모습이었어요. 그 모습을 본 00나라와 @@나라의 사람들은 입을 다물 수가 없었어요.

" 비비야! 우리 모습을 봐! 우리 너무 닮았어!"

바다의 비친 코코와 비비의 모습은 쌍둥이처럼 똑 닮아있었어요.

"정말이네? 가면을 쓰고 있어서 너와 내가 이렇게 닮아있을 거란 건 상상하지도 못했어!"

"엄마 아빠! 저희 좀 보세요! @@나라 사람들도 저희와 다를 게 없어요! 물론 사는 방법도, 가면의 모양도 다르지만 그건 중요한 게 아니에요! 코코와 저는 서로를 존중하고 배려하는 마음이 정말 많이 닮아있어요."

" 맞아요! 여러분 두려워하지 말고 가면을 벗어보세요!"

코코의 외침에도 불구하고 두 나라의 사람들은 가면을 벗기를 망설였어요. 그때 비비의 부모님이 가면을 벗기 시작했고 그 뒤로 한 명씩 모두가 가면을 벗기 시작했어요. 그렇게 00나라와 @@나라는 그 날 이후 바닷가의 다리를 통해 서로의 나라를 자유롭게 들나들고 @@나라는 00나라의 여러 게

절을 경험할 수 있었고, OO나라는 @@나라의 열대 과일을 즐겨 먹을 수 있게 되었습니다.

 노래하는 고양이 샬롯

윤서희
입상, 신반포중학교

윤기 나는 까만 털에 초록색 눈동자. 두 발로 서서 등에는 하얀 리본을 무려 세 개나 달고 있는 저 고양이를 알고 있나요? 바로 샬롯이에요. 마을에서 가장 유명한 고양이죠. 고양이가 어떻게 두 발로 서 있냐고요? 아이 참, 샬롯은 특별한 고양이인걸요. 아침에 제일 먼저 일어나서 털을 정리하고, 호숫가에서 세수도 제일 먼저 하니까요. 게다가 샬롯에게는 꿈이 있다고요. 맞아요, 샬롯의 꿈은 바로 세상을 노래로 가득 채우는 거예요. 멋진 꿈이죠? 오늘도 샬롯은 꿈을 이루기 위해 노래가 필요한 동물들을 찾아가고 있답니다. 앗, 샬롯이 노래가 필요한 이웃을 찾았나 봐요! 저 하얀 깃털과 빵을 문 부리를 봐요! 틀림없이 샬롯의 옆집에 사는 오리 마치 아주머니예요. 마치 아주머니는 빵 굽는 걸 좋아하세요. 그래서 항상 직접 만든 빵을 물고 계세요. 그런데 마치 아주머니의 기분이 나빠 보이네요. 왜일까요?

"아주머니, 속상해 보이세요! 무슨 일 있으세요?"

샬롯이 물었어요.

"오늘 아침에 빵을 굽는데, 빵 반죽들이 나에게 이야기를 건네지 뭐니.

오븐 안에만 있는 건 지루해요, 나갈래요 하고 말이야. 하지만 오븐 안에 있어야 빵을 구울 수 있는데. 정말 고민되는구나."

마치 아주머니가 힘없이 대답했어요. 샬롯은 마치 아주머니를 돕고 싶은 마음이 들었죠. 그리고 그때, 샬롯은 번뜩이는 아이디어가 떠올랐어요!

"아주머니, 제가 반죽들을 위해 노래를 불러 줄게요! 그러면 반죽들도 더 이상 지루하지 않을 거예요."

"샬롯이 도와준다니 정말 다행이구나!"

샬롯은 곧장 마치 아주머니의 집으로 가서 반죽들을 만났어요. 그리고 말했죠.

"반죽들아, 내가 너희들을 위해 예쁜 노래를 불러 줄게!"

반죽들이 통통 튀어 오르며 대답했어요.

"좋아, 좋아! 하지만 노래가 안 좋으면 이대로 통통 튀어 나가 버릴 테야!"

샬롯은 목을 가다듬고 노래하기 시작했어요. 그러자 마치 아주머니도 빵 반죽들도 입을 떡 벌리고 감탄했답니다. 마침내 노래가 끝나자 반죽들이 말했어요.

"어머나, 샬롯! 네 노랫소리가 너무 예뻐서 지루한 기분이 완전히 사라졌어! 앞으로도 계속 우리를 위해 노래해 줘!"

그러고는 다시 통통 튀어 오븐 안으로 돌아갔답니다. 마침내 마치 아주머니는 빵을 구울 수 있었죠. 마치 아주머니가 환한 미소를 지으며 샬롯의 머리를 쓰다듬었어요.

"정말 고맙구나, 샬롯. 네가 없었다면 맛있는 빵을 굽지 못했을 거야."

"천만에요, 아주머니. 앞으로도 고민이 있다면 불러 주세요."

마치 아주머니는 샬롯을 칭찬해 주었어요. 샬롯은 기뻐하며 노래가 필요한 다른 이웃들을 찾아가기 시작했어요. 그 다음으로 샬롯이 만난 건 마을에서 유명한 말썽꾸러기 여우 로빈이에요. 로빈은 빨간 털 사이로 목에 예쁜 금색 방울을 달고 있어요. 움직일 때면 나는 방울 소리가 로빈의 자랑거리죠. 그런데 로빈도 오늘은 속상해 보이네요. 왜일까요?

"로빈, 무슨 일 있어?"

샬롯이 조심스럽게 물었어요. "엄마가 돌아오실 때까지 숙제를 해야 하는데, 아직 하나도 못 했어. 어떡하지?"

로빈이 고개를 숙이고 한숨을 내쉬었어요. 샬롯도 씩씩한 로빈이 걱정하는 모습에 마음이 아팠죠. 그때, 또 다른 아이디어가 풍선처럼 날아올랐어요.

"로빈, 그러면 내가 너를 위해 빠르고 신나는 노래를 불러 줄게! 그러면 빨리 숙제를 끝낼 수 있을 거야."

로빈은 고개를 끄덕이며 눈을 반짝였어요.

"오, 샬롯. 넌 정말 똑똑하구나!"

로빈이 숙제를 피고 연필을 들자 샬롯은 신이 나는 노래를 부르기 시작했어요. 샬롯은 빨랐어요. 쌩쌩 지나다니는 자동차처럼요. 그러자 로빈도 신이 나 웃으면서 숙제를 하기 시작했어요. 그리고 샬롯의 노래가 끝날 때쯤, 로빈의 숙제도 끝났어요!

"샬롯, 고마워! 네가 아니었으면 숙제를 끝내지 못했을 거야."

로빈이 활짝 웃었어요. 샬롯도 고개를 끄덕여 주었죠.

"그래, 로빈. 그래도 앞으로는 미리 숙제를 하고 놀자."

"물론이지!"

친구가 기뻐하는 모습을 보자 샬롯의 발걸음도 가벼워졌어요. 오, 이런. 그런데 골목 쪽에서 커다란 울음소리가 들려왔어요! 샬롯은 울음소리가 나는 곳으로 달려갔어요. 저 딱딱한 갈색 껍질과 반짝반짝 빛나는 몸. 이런 특징을 가진 동물은 마을에 하나뿐이에요. 바로 샬롯의 친구, 반딧불이 비비죠.

"비비, 왜 울고 있니?"

샬롯이 물었어요.

"어제부터 나는 걸 연습하고 있어. 그런데 날기가 힘들어."

비비가 훌쩍거리며 대답했죠. 샬롯은 친구가 우는 모습에 함께 슬퍼하게 되었답니다. 그리고 그때, 번뜩이는 아이디어가 떠올랐어요. 번개처럼요.

"비비, 내가 바람처럼 가벼운 노래를 불러줄게. 그러면 몸이 가벼워져서 날 수 있을 거야."

비비에게서 나오는 빛이 더 밝아졌어요. 좋은 생각이라는 뜻이죠.

"샬롯, 네가 있어서 다행이야!"

샬롯은 낼 수 있는 가장 가벼운 목소리로 노래하기 시작했어요. 샬롯의 노랫소리가 곧 골목을 채웠죠. 비비도 힘껏 날아올랐어요. 비비는 샬롯의 노래가 끝날 때까지 하늘에서 빛을 낼 수 있었어요.

"잘했어, 비비! 곧 더 오래 날 수 있을 거야."

샬롯이 엄지를 치켜세웠어요.

"고마워, 샬롯. 다 네 덕분이야."

비비가 수줍게 웃었어요. 이렇게 많은 이웃들을 돕다 보니 이제 집에 갈 시간이네요. 샬롯은 짐을 챙겨 골목에서 나왔어요. 그때였어요.

"도와주세요!"

한 번도 들어본 적 없는 목소리예요. 샬롯은 목소리의 주인을 금방 찾을 수 있었어요. 샬롯의 바로 앞에 있었거든요. 목소리의 주인은 하얀 아기 고양이였어요.

"괜찮아? 무슨 일이야?"

샬롯이 아기 고양이에게 물었어요. "길을 잃어버렸어요. 그런데 너무 어두워서 어디로 가야 할지 모르겠어요."

아기 고양이가 대답했어요. 샬롯은 주위를 둘러보았어요. 이런! 이미 하늘이 깜깜해져 샬롯도 길을 찾을 수가 없었어요.

"어떡하지, 나도 길을 못 찾겠어."

샬롯이 중얼거렸어요. 그때였어요.

"샬롯, 괜찮니?"

샬롯의 말을 들은 반딧불이 비비가 나타났어요!

"나도 이 고양이도 길을 못 찾겠어. 너무 어두워."

샬롯이 말했어요.

"그래? 그러면 내가 집까지 길을 밝혀줄게!"

비비의 제안에 샬롯은 안심했답니다.

"고마워, 비비! 넌 최고의 반딧불이야!"

곧 비비가 길을 안내해 주기 시작했어요. 비비가 있으니 주변이 밝아져서 아기 고양이와 샬롯은 길을 잘 찾을 수 있었어요. 그런데 잠시 후, 이번에는 갑자기 비가 내리기 시작했어요. 아기 고양이가 야옹거렸어요.

"비에 오래 젖으면 감기에 걸릴 거예요."

샬롯도 고개를 끄덕였죠.

"우산이 있으면 참 좋을 텐데."

그러자 이번에는 샬롯의 말을 듣고 여우 로빈이 나타났어요. 우산을 들고요.

"로빈, 어떻게 내 말을 듣고 우산을 가져온 거야?"

"여우는 귀가 좋거든. 그리고 너는 우산을 안 가지고 있었잖아."

샬롯은 로빈의 배려에 정말 고마웠어요. 다른 사람도 아니고 말썽꾸러기 로빈이니까요.

"네가 숙제를 도와줘서 이렇게 집 밖으로 나올 수 있었어."

로빈이 말했어요. 샬롯은 로빈의 숙제를 도와줘서 다행이라고 생각했죠.

"로빈, 고마워! 넌 정말 멋진 여우야!"

샬롯과 로빈, 아기 고양이와 비비가 다 함께 우산을 쓰고 걸었어요. 샬롯은 이 모습이 마치 행진하는 것 같아 재미있었어요. 그리고 마침내 세 사람은 샬롯네 집까지 도착할 수 있었답니다. 그때, 아기 고양이의 배에서 꼬르륵 소리가 났어요.

"배가 고프니?"

"네. 아침부터 아무것도 못 먹었거든요."

샬롯과 아기 고양이가 밥을 먹으려고 집에 들어가기 전에, 마치 아주머니가 샬롯을 불렀어요.

"샬롯, 이 빵 좀 먹어 보렴. 그리고 그 고양이는 누구니?"

샬롯은 갓 구운 폭신폭신한 빵을 아기 고양이와 나눠 먹었어요. 그리고 말했죠.

"길을 잃은 고양이예요."

"어머, 정말이니? 그러면 내가 집을 찾도록 도와줄게. 우선 우리 집으로 들어오렴."

샬롯과 아기 고양이가 마치 아주머니네 집에서 빵을 먹는 동안, 마치 아주머니가 아기 고양이의 부모님을 찾았어요. 마침내 아기 고양이는 집으로 돌아갈 수 있었답니다. 그리고 그날 밤, 샬롯은 아주 좋은 꿈을 꿀 수 있었어요. 노래가 세상을 채우고 아름답게 만드는 꿈 말이죠.

1004번째 게이트

이누리

최우수상, Branksome Hall Asia G4

밤하늘을 올려다보면 수많은 별들이 각자의 존재를 빛내고 있다. 이렇듯 수많은 별들이 존재하는 우주의 크기는 얼마나 클까? 당신이 살고 있는 지구라는 별의 과학자들은 이렇게 말할 것이다. 우주의 크기는 측정 불가라고… 하지만 그것은 큰 오산이다. 우주의 크기는 정해져 있으며 우주의 가운데에는 '우주의 심장'이라 불리는 별이 있다. 그리고 모든 우주는 원시 우주가 태어날 때부터 일정한 법칙에 의해 규칙적으로 만들어졌다.

우주의 심장이라는 행성은 아주 신비롭고 신성한 곳이다. 푸르른 풀들이 살아 숨쉬고, 우주에 있는 온갖 생명체들이 그곳에서 탄생하며, 영롱한 빛이 항상 그 별을 비춘다. 그곳엔 토성처럼 주변에 고리가 형성되어 있는데, 그 고리는 그냥 평범한 고리가 아니다. 1004개의 게이트들로 만들어진 고리이다. 이 1004개의 게이트 안에는 우주를 이루고 있는 각각의 요소들이 들어있다. 빛, 공기, 식물, 그리고 각 행성들과 그 행성을 이루는 생명체들에 필요한 모든 것들이 들어있다. 심지어 행복과 불행, 기쁨과 슬픔과 같은 감정의 요소들도 그 게이트 안에서 생성과 소멸을 반복하며 우주의 균형을 이루고 있다.

4년에 한 번, 그곳에서 살고 있는 요정들 중 12살을 맞이한 요정들이 원하는 게이트로 들어갈 수 있다. 그들은 그곳에서 우주를 지탱하고 있는 각 요소들의 생성과 소멸을 경험하며 우주의 균형을 유지하는 법을 배우게 된다. 균형이 깨지면 우주는 큰 혼란에 빠지게 되기 때문에 그 혼란을 잠재우기 위해 항상 요정들은 힘쓴다.

우주의 심장은 항상 평화로웠다. 딱 한번, 3000년 전 그 일이 일어나기 전까지는. 3000년 전 우주의 심장이 균형을 잃게 된 것은 '정의의 별'의 타락한 그녀 때문이었다. 그녀의 이름은 레일라. 그녀는 눈부시게 아름다웠다고 한다. 신의 선택을 받은 듯한 외모와 고운 머릿결, 그리고 금빛 투명한 피부까지. 하지만 그녀의 내면은 그렇지 않았다. 그녀의 눈동자는 오직 욕망으로 가득 차 있었으며 우주의 심장을 파괴하겠다는 눈빛이었다. 우주를 혼란에 빠뜨려 자신이 우주의 유일한 왕이 되고자 했던 것이다.

정의의 별에서 타락한 그녀는 우주의 균형을 흔들고 혼란을 가져온 뒤 그녀를 뒤쫓는 요정들을 피해 우주의 심장으로 도망쳐 1004개의 게이트 중 한 곳으로 숨어버렸다. 요정들은 그녀가 사라진 뒤 그녀를 찾기 위해 애썼지만 찾을 수 없었다. 전투 끝에 큰 부상을 입고 소멸했을 거라는 추측과 1004번째 게이트에 숨어 있다는 추측만 무성했을 뿐 정확하게 아는 이는 없었다.

하지만 3000년이 지난 어느 날 그녀는 모습을 드러냈다. 오랜 침묵을 깨고 나온 그녀와 난 마주하게 되었다.

내 이름은 혜일리, 우주의 심장에 사는 요정이다. 지금부터 나와 레일라의 이야기를 들려주고자 한다.

헤일리와 언니

'사각사각'

어두운 밤, 나는 테오 그리고 헨리와 숲으로 갔다. 그날 우리의 피부는 은 빛 잉어처럼 빛나고 있었다. 숲에 도착한 우리는 칼을 준비했다. 숲속은 아 주 위험하다. 아침에 나와서 보면 아름다운 자연환경을 볼 수 있지만, 밤에 는 비둘기여자가 나와서 위험하다. 비둘기여자는 비둘기와 여자, 그 사이 를 왔다 갔다 할 수 있는 생명체이다. 우리들에게는 적이나 다름없다. 매번 우리를 그리고 모든 생명체를 공격하기 때문이다.

" 헤일리, 또 비둘기여자가 나오면 어떻게 해?"

헨리가 물었다. 헨리는 숲으로 오기 전부터 이 질문만 계속 되풀이했다.

"걱정 말라고, 헨리. 그리고 그 질문도 너무 많이 했어."

내가 말했다. 헨리는 걱정이 너무 많다. 그래서 가끔 주변사람들을 지치 게 만든다.

"그럼 이제 테오에게 물어볼게."

아무리 인내심이 강한 테오라도 끊임없는 질문은 못 참을 것이다.

"사양할게."

냉정한 목소리로 테오가 말했다. 그 후로 우리들에게는 몇 분의 침묵이 흘렀다. 나는 그 틈을 타 주변을 둘러보았다.

'사각사각'

말라비틀어진 풀들이 밟히는 소리였다.

"가뭄이 이렇게 심해서야."

나는 가뭄이 왜 일어나는지 알고 있었다. 그건 바로 우주의 균형이 깨지고 있다는 증거이고 레일라가 소멸되지 않았다는 말이기도 했다.

"헤일리! 무슨 생각해?"

테오가 물었다.

"뭐……?"

나는 살짝 당황했다. 우주의 균형에 대한 나의 추측이 다른 요정들이 알게 되어 더 심한 혼란과 걱정이 우리를 흔들게 될까봐 두려웠다.

"그냥."

'사각사각'

뒤에서 들려오는 다른 걸음소리에 헨리가 놀라서 팔짝 뛰었다.

"누… 누구야?"

테오가 조심스럽게 물었다. 발소리가 점점 가까워지고 있었다.

"나다."

다름 아닌 나의 언니, 에밀리의 목소리였다.

"하… 또 왜? 뭘 원하는데?"

내가 물었다. 내가 매번 언니에게 하는 말이었다. 언니는 도대체 왜 나의 사생활에 사사건건 간섭을 하는 지 도통 모르겠다. 오늘도 잔소리 폭탄을 왕창 터뜨릴 생각인 것 같다.

"뭘 딱히 원하지는 않는데."

언니는 팔짱을 끼고 삐딱하게 서서 말했다.

"그럼 그냥 가던 길 가든지."

내가 퉁명스럽게 대답했다. 나는 언니가 정말 싫었다. 어른들은 항상 언니를 칭찬하신다. 하지만 나는 언니의 장점을 모르겠다. 잘하는 것이라고는 잔소리밖에 없으면서 매번 진지한 척 하는 것도 싫다.

"싫어."

언니가 대답했다. 나는 이미 짜증이 나 있었다.

"그럼, 귀찮게 따라오지마!"

난 언니에게 쏘아붙이고는 휙 돌아서려고 했다. 하지만 언니는 이미 나를 데려갈 작정이었는지 손목을 꽉 붙잡고 있었다.

"이거 놔."

내가 말했다. 언니는 나를 한 번 노려보더니 나를 끌고 숲속을 나와 버렸다.

마을의 중간으로 지나 갈 때 즈음 나는 소리를 쳤다.

"이거 놔! 놓으라고! 친구들에게 인사는 해야지."

언니는 내가 소리를 지르자 얼굴을 찡그리며 나를 바라보았다.

"한 번 가보시든가."

오늘은 언니도 작정한 눈빛이었다. 내가 언니보다 힘은 더 세지만, 언니는 신비한 능력을 가지고 있기 때문에 내가 쉽게 이기지 못한다. 책에서 봤는데, 그것은 어떤 관문 같은 것을 통과해야만 얻을 수 있는 것 이라고 했다.

나는 나를 항상 이렇게 어린애 취급하며 자기 마음대로 나를 조정하는 언니가 너무 싫다. 나에게도 생각이 있고, 하고 싶은 것들이 있는데 매번 언니 앞에서 그런 것들은 무시당한다. 난 나의 내면이 얼마나 강하고 빛나는지 언니가 알아줬으면 좋겠는데 아무도 이런 나의 마음을 알아주지 않는다.

가족

'투둑 투두두둑'

비가 오는 소리가 들렸다.

"뛰어."

언니가 말했다. 나는 언니 말이 듣기 싫어서 그냥 천천히 걸어갔다. 언니 말을 듣는 것보다 비를 맞는 게 더 낫다고 생각했다.

나와 언니는 한 10분 후에야 집에 도착할 수 있었다. 언니에게는 10분이였을 그 시간이 나에게는 10시간처럼 느껴졌다. 집에 도착하자마자 나는 내 방으로 향했다. 이모와 아버지는 무슨 이야기를 나누고 계셨지만 나는 신경 쓰지 않고 곧장 내방으로 들어갔다.

우리 집은 완벽한 구 모양이다. 그리고 나의 방 한쪽 벽 가운데에는 발코니가 있는데 이건 내가 만든 것이다. 그 곳에서 나는 밖을 내다보는 것을 좋아한다. 그리고 이곳에서 상상하거나 책 읽는 것을 좋아한다. 우리 집에서 나에게 안식처가 되어 주는 곳이다.

"헤일리, 저녁 먹으렴."

이모가 말씀하셨다.

"네."

나는 짧게 대답하고 재빠르게 거실로 나갔다. 오늘은 삼촌도 와 계셨다. 삼촌은 동쪽 마을에 살고 계시고, 책을 쓰는 작가이시다. 삼촌이 쓰시는 책은 대부분 여러 개의 게이트들과 관련된 것들이다. 삼촌께서 말씀해주셨는

데, 이번에는 1004번째 게이트에 사는 레일라라는 괴물에 관해서 쓰고 있
다고 하셨다.

"헤일리, 그거 아니? 1004번째 게이트에 싸우러 가면 정의의 별에서 힘을
준다는 거."

나의 눈은 사냥할 때만큼 반짝였다.

"그럼요. 그 이야기는 누구나 다 안다고요!"

내가 힘 있게 말했다.

"그래, 헤일리. 하지만, 그게 진짜는 아닐 거야. 아니, 아니어야 하고…."

삼촌의 말처럼 사람들은 보통 그렇게 생각한다. 하지만 나는 그 전설 같
은 이야기가 진짜라고 생각한다.

"하지만, 삼촌! 그 이야기는 고작 전설이 아니에요. 레일라는 진짜 있어
요. 사람들은 그녀가 사라졌을 거라고 하지만 그녀는 분명 살아 있어요."

밥을 먹던 모두가 나를 바라보았다. 언니는 못 봐주겠다는 눈빛으로 나
를 보았다.

"헤일리, 그건 그냥 전설일 뿐이야. 그리고 조금 있으면 게이트 데이
(Gate Day)니 네가 가고 싶은 게이트나 빨리 정해. 난 45번째 게이트를 추
천해."

언니의 말 한마디 때문에 가족들은 저마다 다른 게이트들을 추천해주
었다.

"헤일리, 그럼 이 삼촌은 지구 즉, 생명의 별의 게이트인 1번째 게이트를
추천한다."

"헤일리, 이모는 20번째 게이트를 추천해. 거기 가면 여러 가지 선한 행

동에 대한 것을 배울 수 있단다."

"잠깐, 그마~~~안!" 내가 소리쳤다.

"내가 가고 싶은 게이트는 따로 있어요."

나의 고백에 가족들의 시선은 모두 나를 향했다.

"어딘데, 헤일리?"

언니와 삼촌이 제일 먼저 물어봤다.

"나… 나? 1004번째 게이트. 나는 거기에 가서 레일라를 이기고, 1004번째 게이트를 구할 거야!"

나의 대답에 모두 놀란 표정을 하고 나를 바라보았다.

어차피 내가 가고 싶은 곳으로 들어가면 된다. 게이트를 들어가는 데는 제한도 없고, 선택도 자유다. 하지만 모두가 1004번째 게이트에 가는 것을 꺼려한다.

"야… 헤일리, 지금이라도 마음을 바꾸지 그래? 1004번째 게이트로 갔다가 살아서 돌아온 요정은 없다고! 거기는 저주 받은 게이트야. 레일라의 전설이 진짜라면 거기에 분명 그녀가 숨어 있을 거라고!"

언니 에밀리가 말했다.

"싫어."

나는 나의 짧은 그 한마디가 30분의 침묵을 유도할지는 몰랐다. 하지만 그도 그럴 것이 나는 지금까지 내 의지대로 행동해왔고 내가 하고자 하는 일을 단 한 번도 포기한 적이 없었기에 어쩌면 당연한 침묵이었을지도 모른다. 아마 그 침묵은 가족들 모두 나를 걱정하기에 그랬을 것이다.

저녁식사가 끝나자 나는 내 방으로 갔다. 내 방의 비밀을 하나 말해주자면, 비밀도서관으로 가는 문이 있다는 것이다. 벽에 있는 빨간 색 버튼을 누르면, 비밀의 도서관이 나온다. 그곳에는 우리 마을에 하나뿐인 도서관보다 크기도 작고 책도 별로 없지만, 레일라에 관한 책들이 아주 많다. 언니의 말로는 엄마가 살아계실 때 모두 가져다 놓으신 거라고 했다. 엄마의 숨결을 느낄 수 있어서 나는 그곳을 좋아했다.

나는 비밀의 도서관으로 들어가 역사에 관한 책 한 권을 들고 거실로 나왔다. 카펫을 만드는 언니와 조금 떨어진 곳에 앉아 조용히 책을 읽었다. 삼촌과 아버지는 식탁에 앉아서 무슨 이야기를 하고 계셨다. 그리고 밀라 이모는 언니 바로 옆에 앉아서 양털실을 뽑아주고 계셨다. 책을 절반 정도 읽었을 즈음 지루해 지기 시작했다. 나는 원래 역사에는 별로 관심이 없는데, 혹시나 거기에 레일라에 관한 내용이 있을까봐 읽은 것이었다. 그 책은 1004 페이지까지 있었는데, 1003번째 페이지까지 읽어도 레일라에 관한 내용은 코빼기도 보이지 않았다. 밖을 보니 비가 주르륵 내리고 있었고, 그 비는 새벽까지 내릴 것 같았다. 비의 양을 보니 내일은 그냥 집에서 집안일을 도와야 할 것 같았다. 나는 마음속으로 오전까지 집안일을 아주 빠른 속도로 끝내고, 오후에는 도서관에 가야겠다고 마음먹었다.

앞서 얘기한 그 도서관 이야기를 잠시 들려주자면, 우리 마을에는 도서관이 하나밖에 없다. 그리고 크기도 아주 작다. 우리 마을에는 농사를 짓거나 우리 언니처럼 왕이 있는 곳에서 일하는 사람들도 있다. 나머지는 모두다 숲에서 시간을 보내거나 집안 일을 한다. 그래서 도서관은 아주 한적하다. 하지만 난 집안 일도 농사에도 별 관심이 없고 도서관에서 책읽기를 좋아한다.

"헤일리. 이제 잘 시간이야."

밀라 이모가 말하셨다.

"네."

나는 건성으로 대답하고 곧장 방으로 갔다. 침대에 눕자마자 눈꺼풀이 내려갔다. 나는 깊은 잠에 빠져들었다. 온 세상이 검푸른 새벽 3시쯤 난 요란하게 오는 비 소리에 잠이 깼다. 난 그 뒤로 깊은 잠을 잘 수없어 한참을 뒤척이며 잠을 잤던 것 같다. 따가운 햇살이 내 얼굴을 비출 때였다. 언니의 목소리가 나를 깨웠다.

"헤일리. 오늘은 네가 밀라 이모랑 집안일 좀 해. 나 오늘은 일하러 가야 돼. 아침은 대충 과일 먹고!"

언니는 재빠르게 사다리를 타고 내려갔다. 집안 일이라니 무지 무지 하기 싫지만 밀라 이모가 혼자서 하기에는 너무 많은 양이니 도와드릴 수밖에 없다. 이모 혼자 힘들게 내버려 둘 수는 없기 때문이다. 그리고 아무리 싫어도 해야 하는 일은 반드시 해야 한다는 걸 이젠 나도 안다. 비몽사몽한 채로 난 이모를 도와 집안일을 시작했다. 처음에는 온 집안을 다 닦았다. 바닥을 시작으로 의자, 책상, 벽을 다 닦았다. 하지만, 하다보니 불만이 생겼다. 왜 삼촌은 아무것도 하지 않는 것일까? 지금 글을 쓰고 있는 것도 아니고 게다가 밤도 아닌데 저렇게 소파에 누워 낮잠이나 자고 있는 모습을 보니 화가 나기 시작했다. 나의 투덜거림에 이모는 가족이니 이해해주자 하셨고 난 그런 이모의 말씀에 더는 뭐라 할 수 없었다. 이모와 나는 집안 일을 모두 끝내고 나니 온몸이 쑤셨다. 침대에 눕고 싶었지만 나는 너덜너덜해진 몸을 끌고 도서관으로 갔다.

도서관

나는 간신히 도서관으로 갔다. 머리에서는 땀이 줄줄 흘렀다. 마치 폭포수 한 줄기를 맞은 느낌이었다. 나는 도서관에서 일하는 비블리오 언니에게 눈인사를 했다. 나는 역사라고 쓰인 책장으로 가서 책을 한 권 골랐다. 레일라에 관한 책이었다. 나는 책을 펼쳤다. 레일라의 신비로운 모습이 있었다. 파란색 영롱한 자태의 구슬을 손 가운데에 올려놓고 있었다. 그리고 그 구슬 주위로는 밝은 푸른색의 빛이 나오고 있었다. 나는 다음 장으로 넘겼다.

'전설에 따르면….'

나는 그 전설에 따르면….이라는 부분을 읽자마자 책을 덮었다.

'탁'

책 닫히는 소리가 났다. 왜 모두가 레일라를 전설 속의 인물이라고만 생각하는 것 인지 모르겠다. 나는 다른 책을 찾았다. 아무래도 신간은 흥미롭지 않았다. 이유는 요즘 작가들은 레일라에 관한 책을 쓸 때 항상 '전설에 따르면'이라고 시작하기 때문이다. 나는 한 50년, 60년 정도 된 책들을 더 좋아한다. 그 책들에는 그 내용이 없는 것이 종종 있기 때문이다. 나는 책꽂이 맨 위쪽 칸을 올려다봤다. 햇빛에 비춰진 한 빛바랜 책이 나의 눈을 감게 했다.

'탁'

그 책이 나의 머리 위로 떨어졌다. 책은 나의 이마 왼쪽 옆에 가늘고 긴 상처를 냈다. 피가 눈 옆으로 흘렀다. 나는 아픔을 꾹 참고 이마를 감싼 채 그 책을 바라보았다.

'1004번째 게이트'

나는 1004번째 게이트를 집중적으로 다루는 책을 처음 보았다.

"헤일리, 괜찮아?."

비블리오 언니가 물었다. 아마도 그 책이 떨어지는 소리를 듣고 달려온 것 같았다.

"으…응."

내가 대답했다. 어느새 피는 내 목을 타고 흘러내리고 있었다.

"어머 어떡해. 자, 이걸로 닦아."

비블리오 언니는 나에게 손수건을 건넸다. 정말 새하얀 손수건이었다. 내 피로 새빨개진 손수건을 보자, 상처가 생각보다 깊다는 걸 알게 되었다. 어쩜 그 피는 나에게 경고를 보내는 메시지였을지도 모르겠다.

따스한 햇살이 도서관 한 구석에서 책을 읽고 있는 내 이마의 상처를 비췄다. 따스한 온도 때문인지 아니면 집안 일 때문에 피곤한 탓인지 그것도 아니면 밤새 뒤척였던 탓인지 나는 눈이 스르르 감겼다.

이상한 꿈

나는 이상한 꿈을 꿨다. 꿈속에서 처음 보는 낯선 여자와 함께 검은 바다 한 가운데에 있었다. 아름다운 여자였다. 하지만 그녀의 시선은 아주 차가웠다. 그리고 내 얼굴에 구멍이라도 낼 듯이 뚫어져라 쳐다보고 있었다.

"헤일리, 돌아가."

서늘한 목소리가 공기를 타고 울려 퍼졌고 나의 등골을 서늘하게 만들었다. 분명히 그 여자의 입은 움직이지 않은 것 같았다.

"너… 너는 누구야?."

파르르 떨리는 목소리로 난 물었다.

갑자기 새하얀 천이 내 시야를 가렸다.

나는 내 눈 쪽을 만져보았다. 천의 느낌이 났다.

"앗, 차가워!"

그 천은 아주 차가웠다. 나는 천을 따라서 매듭 부분을 찾아보았다. 하지만 그 부분을 찾지 못했고 나는 알게 되었다. 그것은 그냥 하나의 원통으로 된 천이었다. 나는 온 힘을 다해 그 천을 내 머리에서 빼내려고 안간힘을 썼다. 하지만 나의 힘으로는 역부족이었다.

"돌아가."

또 그 목소리가 들려왔다. 이번에는 사뭇 다른 느낌이었다.

"너 따위가 올 곳이 아니야!."

하늘로 울려 퍼지는 목소리는 천둥과도 같았고, 내 온 몸으로도 진동이 느껴지는 울림이었다.

"누구냐고!"

내가 소리쳤다.

"나? 흐흐흐…. 넌 날 볼 수 없어."

소름끼치는 웃음소리와 함께 가늘고 긴 손가락이 나의 어깨를 스쳤다. 그 손의 느낌은 너무 이상하고 섬뜩했다.

"난 레일라. 흐흐흐…. 네가 나의 악행을 막는다는 그 아이구나?"

"레일라…?"

내가 그녀의 악행을 막는다고 다짐했을 때, 그녀가 들었을 것 이라고는 생각조차 하지도 않았는데….

"헤일리, 너를 없애 버리겠어!"

무언가가 나를 향해 달려오고 있다는 느낌이 들었다.

"으아아악!"

나는 있는 힘껏 소리를 질렀다.

"헤일리, 무슨 일이야?"

비블리오 언니의 목소리가 들렸다.

"어…언니?"

너무 놀란 탓에 온 몸에 힘이 빠진 나는 힘없이 언니를 불렀다.

"네가 너무 오래 서 있는 것 같아서…"

'서 있었다니? 이게 무슨 말이지? 그럼 내가 서서 꿈을 꿨다는 말인가? 나는 속으로 이야기 하며 어리둥절해 했다.

"언니, 나 분명히 저기 구석자리에 앉아서 책 읽고 있었는데?"

내가 물었다. 나는 이 상황이 황당하고 조금 무서웠다. 분명 앉아 있었는데 순간 이동이라도 했다는 말인가?

"아~~ 미안, 미안. 내가 요새 조금 기억이 가물가물해서. 하하하."

나는 우선 상황을 빨리 벗어나야겠단 생각이 들어 대충 둘러대고 그곳을 벗어나려고 했다.

"헤일리!"

갑자기 다시 그 목소리가 들렸다.

"으아아악!"

내가 소리를 질렀다.

"레일라! 그만 좀 해! 안 갈 테니, 당장 나에게서 떨어져!"

나는 허공에 대고 손짓을 하며 눈을 질끈 감았다.

"헤일리, 왜 그러는 거야?"

비블리오 언니가 나를 걱정하듯 물었다.

"아…아무것도 아니야."

나는 한쪽 손을 들고 괜찮다고 손짓을 한 뒤 천천히 일어났다. 언니는 수상하게 나를 바라보았지만, 나는 아무렇지 않은 듯 일어났다.

나는 힘없이 집으로 돌아갔다. 꿈 때문에 왠지 모르게 너무 피곤했다. 나는 집에 도착하자마자 거실에 철푸덕 쓰러졌다.

"헤일리!"

이모가 나를 부르셨다.

"네. 이모?"

나는 짧게 대답했다.

"시장에 가서 음식들 좀 사와 주겠니?"

이모가 부탁하셨다.

"네."

나는 힘겹게 일어나서 바구니를 들고 집 밖으로 나갔다. 시장으로 가는 길은 도서관보다는 가깝다. 그리고 우리 마을은 시장이 2개여서 더 가까운 시장을 가면 된다.

"아, 참! 헤일리! 시장에서 사야 될 물건들 적어놓은 종이를 바구니 안에 넣어놨으니 빠뜨리지 말고 잘 사오렴!"

이모는 급하게 말하시고는 집으로 다시 올라가셨다.

나는 바구니에서 종이를 꺼내 보았다.

"허……"

<필요한 것>

1. 달걀

2. 비둘기

3. 파란색 야채

4. 과일(원하는 거)

나는 종이를 보고 살짝 미간을 찌푸렸다. 달걀, 비둘기, 과일은 가까운 시장에서 살 수 있지만, 파란색 야채는 먼 시장에 가서 사와야 한다. 나는 힘없이 멀리 있는 시장으로 걸어갔다.

"헤일리!"

또 그 목소리였다. 아마도 내 주위를 빙빙 돌고 있는 것 같았다. 나는 도무지 그 목소리를 이해하지 못했다.

"아, 진짜! 저리가! 사라져 버리라고 했잖아. 네가 있는 곳으로 안 간다고!"

그때 갑자기 어딘가에서 다른 목소리가 들려왔다.

"저주야."

한쪽 길가에 서서 새 하얀 천을 머리에 두른 할머니가 말씀하셨다.

"네?"

내가 물어보았다.

"무슨 저주요?"

할머니는 나에게 손짓을 하셨다. 따라오라는 뜻 같았다.

"따…라 오라고요?."

고개를 끄덕이시는 할머니를 나는 따라갔다.

"넌, 이름이 뭐니?"

할머니가 천천히 내 얼굴을 살피시며 물어보셨다.

"헤일리요. 서쪽마을에 살고, 집은 숲속 가장 가까운 곳에 위치하고 있어요."

할머니는 무언가를 생각하시는 듯 했다.

"일단 나를 따라 오렴."

할머니는 숲속으로 나를 안내하셨다.

"여기다."

할머니는 파란색 풀들에 싸여 있는 가지가 나선형으로 구부러져있는 신비로운 나무 앞에 앉으셨다. 나는 그 나무 주변에 있는 보랏빛을 띠는 큰 바위 위에 앉았다.

"혹시 네 어머니 이름이 뭐니?"

할머니가 부드럽게 물으셨다. 자세히 보니 할머니는 거북이 무늬가 그려진 얇은 천을 목에 두르고 계셨다. 그 뜻은 할머니는 예전에 예언가였을 확률이 높다.

"힐다. 이게 엄마의 이름이에요."

"그렇구나."

할머니는 나에게 이야기를 들려주셨다.

"너는 1004번째 게이트에 숨어있는 레일라의 저주를 받은 거야. 그래서 그 자가 너를 시도 때도 없이 괴롭히는 거야."

"네? 저… 저주요?"

내가 물었다.

"그래."

할머니가 대답하셨다.

"혹시… 저주를 푸는 방법이 있을까요?"

내가 조심스럽게 물었다.

"1004번째 게이트에 대한 생각을 버리렴."

할머니가 딱 잘라 말해주셨다.

"그것뿐인가요?"

내가 물었다. 나는 1004번째 게이트에 대한 마음을 버릴 수 없었기 때문이다.

"혹시 다른 방법은 없나요?"

내가 할머니께 조급한 마음으로 물었다.

"레일라와 싸워 이기면 되지만, 그건 불가능해 보이는구나. 너는 아직 힘이 약하고 그렇다고 정의의 별에서 너에게 보태줄 에너지도 없을 테니 말이다."

할머니의 말끝이 흐려졌다.

"네?! 정의의 별이요?"

내가 물었다. 나는 그때 처음으로 정의의 별이라는 말을 들었기 때문이다. 지금까지 내가 읽은 책에는 그런 내용이 없었다. 누가 지워버린 것처럼….

"다른 생각 말고 잊으렴, 그리고 이제 그만 가거라."

할머니가 나에게 딱 잘라 말씀하셨다.

"나는 저주를 푸는 방법을 알려준 것이지 너의 질문에는 더는 대답을 못한다."

할머니는 그렇게 말씀하시고는 숲을 나가셨다.

"저… 할머니! 잠시만요!"

내가 할머니를 불렀지만, 할머니는 무시하고 그냥 가버리셨다.

"아! 맞다! 시장!"

나는 놀라서 시장으로 달려갔다. 집으로 돌아오는 길에도 나는 레일라의 목소리를 또 듣게 되었다.

"잘 알아들었겠지? 그러니, 1004번째 게이트에는 올 생각도 하지 마."

"네가 그렇게 말한다고 내 마음이 쉽게 변할 것 같아?"

나는 무시하는 말투로 레일라에게 말했다.

"뭐? 그래. 그럼 오늘 꿈에서 봐. 이번에도 도서관에서처럼 소리 지르면서 깨게 해줄 테니까."

등골이 오싹해지는 말이었지만, 나는 괜찮은 척 말했다.

"하나도 안 무서워."

레일라의 목소리는 연기처럼 사라져 버렸다. 나는 잠시 멍하니 그곳에서 있었다.

반대

"헤일리, 모레면 게이트 데이잖아. 어떤 게이트로 갈 지 정했어? 설마 진짜 1004번째 게이트로 가려는 건 아니지?"

언니가 물었다.

"난 마음 안 바꿨다니까! 1004번째 게이트로 갈 거야 난!"

내가 언니에게 짜증 섞인 말투로 말하자 언니도 짜증이 났는지 나가버렸다.

저녁 시간이 되었다. 오늘의 저녁은 비둘기 구이와 파란색 야채, 그리고 말린 과일이었다. 나는 파란색 야채와 말린 과일을 4개씩 집어서 가져갔다.

'바사삭'

기름에 구워진 야채는 내 입 속에서 내 마음같이 산산조각이 났다.

"이모, 헤일리는 1004번째 게이트로 갈 거래요!"

언니가 소리쳤다.

"뭐?!" 이모, 아버지, 삼촌이 동시에 소리치셨다.

"헤일리! 1004번째 게이트에 갔다가 살아서 돌아온 사람은 아무도 없다고! 책에서도 저주받은 게이트라고 얘기하잖아!"

삼촌이 말씀하셨다.

"삼촌 말 들어, 헤일리. 어른들이 너보다 더 경험이 많단다."

이모가 흥분함을 가라앉히며 말씀하셨다.

"헤일리, 이제 고집 그만 부리고 그냥 45번째 게이트나 20번째 게이트 중에 고르렴."

아버지까지 반대 의견을 거드시자 나는 그만 폭발하고 말았다.

"다들 그만하세요! 제 마음은 이미 정해졌어요! 그리고, 삼촌! 1004번째 게이트에 레일라가 살지 않는다고 해놓고서는 왜 말을 바꾸세요?"

나를 걱정하는 가족들에게 소리치니 마음이 좋지 않았지만, 그래도 난 내 의지를 꺾을 수는 없었다. 내가 말을 마치자 가족들은 할 말이 더 많은 듯 보였다.

"야! 헤일리! 너 어떻게 어른들에게 그렇게 말을 할 수가 있어?"

언니가 나를 또 어린애 취급하며 얘기를 하자 나는 또 흥분해서 소리쳐 버렸다.

"어쩌라고! 언니가 뭘 아는데? 나이만 많지, 언니는 숲에 대한 것도 모르잖아. 왜 매번 나를 어린애 취급 하냐고!"

"그건 맞지."

삼촌이 조용한 목소리로 옅은 미소를 띠며 중얼거리셨다.

"아무것도 모르면서…."

나는 그대로 자리를 박차고 일어나 내 방으로 가버렸다.

왜 내가 레일라를 소멸시키고 싶어 하는지 아무도 모른다. 항상 나약하게만 나를 생각하는 가족들에게 나는 인정받고 싶었다. 그리고 엄마의 뒤를 이어 레일라에게 대적하는 요정이 되고 싶었다. 나도 할 수 있다는 걸 가족들에게 그리고 우리 마을 사람들에게 보여주고 싶었다. 왜 모두 나에게 안 된다고만 하는 건지 그리고 내가 해낼 수 있다고 아무도 믿어주지 않는지 나는 너무 속상해서 곧바로 침대에 얼굴을 파묻고 말았다. 다행이 눈물이 나오지는 않았다. 하지만 난 마음속으론 많이 울었던 것 같다.

그날도 꿈에 레일라가 나타났다. 레일라는 내 눈을 새하얀 천으로 가렸다. 이번에는 그 새하얀 천이 나의 눈물로 적셔졌다.

"헤일리이이이이…… 나는 너에게 기회를 줬어어어어어어……"

레일라의 말끝이 흐려졌다.

그 꿈은 나에게 두려움 보단 더 굳은 의지를 가져다주었다. 나는 속으로 '그래 어디 한번 해보자고!' 라며 내 스스로에게 파이팅을 외쳐주었다.

게이트 데이 전날

아침의 해가 밝았다. 그 해는 게이트 데이의 전날을 알리는 해였다. 오늘은 게이트 데이의 전날 이어서 그런지 아침 해가 유독 뜨거웠다. 어제 비록 이상한 꿈을 꾸긴 했지만, 난 괜찮다. 어차피 나의 선택이니, 아무도 나를 방해할 수 없다. 하지만, 어제의 굳은 외침에도 불구하고 마음속 갈등은 조금 남아 있었다. 1004번째 게이트에 들어간 다는 것은 위험한 일이기 때문이다. 그리고 1004번째 게이트에 갔다가 목숨을 잃었다는 요정들도 한 두 명이 아니기에 걱정을 하지 않을 수가 없다.

'파다닥'

새 한마리가 내 방으로 들어왔다. 깃털이 알록달록한 새였다. 자세히 보니, 그 새는 친구들과 집에서도 쉽게 소통 할 수 있게 훈련시킨 새였다. 그 새는 지난 번 우리들의 편지를 나르던 중에 하늘에서 날아온 돌에 맞아 다리가 부러졌었다. 테오가 잘 보살피겠다고 해서 데려갔었는데 다시 편지를 물고 돌아오다니 나는 뛸 듯이 기뻤다. 나는 새가 건네주는 편지를 받았다. 헨리의 편지였다.

헤일리와 테오에게

안녕! 나 헨리야. 오늘 게이트 데이의 전날인데, 우리 같이 모여서 자기가 어떤 게이트로 갈 지 얘기하는 거 어때? 관심 있으면, 지금 도서관 앞으로 와줘!

게이트 데이 전날

헨리가

나도 거기에 답장을 써서 헨리와 테오에게 보냈다.

테오와 헨리에게

안녕! 나 헤일리야. 오늘 같이 만나러가지 못 해서 미안해. 나도 너희와 만나고 싶지만, 이모와 아버지가 게이트 데이가 될 때까지는 밖에 나가지 못하게 하서…

아버지랑 이모는 내가 1004번째 게이트에 가는 것을 반대하고 계시고, 나를 계속 설득하시는 중이야. 나도 너희와 더 이야기 나누고 싶지만, 지금은 집에서 가족들에게 나의 마음을 이해시키는 게 더 중요한 거 같아.

너희들도 힘내! 이제 곧 게이트 데이 전날이니 화이팅!!

게이트 데이 전날

너희들을 응원하며, 헤일리가

나는 그렇게 답장을 써서 새를 날려 보냈다. 그리고 난 한동안 발코니에 서서 생각에 잠겼다. 그리곤 스스르 눈이 감겼다.

결정

은은한 달빛이 나의 혼잡한 마음을 감싸 안았다.

"음……"

나는 가볍게 일어났다. 눈을 떠보니 벌써 밤이 된 후였다. 지금까지 일어나서 아무 것도 먹지 못하여 나는 배가 많이 고팠다. 나는 발코니에서 일어나, 거실로 나왔다. 식탁 위 바구니 안에는 과일들과 기름에 구운 파란색 채소가 있었다. 나는 구운 파란색 채소와 과일을 꺼냈다.

'툭'

무언가가 떨어지는 소리가 났다. 그것은 언니의 쪽지였다.

밥 좀 먹어. 헤일리.

잔소리였지만, 그래도 이번 쪽지는 마음에 들었다.

'바사삭'

기름에 구운 채소들이 내 입속에서 산산조각이 났다. 그리고 과일들은 저마다 다른 과즙을 자랑하며 나의 표정을 밝혀줬다. 편안한 마음이 들었다. 짧지만 사랑이 느껴졌던 언니의 잔소리와 입을 즐겁게 해준 음식들 덕분에 편안한 밤을 보낼 수 있었다.

'짹짹!!'

새와 집 밖에서 다른 요정들이 웅성거리는 소리, 그리고 따스한 햇살이 나를 깊은 잠으로부터 기분 좋게 깨워주었다.

"헤일리, 일어나!"

언니가 나를 부르는 소리였다.

"알았어!"

나는 힘 있게 대답하고, 거실로 나가서 소리쳤다.

"오늘이 게이트 데이야!!!"

언니는 나를 이해 못하겠다는 표정으로 바라보았다.

"헤일리, 진정 좀 해."

나는 어제까지 고맙게 느껴졌던 언니를 못마땅한 표정으로 쳐다보며 말했다.

"언니가 나 같으면 진정이 되겠어? 오늘은 내가 손꼽아 기다린 날이라고!"

"으이그. 가족들 속도 모르고…"

언니는 또 나를 어린애 취급 하듯이 본 뒤, 나에게 기름에 구운 파란색 야채를 주었다.

"먹든지 말든지 알아서 해."

나는 그 말을 하기도 전에 음식을 다 먹었다.

"게이트 도어(Gate Door) 가 닫히기 전에 빨리 들어가야 해. 지금 5시야."

언니는 조급하게 외투를 챙겨 입고 허리띠를 묶었다.

게이트 도어(Gate Door)는 각 게이트들로 들어갈 수 있는 열쇠를 받을 수 있는 곳이다. 거기는 새벽2시에서 오전7시까지만 열려있어서 시간에 맞춰가지 않으면 4년을 더 기다려야 된다. 그래서 언니는 마음이 조급해졌는지 나에게 외투와 옷들을 던지며, 서랍 속에 있는 보자기에 도구들을 챙기라고 말했다. 나는 옷을 갈아입고 생존도구(활, 칼, 화살)들을 챙겨서 내려왔다. 사다리를 타고 내려가자, 지붕이 뚫린 마차 한 대가 우리를 기다리고 있었다.

"빨리 타렴!!"

소리가 나는 쪽으로 고개를 돌려보니 빛바랜 갈색머리 끝에 투명구슬들이 달려있는 아저씨가 마차에서 우리에게 소리치고 계셨다. 아저씨는 지난번 숲속에서 만난 할머니와 같은 거북이 모양이 그려진 천을 목에 두르고 계셨다.

"게이트 도어까지 내가 안내하마."

아저씨는 나를 따뜻한 미소로 맞아 주셨다. 그리고 내가 하려고 하는 일을 응원하시는 듯한 눈빛으로 나에게 짧게 윙크를 해주셨다. 우리는 아저씨의 도움으로 게이트까지 단숨에 도착할 수 있었다.

"헤일리, 이제 우린 여기서 그만 헤어져야겠어. 넌 나랑 가고 싶은 게이트가 다르니… ."

언니는 잠시 뜸을 들이며 다음 말을 이어갔다.

"저기 보이는 게이트 도어 보이지? 난 저곳으로 들어갈 거야. 너도 1004번째 게이트도어에 도착해서 그 앞에 있는 요정에게 이야기하면 게이트 열쇠를 줄 거야. 1004번째 게이트 앞 작은 구멍을 찾아. 그리고 그 구멍에다 열쇠를 넣으면, 문이 열릴 거야. 문이 열리면, 너는 계단을 따라서 내려가면 돼. 그러면 거기에 또 다른 문이 나올 거야. 그 문을 밀면 네가 말한 1004번째 게이트 세상이 보일거야. 그럼 조심히 다녀와! 그리고…언니가 문 앞에서 기다리고 있을게. 시간이 오래 걸릴지도 모르지만… 그래도 언닌 끝까지 기다릴 테니 잘 다녀와. 알았지?"

언니는 내 손을 꼭 잡아 주었고 나는 그런 언니를 향해 고개를 끄덕였다. 언니는 마차에 내려 걸어가면서도 뒤로 몇 번이고 돌아보았다. 그리고 크게 손을 흔들며 나에게 인사를 해주었다. 나는 그 마차에 다시 올라타서 자리를 잡았다. 마차에는 방금 올라 탄 다른 요정들로 북적였다.

"테오야!"

내가 소리쳤다.

"헤일리!"

테오도 나에게 소리쳤다. 우리 둘은 서로를 만나 너무 기쁜 나머지 얼싸안고 퐁퐁 뛰었다.

"얘들아, 뛰면 다친다."

아저씨의 말씀에 우리는 나란히 앉아서 이야기를 나눴다. 테오는 444번째 게이트로 갈 것이라고 했다. 한 시간쯤 뒤, 우리는 다른 게이트 도어에 도착하였다.

"우아!~~·"

아이들의 탄성이 여기저기에서 들려오고 있었다. 게이트 도어는 그야말로 너무나도 거대했으며, 아주 독특한 문양들이 새겨져 있었다. 그때, 멀리서 한 요정이 나를 향해 뛰어왔다.

"얘!"

그 요정이 나를 향해 소리쳤다.

"저…저요?"

"응. 너. 네가 여기서 생일이 제일 빨라. 그러니 맨 먼저 게이트를 고를 수 있어. 어느 게이트로 들어갈 거야?"

나는 망설이지 않고 대답했다.

"1004번째 게이트요."

145 🩷 🩶

"1004번째 게이트 열쇠!!!!!"

그 요정이 열쇠를 가져오라는 손짓을 하며 아주 큰 목소리로 다른 요정들에게 명령했다.

"네!"

또 다른 요정이 대답했다.

"얘야, 1004번째 게이트를 가려거든, 나를 따라오너라."

나는 설렘 반 긴장 반으로 그 요정 뒤를 따랐다.

"여기야."

여러 가지 색깔이 조화롭게 섞여 있는 문이 나왔다.

"뭐해? 어서 열쇠를 꽂아야지."

문 앞에서 머뭇거리는 나에게 그 요정이 말했다.

"네."

내 마음처럼 목소리가 파르르 떨렸다. 드디어 나의 꿈에 그리던 1004번째 게이트의 문이 열렸다.

1004번째 게이트와 카나

나는 문 안으로 이어진 새 하얀 계단을 따라 열심히 내려갔다. 나를 안내해 준 요정이 힘을 내라고 응원하니 발걸음에 속도가 붙었다. 저 멀리 게이트 안으로 들어갈 수 있는 또 다른 문이 보였고, 안내요정은 그 문에 다다르기 전 인사를 하고 사라졌다. 그 문으로 점점 가까워지자 나는 문 바로 앞까지 미끄러져 내려갔다.

나는 떨리는 손으로 문고리를 잡았다.

'끼이이익'

그 동안 사람들이 얼마나 오지 않았으면, 손잡이에 녹이 잔뜩 슬었을까. 나는 문고리를 조심스럽게 당겼다.

회색빛으로 물들어 있는 하늘과 군데군데 알 수 없는 연기가 나고 있고 생명의 온기가 전혀 느껴지지 않는 너무 차가운 모습이었다. 내가 책을 통해 알고 있던 그곳의 모습은 천사들이 살고 있기에 항상 하늘에선 영롱한 빛이 쏟아지고 싱그러움이 가득한 곳이라고 알고 있었는데… 내 눈에 들어온 그곳은 너무나 슬픔 그 자체였다.

한 걸음 두 걸음 나는 두리번거리며 앞으로 걸어갔다.

'철석, 철석'

거칠게 튀어 오르는 바닷물이 나를 맞이해 주었다. 차가운 바닷물은 마치 이 게이트의 감정이나 다름없는 것 같았다. 항구에는 쓸쓸히 계선주에 묶여 있는 배 한 척이 보였다. 어두운 하늘이 마치 모든 것을 집어 삼키려고 하는 것 같았다.

'철석, 철석'

파도가 마치 이리 오라는 듯이 요동쳤다. 나는 그 부름에 응하기 위해 그 배에 올라타서 줄을 풀었다.

"도와줘!!"

어디선가 목소리가 들려왔다. 가늘고 허약한 목소리였다.

"누구야? 어디 있어?"

나는 이곳에 내가 아닌 다른 이가 있다는 거에 놀랐지만 반사적으로 대답했다. 나는 빨리 돛을 올리고 소리가 나는 방향으로 배를 몰았다.

바다 한 가운데에서 허우적거리며 손을 흔드는 한 요정이 보였다.

"이거 잡아."

나는 가방에서 붉은 밧줄 1개를 꺼내서 손을 흔들고 있는 그녀에게 던졌다. 그녀는 간신히 밧줄을 잡고 배 위로 올라왔다.

"고마워. 네 덕분에 살았어."

그녀의 모습은 내 시선을 사로잡았다. 물에 빠져 물이 뚝뚝 흐르는 연한 갈색머리에 피부는 눈이 부실 정도로 환했고, 큰 눈망울과 높은 콧대 등 이목구비가 뚜렷해서 내가 남자였다면 한눈에 반했을 지도 모른다.

"휴~. 진짜 큰일 날 뻔 했네. 반가워 난 카나야."

카나는 나에게 정중하게 인사를 건넸다.

"아… 안녕, 내 이름은 헤일리야."

카나는 한 16살 정도로 보였다. 머리에서 물을 털어내고 있는 그녀에게 내가 물었다.

"넌 어떻게 여기에 오게 되었어?"

"나는 선택할 곳이 여기 밖에 없더라고… 그래서 왔지. 너는?"

카나가 나에게 물었다.

"나는 여기에서 레일라의 계획이 실행되지 않게 하려고… 혹시 너도 레일라의 존재를 믿어?"

그녀의 얼굴에 무언가 모를 묘한 웃음이 번졌다. 하지만 나는 신경 쓰지 않고 갔다.

"당연하지! 사실 나도 레일라와 싸워야 하는데, 힘이 없어서 도망치다가 이렇게 된 거야. 그럼 우리 다시 레일라를 찾아가 볼래?"

카나의 제안에 나는 고개를 끄덕였다.

"그럼 배를 저쪽으로 몰아야 돼."

카나는 저 멀리 보이는 울퉁불퉁해 보이는 섬을 가리켰고 나는 카나의 말에 배의 방향을 그 곳으로 바꿨다.

우리는 몇 시간 뒤 육지에 도착하였다. 그곳엔 왕궁의 800배 보다는 높아 보이는 화산과 평지 없는 수많은 언덕들이 보였다.

"언제 레일라가 나올지 모르니, 조심하는 게 좋을 것 같아."

카나가 나에게 주의를 주었다.

"알았어."

나는 짧게 대답하고는 가방에서 칼을 꺼냈다. 언제 어디서 레일라와 싸워야 할 지 모르니, 검을 준비 한 것이다.

"그런데, 혹시 너, 레일라가 지금 어디 있는지 알아? 우리 당장 그곳으로 가자!"

카나는 약간 놀란 눈치였다. 나는 내가 레일라를 찾는 일에 너무 적극적인 것 같아서 그런 것인 줄 알았다. 하지만 지금 생각해보니 그때 다른 이유가 있었던 것이다.

"음… 나도 너무 오래전 일이여서 기억이 잘 안나 긴 하지만, 저기로 가야 됐던 것 같아. 그런데, 헤일리, 레일라와 싸우려면, 그 요정의 칼로는 무리야."

나는 순간 당황했다. 레일라가 힘이 강한 것은 알고 있었지만, 이 칼로는 소용이 없다니… 내가 가져 온 칼은 우리 집 선대 때부터 내려오는 칼로 아버지와 할아버지, 그리고 그 위에 할아버지까지 이 칼로 모든 전쟁에서 승리하셨던 승리의 칼이었다. 비록 엄마는 써보시지 못하셨지만 말이다.

"그럼 뭐로 싸워야하는 데?"

내가 카나에게 물었다.

"나도 그건 잘 모르겠어."

카나가 대답했다. 카나도 아마 나처럼 요정의 칼로 싸우다가 실패한 것 같았다.

"카나, 만약에 레일라가 우리를 공격한다면, 우리 힘을 합쳐서 싸우자. 하나보단 둘이 더 강하잖아? 우리의 뜻이 같으니 우린 반드시 성공할거야."

카나의 큰 눈이 더 동그래지고 커졌다.

"우리? 너랑 나랑 같이?"

카나는 놀라듯 물었다.

"응. 난 혼자가 아니라서 너무 다행이다 싶어. 널 만나 다행이야."

"고마워."

카나가 조금 냉정한 말투로 대답했지만 난 별로 신경 쓰지 않은 채 기분이 좋아서 앞장 서 걸어갔다.

밤이 되자 게이트 안은 더욱 어두워졌다. 나와 카나는 언덕의 꼭대기에서 잠을 자기로 했다. 언덕 꼭대기에 도착해 우린 짐을 풀고 잘 준비를 했다. 그런데 아침 이후론 아무것도 먹지 못해 나는 배가 몹시 고팠다. 배에서 천둥소리가 들려 왔을 때 카나는 옅은 미소를 보이며 나에게 파란색 생야채를 나누어 주었다. 배도 부르고 아침부터 계속 긴장을 했던 탓에 난 온 몸이 녹아내리는 것 같았다. 그 뒤론 눈이 언제 감겼는지 기억이 나지 않는다.

내가 아침에 눈을 떴을 때 카나는 내 옆에 와 있었다.

"오늘은 적어도, 마지막 언덕까지는 넘어야 할 거야."

나는 대답할 기운이 없어서 그냥 고개를 끄덕였다. 오늘은 왠지 모르게 기운이 없었다. 아마도 전날 밤 천둥소리 때문에 잠을 깊게 못잔 탓인 것 같다.

"가자."

카나의 목소리는 언제나 부드러웠다. 우리는 어제 잠을 잤던 언덕을 내려가 더 많은 언덕을 넘었다. 첫 번째 언덕은 마른 식물들이 가득했다. 그 언덕은 생각보다 높고 미끄러웠다. 기운이 없으니, 나는 몇 번이고 언덕을 오르다가 미끄러져서 구를 뻔 했다. 하지만, 다행히 카나가 내 손을 잡아주었다. 두 번 째 언덕은 아주 뜨거웠다. 같은 하늘 아래 다른 온도였다. 첫 번째 언덕은 추우면서 건조했었지만, 두 번째 언덕은 더우면서 습했다. 그러니 두 번째 언덕을 오를 때에는 땀이 폭포수처럼 쏟아졌다. 거의 땀으로 샤워를 한 느낌이었다. 나는 아직 이 게이트에 익숙해지지 않았지만, 카나가 나를 많이 도와줘서 두 번째 언덕도 쉽게 오를 수 있었던 것 같다. 하지만, 문제는 세 번째 언덕이었다. 책에서 듣기로는 1004번째 게이트의 43번째 언덕부터는 괴물들이 나온다고 했기 때문이다. 어제 40개의 언덕을 넘었으니 이제 43번째 언덕을 마주칠 차례였다. 나는 본능적으로 칼을 꺼내들었다. 하지만, 나의 걱정과는 달리 세 번째 언덕에서도 별 일은 일어나지 않았다. 그날의 가장 큰 문제는 언덕들을 오르고 내리는 것이었다. 어느 언덕은 살갗이 떼어져 나갈듯이 추웠고, 또 다른 곳은 쪄 죽을 듯이 더웠다. 카나는 도대체 왜 이 많은 언덕들을 넘어야 한다고 한지 모르겠지만, 나는 그녀의 말을 철석같이 믿고 그녀를 따랐다. 아마도 이 많은 언덕 뒤에 레일라가 있는 것 같았다.

"카나, 그런데 이 언덕들 끝에 레일라가 있어? 우리 지금 이 언덕들을 왜 오르고 있는 거야? 이유가 있어?"

내가 결국 카나에게 질문을 쏟아냈다. 나는 그녀가 제발 레일라를 향해 가고 있다고 말해주길 바랬다.

"당연하지, 헤일리. 내가 네게 말해줬잖아. 지금 우리는 레일라를 향해서 가고 있다고. 그리고 너는 레일라의 악행을 막고 싶다며! 그러면 더더우기 저기로 가야지. 저곳에 레일라가 있어. 나도 저기에서 레일라를 만났고."

카나가 부드럽게 대답해 주었다. 그런데 나는 또 궁금한 게 생겼다. 내가 카나에게 두 번째 질문을 하려고 할 때 나는 미끄러질 뻔 했다. 나는 간신히 균형을 잡고 버텼다. 쉽지 않은 여정이었지만 포기하고 싶진 않았다. 나는 더 굳게 다짐하고 카나에게 두 번째 질문을 던졌다.

"카나, 그런데 레일라가 만약에 움직였다면 어떡해? 그럼 우리가 헛고생만 한 거잖아. 그럼 진짜로 어떡해?"

내가 조심스럽게 물었다. 카나는 나를 한참 앞장서서 가면서, 부드럽고 따듯한 목소리로 대답을 해 주었다.

"걱정 마, 헤일리. 레일라는 쉽게 움직이지 않아. 왜냐하면 그녀의 두 번째 힘의 본거지는 거기이기 때문이지."

카나의 말에 나는 안심이 되었다. 이제 점점 언덕의 끝이 보이기 시작했다. 카나는 조금 쉬고 가자면서 언덕 꼭대기에 앉았다. 카나는 나에게 기름에 튀긴 파란색 야채를 먹자며 나에게 기름을 준비해 달라고 부탁했다. 나는 내 가방 안을 살펴보았다. 거기에는 언니가 챙겨 준 기름 한 병이 있었다. 나는 그것을 카나에게 바로 주었다. 카나는 그릇 하나를 들고 와서 그 아래에 불을 붙인 다음, 파란색 야채들을 거기 안에 넣어서 구웠다. 상큼한 향이 났던 푸른 야채들이 이제는 기름에 튀겨져 바삭한 과자처럼 변했다.

"자, 먹어. 이거라도 먹어야 힘이 날 거야. 우리 저녁에는 식재료를 조금 더 찾아서 맛있게 먹자."

나는 카나에게서 받은 파란색 야채를 입 안에 넣었다. 파란색 야채의 바삭함이 나의 피로를 바사삭 부서주었다. 카나는 해가 지기 전에 어서 그곳으로 가자고 나를 재촉했다. 그래서 우리는 빠른 걸음으로 언덕을 오르내렸다. 그것을 몇 시간 동안 반복하며 우리는 카나가 가고자하는 레일라의 힘의 본거지로 향했다. 내가 책에서 듣기로는 레일라 힘의 본거지는 가려진 화산이라고 했다. 그 가려진 화산은 항상 안개로 가려져있다고 했는데, 거기 안으로 들어가는 순간 소멸할 수도 있다고 했다. 아니면, 레일라가 만든 지옥 같은 세상에 떨어져 평생을 바쳐야 할 수도 있다고 하였다. 하지만 나는 죽을 각오를 하고 가는 것이니 지옥 같은 세상에 떨어져도 혹은 소멸한다 해도 멈추지 않겠다고 다짐했고 카나 또한 나와 같은 생각일 것이라고 믿었다. 나는 레일라를 만나면 네가 하는 짓을 후회하게 될 거라고 말해주고 싶었다. 나는 반드시 너를 소멸시킬 것이라고…

레일라 때문에 1004번째 게이트를 지키려는 여러 요정들이 사라지고 있었다. 또한 1004번째 게이트의 요소인 천사들의 힘이 약해지고 있어, 온 우주의 선한 자들이 구원받을 수 있는 기회가 사라지고 있었다. 우주는 슬픔과 혼란으로 점점 변하고 있는 것이었다. 진짜 이러다 레일라가 온 우주를 다스리는 왕이라도 된다면 그 세상은 잔혹함과 슬픔으로만 가득 할 것이다. 카나는 이런 걱정을 하는 나를 위로해 주었다. 밤이 깊어지자 사방은 점점 어두워지기 시작했다. 책에서 듣기로는 가려진 화산에 가까워질수록 그리고 어두워질수록 괴물들이 점점 더 많이 나타난다고 했다.

"일단 오늘은 여기서 자고, 내일은 우리, 가려진 화산으로 가자. 혹시 괴물들이 나오면 바로 나 깨우고. 잘 자."

카나는 나에게 여전히 부드럽게 말해주었다. 우리는 저녁으로 아까 잡은 비둘기구이와 기름에 구운 파란색 야채를 먹었다. 그날 저녁은 나의 피로를 녹여주는 데 충분했다.

속임수와 진실

"헤일리."

나를 부르는 차가운 목소리에 내 눈이 저절로 떠졌다. 내 눈앞에는 한 여자가 서 있었다. 시야가 흐릿해서 나는 그 여자를 자세히 보려고 앞으로 나아갔다. 알고 보니 그 여자는 카나였다. 나는 안심을 하고 카나를 불렀지만, 목소리가 나오지 않았다. 카나는 소름끼치게 웃고 있었다. 나는 카나에게 왜 그러는 지 물어 보려고 입을 열었지만, 소리가 나오진 않았다. 나는 너무나도 무서운 나머지 소리라도 지르고 싶은 심정으로 입을 크게 열어보았지만, 역시 이번에도 좀 전처럼 소리는커녕, 입도 잘 벌려지지 않았다. 그 틈을 타서 카나는 나에게 점점 더 가까이 다가오고 있었다. 더 가까이… 더 가까이… 나는 온 몸에 소름이 돋았고 너무 무서워서 도망을 치려고 몸을 있는 힘껏 움직였지만, 내 몸은 움직이지 않았다. 눈을 굴려서 앞을 똑바로 보니 카나는 이미 내 앞으로 온 상태였다.

"역시 피는 못 속이는 구나. 너희 엄마도 나에게 이렇게 당했는데, 고맙게도 너도 똑같이 잘 속아주는 구나. 내 말 잘 들어. 너는 날 이기지 못해. 이 정도로만 해도 도망을 치려고 하다니… 너희 엄마랑 하나부터 열까지 똑같구나."

나는 너무나도 놀라 있는 힘껏 소리를 질렀다. 그때 나는 그것이 다행히 꿈이라는 것을 알게 되었다.

"으아아악~~~~!!!"

"헤일리! 무슨 일이야? 아까부터 깨웠는데, 안 일어나서 무슨 일 있는 줄 알았어. 혹시 나쁜 꿈을 꿨어?"

카나가 나에게 물어보았다. 나는 내 꿈에서 카나가 나를 죽이려 했다고 말하고 싶지 않았다. 그래서 그냥 꿈에서 레일라가 나와서 나를 공격하려고 했다고 말했다. 난 뭔가 꿈이 너무 불길해서 카나와는 거리를 조금 두는 게 좋겠다고 생각했다. 그리고 곰곰이 생각해보니 카나에 대해 내가 모르는 것들이 많다는 생각이 문득 들었다.

"헤일리."

카나가 나를 불렀다.

"왜… 왜?"

나는 두려운 마음에 떨리는 목소리로 대답했다.

"네가 꾼 그 꿈… 사실은 꿈이 아니라 진짜야."

나는 카나의 말에 너무 놀랐다. 그게 꿈이 아니라는 말은 카나가 레일라라는 말이다. 나는 천천히 고개를 들어 그녀를 봤다. 그녀는 큰 입이 찢어질 듯이 입 꼬리를 올리며 소름이 끼칠 정도로 사악하게 웃고 있었다.

"사실이라니, 믿기지 않지? 네가 속아준 덕분에 이제 내가 드디어 밖으로 나가 온 우주를 손아귀에 쥘 수 있게 되었어."

카나, 아니, 레일라는 나를 똑바로 쳐다보았다. 그녀의 눈동자 속에는 잔뜩 겁먹은 나의 모습이 환하게 비춰졌다. 나는 흠칫 놀랐다.

"그럼, 네가 한 말들은 다 거짓이었던 거야?"

내가 따지듯이 물었다.

"어리석은 것. 너만 죽이면 돼…… 그래야 내가 힘을 얻어 온 우주를 손아귀에 넣을 수 있다고."

레일라는 나를 노려보며 묘한 웃음을 지었다.

"레일라, 넌 온 우주를 혼란으로 빠뜨리고 있어! 네가 원하는 게 정말 그거야?"

나는 있는 힘껏 소리쳤다.

"나는 이 심심했던 우주를 재미있게 만들려고 조금 흔드는 것뿐이야. 내가 왕만 된다면 더욱 흥미로워지겠지? 예전에 악의 별 마왕이 그러더군. 3000명의 요정만 죽이면 내가 그 힘을 얻을 수 있다고. 네가 바로 그 마지막 3000번째 어리석은 요정이야."

순간 나는 레일라의 모든 계획을 눈치챘다. 레일라는 처음부터 나를 안심시키면서, 나를 죽음으로 이끌 장소로 데려온 것이다. 그래서 괴물들도 레일라가 무서워서 오지 못 했던 것이다.

"네가 나를 이길 거라는 그런 주제넘은 상상은 하지도 마. 네가 가진 거라곤 그 초라하고 오래된 칼밖에 없잖아? 곧 있으면, 괴물들이 달려들 텐데, 도망갈 생각조차 안 하다니 어리석은 것…"

레일라는 사악하게 웃으면서 나를 노려보았다. 나는 일단 그 괴물들을 처리 한 다음 레일라와 싸우기로 결심했다. 그 괴물들을 유인하기 위해 싸우기 좋은 장소를 훑어본 뒤 그 곳을 향해 뛰기 시작하였다.

"네가 뛰어 봐야 어디까지 갈 수 있겠어?"

나는 괴물들이 쫓아오는 것 같아서 뒤를 돌아보았다. 멀리서부터 까만 생명체들이 나를 따라오고 있었다. 나는 안간힘을 다해 뛰었지만, 결국 나의 체력은 바닥을 보이고 말았다. 그 까만 생명체들은 나를 향해 거대한 파도처럼 달려들었다. 나는 칼을 꺼내서 그들에게 열심히 휘둘러 봤지만, 그들은 마치 만져지지 않는 듯이 그 칼을 관통해 버렸다. 살갗에서는 피가 흘러나오고, 온 몸은 상처투성이가 되었다. 공격이 거세지자 나는 그들을 뿌리치고 언덕을 넘었다.

"헤일리, 이제 그만 포기 하지 그래?"

레일라가 나에게 비웃듯이 말했다.

"싫어! 포기하지 않는 나의 마음만이 너를 멈출 수 있어!"

나는 레일라의 말을 무시하고 배에 올라탔다.

"그래?! 그럼 이번에도 한번 잘 막아보든가?!"

레일라는 날카롭게 소리치고는 그녀의 검은 기운으로 커다란 불용을 만들어냈다. 나는 열심히 노를 저으며, 게이트로부터 나갈 수 있는 곳을 향해 항해하기 시작했다. 나는 빠른 속도로 배를 몰았지만, 그 불용은 엄청난 속도로 나를 따라잡았다.

'화르르'

불용의 입김은 아주 뜨거운 불이었다. 그 불용은 나를 따라오면서 불을 여러 번 내뱉었고 매번 나는 그것을 간신히 피했다.

'두두두둑'

무언가가 끊어지는 소리가 나의 피를 굳게 하였다. 그 밧줄은 배에서 가장 중요한 돛과 연결된 부분이었다. 그래서 나는 살아남기 위해 죽을힘을 다해 노를 저었다. 하지만, 그것은 역부족이었다. 결국 그 용은 나의 오른쪽 팔을 태우고 말았다.

"으아아아아악~~~."

나는 살갗이 타들어가는 그 고통을 참지 못하고 소리를 질렀다. 멀리서 레일라가 웃는 소리가 들렸다.

"혜일리, 그것 봐. 너는 그 작은 괴물조차 못 이기면서 감히 나를 이길 생각을 하다니… 넌 네 힘으로 못할 일을 시작해버린 거야. 그럼, 끝에 뭐가 남는지는 알기나 해? 하하하하."

다리와 팔에 힘이 빠진 나는 레일라의 말이 끝나기도 전에 어둠의 바다 속으로 빠져버렸다. 바다에 빠진지 얼마 되지 않아 눈을 뜨게 되었다. 그때였다.

'첨벙'

레일라가 물속으로 들어왔다. 레일라는 손에서 뿜어져 나오는 검은 기운으로 나를 더 깊은 바다로 밀어 넣고 있었다. 나는 힘없이 밀렸고, 결국, 큰 바위에 부딪혀 정신을 잃었다.

'혜일리! 힘내!'

어디선가 친근한 목소리가 나를 불렀다. 언니의 목소리처럼 들렸다. 그때, 정신이 번쩍 들었다. 나는 언니에게 살아서 돌아가겠다고 말한 것이 기억났다.

'살아야 해.'

나는 레일라가 나에게 보내는 그 검은 기운들을 간신히 피해가며 안간힘을 써서 바다 위로 올라갔다. 나는 배 쪽으로 간신히 헤엄쳐 갔지만 불용은 자비도 없이 나를 태우려고 했다. 나는 두 다리에 화상을 입어 물속으로 빠져버렸다.

'아…. 이렇게 죽으면 안 되는 데…… 레일라를 막아야 하는 데…'

힘이 빠진 나는 그만 더 깊은 물속으로 가라앉기 시작하였다.

'안……돼……'

엄마와의 만남

"헤일리. 일어나렴"

부드러운 목소리가 나를 불렀다. 나는 알 수 없는 목소리의 부름에 눈이 뜨였다. 처음엔 물 밖에서 레일라가 나를 부르는 소리라 생각했는데, 그 목소리는 내가 아주 어릴 적 들어본 우리 엄마의 목소리였다. 물속으로 가라앉고 있던 나는 '엄마. 도와줘'라고 속으로 외쳤다. 그 순간 누군가가 나를 밀어 올리는 것 같은 느낌이 들었다. 마치 어미 고래가 아기고래에게 숨 쉬는 법을 알려줄 때 올려주는 것처럼 포근하면서도 단단한 힘이 나를 물 밖으로 밀어 올려주고 있었다. 레일라는 내가 해수면 위로 올라오자마자 다시 공격할 태세를 보였다.

"헤일리, 여기야."

그 목소리가 나에게 천천히 말했다. 나는 마지막 남은 온 힘을 다해 주위를 살펴보았다. 미끄러운 돌 위에 어떤 여자가 나를 다정한 눈빛으로 보며 앉아 있었다.

'화르르'

불용이 나에게 공격을 이어갔다. 나는 무서워서 본능적으로 눈을 감았다. 아무 일도 일어나지 않자 나는 나의 오른쪽 눈을 살짝 떠 보았더니, 아까 바위 위에 앉아 있었던 그 여자가 나를 막아주고 있었던 것이다.

"이게 어떻게 된 일이지?"

레일라는 분노에 찬 목소리로 소리쳤다.

"레일라, 네가 내 딸을 죽이기 전에 나를 먼저 막아야 할 거야."

그녀가 말했다. 그리고 지쳐 있던 나에게 칼 한 자루를 쥐어주셨다.

"넌, 예전에 내가 2999번째로 죽인…"

레일라가 흠칫 놀란 듯이 물었다.

"내 딸은 내버려 둬!"

어떤 불투명한 영혼이 나에게 신비로운 미소를 띠며 다가왔다.

"헤일리."

"어…엄마…."

나는 엄마를 부를 때 가슴이 벅차 목소리가 떨렸다.

"난 헤일리를 소멸시킬 거야. 그러니, 방해 말고 어서 비켜!"

레일라는 짜증나는 목소리로 엄마에게 날카롭게 소리쳤다. 그리곤 나와 엄마를 향해 검은 기운들을 보냈다. 그녀의 눈은 악마처럼 빛났으며, 검은 기운들은 나를 불태우려던 불용같이 달려들었다. 하지만, 엄마는 그것들을 모두 불투명한 그녀의 방패로 막아주었다.

"헤일리, 이 말은 엄마가 너에게 처음이자 마지막으로 해 주는 충고일 거야."

엄마는 계속 말을 이어갔다.

"엄마는 언제나 너의 마음속에 있어. 그리고 명심해, 헤일리. 레일라는 너를 이기지 못 할거야. 그러니, 너는 레일라의 말에 마음이 흔들린다고 해도 절대로 포기하지 마. 그리고 위험한 상황이 닥치거든 그 검을 그녀에게 던지거라."

나의 양 볼 옆으로 눈물이 흘렀다. 엄마의 영혼이 반짝이기 시작하였다.

"시간이 벌써 이렇게 되었네…. 엄만 이제 가 봐야해… 헤일리, 이 엄마가 이루지 못한 것을 네가 꼭 이루어 주렴. 엄마는 저 멀리서 너를 지켜보고 있을게. 사랑하는 우리 딸 헤일리. 엄마는 널 믿어. 사랑해."

나는 고개를 끄덕였다.

"나도 사랑해. 엄마."

엄마는 내 말이 끝나기 무섭게 빛과 함께 사라지셨다.

"엄마!"

내가 소리쳤다. 나는 엄마의 영혼을 향해 손을 뻗었지만 엄마는 빛이 되어 사라지셨다.

"헤일리, 이제 소멸될 시간이야."

레일라가 나에게 소리쳤다. 불용은 나에게 다시 달려들었다.

"레일라, 이제야 알았어. 널 이기는 방법을… 포기하지 않는 마음 그리고 소중한 걸 꼭 지키겠다는 내 굳은 의지가 널 소멸 시킬 거야."

"그래? 어디 한번 해봐!"

나는 아까 엄마가 나에게 준 검과 나의 오래된 칼을 맞대었다.

'끼이이이이이'

나는 두 칼을 서로 긁은 뒤 오른손에 들고 있던 나의 오래된 검을 그 용에게 던졌다. 내 검은 푸른빛과 함께 용의 심장으로 향했다.

'커억. 크아아아아아.'

그 용은 검은 피를 흘리면서 바다 안으로 빠졌다. 용이 빠지자 엄청난 파도가 일어났다. 나는 그 파도에게 몸을 맡겼다. 그 파도는 나를 육지로 옮겨주었다. 나는 육지에 도착 하자마자 레일라에게 향해 소리쳤다.

"레일라!"

나는 레일라를 노려보며 말했다.

"레일라, 마지막으로 기회를 줄게! 그러니 지금이라도 이 악행을 그만뒀으면 좋겠어. 너도 행복했던 옛날을 떠올려봐!"

나는 마지막으로 레일라를 설득하기 위해 소리쳤다.

"행복? 나에겐 그런 것 따윈 생각나지 않아. 우주의 새로운 왕이 되서 내 마음대로 세상을 휘둘러야 난 행복해질 수 있어!"

레일라는 그것이 잘못된 행동임에도 불구하고 떳떳하게 말했다.

"네가 하고 있는 짓은 온 우주를 파괴하는 일 밖에 안 돼! 나중에 후회하는 것 보다 낫지 않을까?

내가 레일라를 아무리 설득하려 해도 레일라는 내 말을 듣지 않았다. 그때 갑자기 레일라의 눈 색깔이 변했다.

"야, 헤일리, 그만하지 그래."

레일라는 나를 노려보며 말했다.

레일라는 검은 기운을 나에게 발사했다. 나는 체력이 다돼 그만 쓰러지고 말았다. 걸쭉한 피가 나의 시야를 가렸다.

"헤일리, 이제 그만 포기해."

나는 레일라의 말을 들으며 생각했다.

'용기를 내, 헤일리. 네가 죽으면, 이 우주는 레일라의 손아귀에 들어오게 돼. 넌 할 수 있어. 지킬 수 있어.'

나를 향한 응원을 속으로 계속 외쳤다. 차가웠던 바닥이 점점 따뜻해지는 것 같았다.

"헤일리, 정말 끈질기군. 하지만 끈기만으로 다 해결되는 건 아니야. 어리석은 것. 이제 잘가렴."

레일라는 마지막으로 거대한 검은 기운을 나를 향해 내뿜었다.

"아악"

나는 고통 속에서도 나의 가족과 친구들을 생각했다. 머릿속으로 그들 한명 한명의 이름들 떠올렸다.

'사랑하는 엄마, 아빠, 언니, 이모, 삼촌, 테오, 헨리… 내 사랑하는 친구들… 모두 사랑해.'

그때 갑자기 어떤 빛이 나의 몸을 감싸기 시작하였다. 그 영롱한 빛은 나의 몸을 서서히 감싸 안으며 회복을 시켜주었다.

"아… 안돼!!!"

레일라가 소리쳤다.

"이럴 수는 없어. 다시 정의의 별에서 힘을 주다니!!! 헤일리!!!"

레일라는 그녀의 모든 검은 기운들을 나에게 내뿜었다. 하지만 이상하게

도 그것들은 내 앞에서 모두 사라져버렸다. 마치 보호막 같은 것이 나를 감싸고 있는 기분이었다. 나는 레일라에게 천천히 다가갔다. 레일라는 내가 무서운지 내가 한 걸음 씩 옮길 때마다 뒷걸음질치기 바빴다. 나는 레일라에게 엄마가 주신 검을 휘둘렀다.

"아악!"

레일라가 고통 속에서 비명을 질렀다. 나의 검에 의해 레일라는 반으로 갈라졌다. 레일라는 땅에 닿자마다 녹아버렸다. 레일라가 녹아내린 그 자리부터 주변 환경이 바뀌기 시작했다. 내가 책속에서 보았던 그 장면들이 내 눈앞에 펼쳐지고 있었다. 나는 두 손을 모으고 모든 것이 무사히 끝났음에 감사의 눈물을 흘렸다. 그리고 난 그 자리에 쓰러졌다.

평화

나는 잠시 깊은 잠에 빠져들었었다. 얼마나 잤던 걸까? 일어나 보니 내가 잠이 들었던 들판이 아니었다. 깨끗하고 웅장한 아름다운 방 가운데에 화려한 장식들로 꾸며진 푹신한 침대위에 난 누워있었다.

'끼이익'

나는 소리가 나는 쪽으로 고개를 돌렸다. 그 곳에는 하얀색 옷을 입고 깃털로 장식된 망토를 입고 있는 어떤 여자가 서 있었다.

"누… 누구세요?"

내가 조심스럽게 물었다.

"안녕. 나는 천국의 여왕 엔젤라라고 해. 레일라를 소멸시켜줘서 고마워. 네 덕분에 우리 게이트가 본 모습을 찾았단다."

"설마, 내가 책에서 봤던 천사들의 여왕 엔젤라???"

내가 물었다.

"응."

"와~"

내 입에서 탄성이 쏟아졌다.

"그럼 여왕님이라 불러요?"

내가 물었다.

"네가 원하면."

엔젤라는 수줍게 대답하였다.

"여왕님, 저를 치료해주셔서 감사합니다. 그런데 저는 이만 가봐야 해요. 저를 기다리고 있는 가족들이 있거든요."

엔젤라는 따뜻한 미소를 지으며 나에게 말했다.

"자. 나의 선물인 이것을 꼭 입고 나가주렴."

엔젤라는 나에게 하얀색 비단과 금으로 장식된 옷을 주었다.

"감사합니다! 그런데 이런 걸 제가 받아도 되는지요?"

"넌 우리를 구한 영웅이니 당연히 이 옷을 입을 자격이 있어."

엔젤라는 나를 침대에서 일으켜 그 옷을 입혀주었다. 나는 엔젤라가 준 옷을 입고 엔젤라 앞에 서서 인사를 하곤 천사들의 성을 빠져나왔다. 그리고는 게이트 출구를 향해 달려 나갔다. 밖에서는 많은 요정들이 나를 기다리고 있었다. 내가 게이트 정문을 열고 나가자, 기다리고 있던 모든 요정들이 박수를 쳐 주었다.

"언니!"

나는 사람들을 재치고 언니에게 가장 먼저 달려가서 안겼다.

"헤일리, 너, 조금 멋있다! 12살 이여서 아직 꼬마인줄 알았는데, 이제 다 컸네!"

"헤일리, 나는 네가 해낼 줄 알았어!"

이모가 소리치셨다. 이모의 얼굴은 감격의 눈물로 뒤범벅 되어있었다.

"레일라가 진짜로 있었다니… 헤일리, 넌 역시 태어날 때부터 평범하지 않았어!"

삼촌이 헤일리에게 말씀하셨다. 삼촌은 나에게 책 한 권을 내미셨다.

"새로 나온 책인데, 읽어봐. 마음에 들어 할 거야."

그리고 가족들 마지막에 아빠가 서 계셨다.

"네가 돌아와서 다행이다. 헤일리…."

아빠는 눈물을 닦으시며 나를 꼭 안아주셨다.

"아빠… 사랑해요."

아빠의 품이 따뜻하게 느껴졌다.

"야. 헤일리!!!!"

친구들의 목소리였다.

"테오, 헨리!"

내가 소리쳤다. 그들은 나에게로 달려왔다. 우리 셋은 서로를 얼싸안고 방방 뛰었다.

"네가 해낼 줄 알았어! 역시 넌 최고야!"

테오와 헨리의 말에 나는 잔뜩 웃으며 말했다.

"고마워."

다른 요정들도 나에게 와서 다 한마디 씩 했다. 나는 그 자리에서 있는 힘껏 소리를 쳤다.

"다들 고마워요!!"

"그리고 사랑해요."

우리 모두는 환하게 웃으며 서로를 안았다.

우주의 심장이라는 별에서는 지금도 우주의 질서와 균형을 유지하고 평화를 지속하기 위해 여러 요정이 힘쓰고 있다. 어두운 그림자가 혼란을 가져올 때마다 그들은 포기하지 않고 정의를 위해 싸우며 모두의 행복을 기원한다. 당신이 사는 별 지구에도 매번 이런 위기들은 찾아올 것이다. 난 그런 당신에게 말해주고 싶다. 우리 모두는 그런 위기를 해결할 수 있는 영웅이 될 수 있다고. 포기하지 않는 마음과 사랑의 힘으로 위기에 빠진 세상을 행복하게 바꿀 수 있다고 말이다. 당신이 나와 같은 영웅이 되길 바라며 나의 이야기는 여기서 마친다.

6장

겸손

성장시키는 인생의 친구

겸손은 스스로 자신을 낮추고 남을 존중하고 높이는 마음과 태도이다. 사람들은 겸손한 사람을 좋아한다. 그래서 사람들 사이에는 겸손한 사람이 필요하다. 우리 가운데 누군가 겸손할 때 우리는 더 많은 것을 배울 수 있고 성장할 수 있다. "도와주세요."라고 말할 수 있는 사람은 약한 사람이 아니다. 진정으로 겸손한 사람이고 강한 사람이다. 열등감에 사로잡힌 나약한 사람은 도와달라고 고백할 용기가 없다. 겸손한 사람은 인생의 선배 발자취를 눈여겨보면서 그들이 얻었던 성과물을 누린다.

왕관을 내려놓은 날

김모빈
입상, 구월여자중학교

옛날 옛적, 자신의 모든 것을 자랑스러워하던 어린 왕이 살았어. 그 어린 왕은 자신의 머리 위에 씌워진 왕관을 통해 힘과 권력을 얻었지만, 사람들과의 거리도 점점 멀어져만 갔지. 어린 왕은 늘 화려한 왕관을 쓰고 다녔지만, 사람들은 그를 멀리했어. '왕이 오신다!'라는 말이 들릴 때마다 사람들은 고개를 숙였고, 아이들은 숨곤 했지. 어린 왕은 사람들의 눈빛을 볼 때마다 점점 혼자 남겨지는 기분이 들었지만, '왕관을 쓴 나는 특별하니까.' 늘 그렇게 스스로를 위로하며 지내왔어.

어느날 아침이었어. 어린 왕이 여느 때와 같이 아침을 먹고 있는데, 문득 외롭다는 기분이 들었어. 이 세상에 홀로인 기분이었달까? 어린 왕은 그 기분을 떨치기 위해 공원으로 갔어. 웬일인지 공원에는 아무도 없었지. 그런데 공원 잔디 위에 놓여 있는 전신 거울이 눈에 들어왔어. 어린 왕은 홀린 듯 거울 앞으로 다가가 거울에 비친 자신의 모습을 보았어. 그런데 뭔가 이상했어. 옷은 화려했고 왕관은 빛나는데, 거울 속 자신의 눈빛은 초라하고 어딘가 슬퍼 보였어. 그 순간 거울 속 자신의 모습이 말을 걸었어.

"왜 그렇게 쓸쓸한 표정을 짓고 있니?"

어린 왕은 깜짝 놀라 뒤로 물러섰지만, 거울 속에 비친 자신은 계속 말했어.

"너는 모든 걸 가졌잖아. 그런데 왜 행복하지 않지? 그 이유를 알고 있니?"

어린 왕은 대답하지 못하고 고개를 숙였어.

"네가 진짜 원하는 건, 왕관 속에 있지 않아."

어린 왕은 거울 앞에 서서 조용히 왕관을 벗어 들었어. 그런데 놀랍게도 왕관을 벗은 자신의 모습은, 방금 전의 모습보다 훨씬 빛나고 아름다웠지. 왕관을 쓰고 있던 자신의 모습이 어딘가 쓸쓸해 보이고 슬퍼 보였다면, 왕관을 내려놓고 비춰지는 자신의 모습은 너무나도 빛났던 거야. 어린 왕은 그제서야 깨달았어. 행복하지 못했던 진짜 이유도, 다 가지고도 웃지 못했던 진짜 이유도, 사람들이 멀리했던 이유도, 편하게 지내지 못했던 이유도. 전부 왕관이었다는 것을. 왕관을 내려놓아야 비로소 진정한 왕이 될 수 있었던 거지. 어린 왕은 왕관을 내려놓고 사람들 속으로 걸어 들어갔어. 더 이상 특별한 왕관도, 화려한 옷도 필요하지 않았지. 그제야 그는 깨달았어. 모든 걸 가졌다고 해서 행복해지는 게 아니라, 무엇을 내려놓느냐가 더 중요하다는 것을.

왕관을 내려놓은 날, 어린 왕은 비로소 진정한 왕이 되었단다.

암호놀이

최민정

입상, 새론중학교

저는 하얀 중학교 2학년 최민아에요. 제가 초등학교 5학년때의 이야기를 다른 친구들과 나누고 싶어요. 저희 반에는 총 25명이 있는데, 그 중 여학생은 12명이에요. 우리는 모두 친했어요. 가끔 혼자 있는 걸 좋아하는 친구들도 있지만, 그래도 우린 놀 때 다 같이 노는 친한 친구였지요. 저는 그 중에서도 유아, 효송이, 미소, 채현이랑 제일 친했어요. 우리는 문구점에 가서 같이 커플 키링도 맞추고 다닐 만큼 아주 친했어요. 가끔 가다보면 같은 옷을 입고 오기도 할 만큼, 마음도 아주 잘 맞는 친구였어요.

그런데 어느 날인가부터, 유아와 효송이, 채현이가 셋이서만 뭔가 비밀 얘기를 하는 것 같았어요. 하지만 저는 크게 신경 쓰지 않았어요. 제가 착각하는 거라고 생각했기 때문이에요. 그런데 그렇게 저만 빼놓고 자기들끼리 얘기를 하는 상황이 하루, 이틀 계속 늘어나더니 저와 넷이서 다 같이 있는 가운데 저희 셋이서만 아는 얘기를 하는 거에요. 그 때는 왠지 내가 여기에 끼어서 같이 얘기하면 안 될 것 같고, 속상하기도 했어요. 그렇지만 저와 친한 친구들이니까 서프라이즈를 준비하고 있을지도 모른다는 생각이 들었고, 그러면 모른 척 해줘야지! 하고 크게 신경 쓰지 않았던 것 같아요.

그런데 다음 날부터, 그 친구들이 저만 놔두고 자기들끼리 다니기 시작했어요. 화장실도 항상 저만 쏙 빼놓고 가고, 제가 다가가서 얘기하려고 하면 그냥 자기들끼리 목소리를 높여 얘기해서 제 말을 못 들은 척 하더라고요. 이제까지는 그냥 나만 그렇게 느끼는 거겠지, 하고 넘어갔는데 실제라고 생각하니까 받아들이기도 힘들고 너무 속상하더라구요. 눈물이 핑 돌아서 화장실에 가려고 하는데, 저의 또 다른 친구 민채가 저한테 와서 이야기를 꺼내더라구요. 혹시 저 친구들이랑 싸웠냐고…. 그래서 저는 그런 적 없다고 했죠. 그 친구들이 갑자기 저를 멀리하기 시작한 거지, 싸운 건 아니니까…. 그런데 그 후에 민채가 한 말이 충격적이었어요. 화장실에서 배가 아파 들어가 있었는데, 유아랑 효송이, 채현이가 들어오더니 제 욕을 하더래요. 그런데 자기도 무슨 일인지 잘 모르니까 나서기도 힘들고…. 어떻게 해야할지 몰라서 저한테 얘기를 하기로 결정했대요. 그 말을 들으니까 참았던 눈물이 뚝뚝 떨어지더라고요. 정말 친하다고 믿었던 친구들인데. 그런 상황이 펼쳐졌으니까요. 민채는 놀라서 저를 달래주었고, 담임 선생님이 그 장면을 보게 되어서 저는 담임 선생님과 상담을 하게 되었어요.

담임 선생님께서는 무슨 상황인지, 괜찮냐고 달래며 이야기를 들어주셨어요. 저는 너무너무 속상해서 울음을 터뜨리며 이야기를 했지만, 너무 우는 바람에 담임 선생님께서 제대로 이야기를 듣지 못하신 것 같았어요. 선생님께서 부모님께 연락을 하겠다고 했는데, 저는 부모님께서 걱정하실까 봐 얘기를 하지 말아달라고 부탁했어요. 그리고 다음 날에 그 친구들이랑 얘기를 해보겠다고 했어요. 선생님은 저에게 따뜻한 위로의 말을 해 주시고 힘들면 언제든지 도와줄테니 내일 이야기를 해 보고 자신에게 알려달라고 했어요. 저는 감사합니다. 울음을 훌쩍훌쩍 참으며 겨우 얘기했어요.

다음 날, 저는 그 친구들에게 가서 말을 했어요. 그 친구들도 어제의 상황을 아는지 일부러 제 말을 무시하지 않더라구요. 저는 친구들에게 나는 너희가 내 말을 무시해서 굉장히 속상하고 기분이 안 좋았고, 뒤에서 욕을 한 것도 기분 나빴다. 사과해주면 좋겠다는 이야기를 꺼냈어요. 제 당당한 모습에 그 친구들은 순순히 사과를 하기는 하더군요. 그 이후로는 보는 앞에서 대놓고 무시하지는 않길래 담임 선생님께는 잘 풀린 것 같다고 이야기를 했어요.

그 후로 그 친구들의 이야기를 옆에서 들어보면, 왜인지 유아가 자꾸 '자기 눈 너무 작은 것 같다, 피부가 너무 안 좋아진 것 같다, 살 찐 것 같다.' 등등 자신에게 부정적인 말을 많이 하더라구요. 그런데 옆에서 채현이랑 효송이도 '그러게 좀 그런 것 같다.' 하고 거드는 거에요. 원래 긍정적인 말만 하던 밝은 친구들이었는데…. 반에서 단체 사진을 찍고 나중에 게시판에 그 사진이 붙여지면 사진을 가리키며 '유아 사진 진짜 못나왔다.' 그러면서 막 웃고… 처음엔 그 의미를 이해하지 못했어요. 그런데 그런 일이 지속되자 차츰 그 뜻을 이해하기 시작했어요. 그 친구들은 '암호 놀이'를 하고 있었던 거에요. '암호'에서 저를 유아라고 바꾸어 말하기 시작한 거에요… 이젠 뒤에서 제 욕을 하는 게 아니라 앞에서 저를 욕하고 있었던 거에요. 저는 그 친구들에게 배신감도 많이 느끼고 너무 속상해서 집에 가서 울면서 부모님께 이야기를 다 털어 놓았어요. 예상한 대로 정말 속상해 하시더라구요. 하지만 부모님께서는 저에게 해결책을 주시려고 하셨어요. 그 친구들이랑 관계를 유지하고 싶은지, 아니면 관계가 어떻게 되든 신경쓰지 않을지를요. 사실 저는 그 친구들이 너무나 미웠어요. 다시 예전으로 돌아가기 힘들 거라고 생각했죠. 하지만 부모님께서는 저만 괜찮다면 그 친구들이랑 자세하게 이야기를 나누어보고, 뭔가 오해가 있다면 풀고, 아니라면 그 친구들을 용서할 줄도 알아야 한다고 하셨어요. 하지만 제가 상처가 너무 깊다면, 무리할 필요는 없고 주말동안 푹 쉬어보며 생각을 정리하는 것도 좋은 방법이라고 하셨어요. 마지막으로 부모님께서 자신들이 도와줄 수도 있다고 하셨지만, 저는 부모님께서 앞서 말한 것이 크게 기억에 남았어요. 그래서 주말동안 생각을 정리해 보았고, 월요일에 학교에 가서 선생님께 말씀드려 그 친구들과 얘기할 자리를 만들었어요. 원래 같으면 담임 선생님께서 중재자시기 때문에 같이 있어야 하지만, 저는 선생님이 있어서 그 친구들이 거짓말을 하여 진실을 듣지 못할 것 같아서 저만 그 친구들과 이야기를 나누고 싶다고 했어요. 선생님은 고민을 계속 하셨지만, 제가 당사자이기 때문에 저의 의견을 존중한다고 자리를 피해 주셨어요. 저는 그 친구들에게 물었어요.

"너희가 그동안 이야기 하는 걸 다 지켜보았고, 나는 내가 착각하고 있다고 생각이 들지 않아. 왜 그랬던 거야? 오해가 있다면 풀고 싶어."

그러자 그 친구들이 슬슬 눈치를 보기 시작하는 거에요. 그러다 효송이가 어렵게 입을 뗐어요. 제가 공부도 잘하고 착한 데다가 주변에 인기도 많으니까 그게 너무 질투가 났대요. 그래서 제 안 좋은 점을 계속 찾으려고 했는데 그러다보니 안 좋은 쪽으로 빠진 것 같다고. 정말 미안하다고 사과를 했어요. 저는 그 사과가 정말 진심일까 의심이 갔어요. 정말 진심이라면 처음 제가 그 친구들에게 사과해달라고 한 다음부터는 그만했어야 한 거 아니었을까요? 하지만 그 친구들이 그 의문에 대해 대답을 해 주었어요. 사과를 해 달라는 당당한 모습을 보고, 또 화를 내지 않고 이성적으로 행동하는 걸 보고 아차 싶었대요. 자신들이 얼마나 잘못된 행동을 했는가 다시 생각해보게 되었대요. 그런데 혹시 자신만 그렇게 생각하고 있는 게 아닐까, 괜히 우리가 잘못한 것 같다고 이야기를 꺼냈다가 오히려 다른 두 친구에게 소외당하는 게 아닐까 두려웠대요. 그래서 계속, 계속, 눈덩이가 커진 거래요.

그래도 저는 그 친구들이 미웠어요. 조금만 용기가 있었더라면 처음 상처는 이해하더라도, 후에 더 큰 상처는 받지 않았을지도 몰라요. 저는 눈물을 참을 수 없었어요. 저는 그 친구들한테 너희가 너무 밉다고, 그동안 친하게 지내왔는데 어떻게 그러냐고, 울면서 이야기했어요. 그 친구들도 그런 저를 보며 죄책감이 더 들어 했던 것 같아요. 우리가 너무 잘못했다고, 해서는 안 될 짓을 했다고 사과했어요. 진심으로 반성하고 있다고 미안하다고 사과했고, 다시 예전으로 돌아가지 못하더라도 용서받지 못하더라도 꼭 사과는 하고 싶다고 했어요. 저는 그 때 느꼈어요. 이 친구들은 정말 좋은 친구들이다, 나에게 상처를 준 것은 맞지만 진심으로 반성하고 사과하는 모습을 보이기도 했고, 그저 착한 친구들이 나쁜 마음이 들어 잠깐 그런 것이구나 생각을 하게 되었어요. 저는 눈물을 닦고 고개를 들어 보았어요. 눈물이 앞을 흐릿하게 가리고 있었는데, 닦으니 앞이 선명하게 보였어요. 그 친구들도 모두 그렁그렁 눈가에 눈물이 맺혀 있었어요. 저는 그 친구들이게 말했어요. 너희의 진심을 말해줘서 고맙고, 앞으로 그러지 않겠다고 약속하면 사과를 받겠다고요. 너도 상처를 회복하여 노력할 테니 다시 원래대로 돌아가 보자고 이야기를 했어요. 그 친구들은 사과를 받아줘서 너무 고맙고 다시 한 번 미안하다고, 다 같이 울면서 말했어요. 결론적으로 그 날은 다 같이 코와 눈가가 빨개진 채로 하교하게 되었어요.

그 후로 어떻게 되었을까요? 그 친구들은 두번 다시 그런 행동을 하지 않았어요. 저희는 차차 관계를 회복해 나갔고, 결국 중학생 2학년이 된 지금 아직까지도 친하게 지내고 있답니다! 저는 그때 그 사건을 계기로 용서가 얼마나 가치 있는 것인가를 느낄 수 있었어요. 용서는 저의 가치관 중 큰 부분을 차지했고, 현재까지도 저는 용서를 가장 중요하게 생각하고 있답니다.

7장

용서

관계의 윤활유

용서는 자신의 연약함을 인지하고 다른 사람이 나에게 준 상처에 복수하지 않고 선으로 베
푸는 것을 말한다. 관계는 수많은 외적, 내적 요인들로 인해서 쉽게 깨어진다. 가장 소중한
사람에게서 회복 불가능한 상처를 입기도 한다. 그럼에도 불구하고 관계의 갈등은 우리에
게 소중한 선물이다. 왜냐하면 갈등하고 그것을 서로 극복하면서 마모된 친밀감을 회복하
게 되기 때문이다. 갈등을 회피하는 사람이 있다. 갈등과 상처는 직면해야 치유된다. 인간
은 연약한 존재이고, 이기적인 존재이기에 쉽게 상처를 주고받는다. 상처받은 사람이 다시
일어설 수 있게 하는 것이 사랑의 용서이다.

언니가 남긴 것

오예진

최우수상, 덕명여자중학교

그 날은 해란에겐 참으로 기이했다. 몇 가지 이유가 꽤 있었는데 한 가지 이유를 서술하자면 해수의 교복이 단정히 옷장 안에 걸려있었다는 점이다. 해수의 방에 들어가면 책상에 널부러진 온갖 화장용품, 종이 뭉치가 있었고, 벽에는 해수가 좋아하던 아이돌 포스터가 덕지덕지 붙어져 있었다. 가방 바깥쪽 주머니에는 길거리에서 받은 수많은 전단지가 꾸깃꾸깃 접혀져 있었다. 한번은 해란이 해수에게 쓸데없이 전단지를 왜 받느냐며 핀잔을 준 적이 있었다. 그러면 해수는 항상 이러한 대답을 했다.

"전단지 나눠 주시는 분 거절하면 일이 안 끝나시잖아. 추운 날씨에 빨리 들어가게 해드려야지"

해란은 그 대답을 들을 때마다 괜한 오지랖이라면서 언니 말고도 받을 사람은 받는다며 투덜거렸다. 해란은 언니가 참 답답했다. 아무튼 본론으로 다시 들어가서, 해란에게 기이했던 그 날, 어쨌든 해수의 방은 깨끗했다. 책상 위에는 아무것도 없었고 벽지 또한 깨끗했다. 옷장 안에는 평소보다 깊숙이 교복이 걸려져 있었다.

*

하교시간, 해란은 가방을 챙겨 교실을 나섰다. 교실 앞에는 익숙한 얼굴이 그녀를 기다리고 있었다.

"해란아"

그 아이가 해란을 불렀다. 해란은 그 아이를 보았다. 아무 말 없이 빤히 그 아이를 보았다.

"진짜…안 갈 거야?"

그 아이의 눈가는 새빨갰고 손에는 노란 피켓을 들고 있었다. 해란은 눈을 가늘게 떴다.

"안 가!"

해란은 짧고 굵은 두 마디만 내뱉곤 그대로 계단을 내려갔다. 뒤에서 훌쩍이는 소리가 들리는 듯 했지만 해란은 무시한 채 발걸음을 빨리했다. 효주와는 중1때부터 알고 지낸 사이였다. 해란이 중학교를 잘 적응할 수 있도록 도와준 것도 전부 효주와 효주의 언니 효민이 덕분이였다. 효민 언니는 해란의 언니 해수와도 일면식이 있어 같은 고등학교에 입학해서도 친하게 지내던 사이였다. 중3이 되고 나서도 해란과 효주는 서로 친하게 지냈다. 하지만 어느 순간이라고 할 것도 없이 서서히 그 둘은 멀어졌다. 어느 한쪽이 사이를 끊은 건 아니었다. 그저 자연스럽게 멀어진 것이다. 해란은 자신도 모르게 과거를 회상하고 있었다는 사실을 깨닫고 머리를 살짝 흔들었다. 학원으로 가는 지하철 안, 해란은 자리에 앉아 핸드폰을 꺼내 들었다. 인터넷에 들어가자 기사가 쏟아져 나왔다. 해란은 잠시 고민하다가 조심스럽게 기사 제목을 클릭했다.

　-해당 배의 선장은 단원고 학생들에게 가만히 기다릴 것을 요구-

　해란은 다시 뒤로가기 버튼을 눌렀다. 괜히 봤다. 해란은 고개를 들었다. 지하철 안 사람들은 전부 평온하고 고요했다. 마치 아무 일도 없었던 것처럼. '다들 왜 아무렇지도 않은 거지?' 해란은 속으로 생각했다. 자신만 미래에 다녀온 것 같았다. '애도를 표하기는 개뿔' 속이 울렁거렸다. 머리도 지끈거렸다. 그 사건 이후, 해란은 아직도 그 시간 때에 머물러 있었다. 아직도 생생했던 4월16일 그날이.

＊

　그날, 해란은 새벽 6시 반 쯤 잠에서 깼다. 밖은 불이 켜져 있었고 무언가 부스럭거리는 소리가 들렸었다. 잠에서 깬 해란은 비틀거리며 거실로 나갔다. 거실 한복판에는 해수가 캐리어를 들고 짐을 싸고 있었다.
　"언니 뭐해?"
　해란이 물었다.
　"아 쏘리, 깼냐?"
　해수가 자신에 옆에 털썩 앉은 해란에게 말했다.
　"갑자기 뭔 캐리어야."
　"아 내가 말 안 했나? 나 수학여행 가지롱~"

해수는 활짝 웃으며 손으로 브이를 만들어 보였다.

"아 진짜? 어디 가는데?"

"제주도. 근데 비행기 안 탄대"

"그럼 뭐 타? 배?"

"엉. 그… 배 이름이 세월호랬나? 암튼. 부럽지?"

해수는 흥얼거리며 캐리어에 짐을 마저 쌌다. 해란은 부러운 눈길로 해수를 보았다.

"기념품 좀 사다줘. 거기 감귤 초콜릿인가? 그거 맛있대"

"그것도 사가지고 올거고. 마그네틱도 사 올게. 우리 엄마가 그런거 모으는 거에 환장하잖아"

해수가 씩 웃었다. 아침 7시. 평소보다 2시간 일찍 일어나 30분 일찍 출발하는 해수를 두고 엄마가 한소리 하셨다.

"너는, 평소에 이렇게 일찍 일어나라. 수학여행 가는 게 그렇게 좋아?"

"당연하지. 가서 사진도 찍어 보낼게."

해수는 캐리어를 한 손에 들고 거울 앞에서 앞머리를 빗으며 말했다.

"그래. 잘 다녀오고. 어른들 말 잘 듣고."

"네네~다녀오겠습니다!"

해수는 건성으로 대답하고는 현관문을 벌컥 열어 집을 나섰다. 8시. 해수는 가족 단톡방에 곧 배에 탄다는 메시지와 함께 배 앞에서 같이 브이를 하고 있는 해수와 효민이 있는 사진을 올렸다. 해란은 여전히 부럽다, 재수 없다며 까칠한 메시지를 보냈고 엄마는 조심히 잘 다녀오라고, 어른들 말씀 잘 들으라고 여러 번 당부했다. 아빠 또한 잘 다녀오라는 말과 함께 용돈 5만

원을 송금했다. 해란은 학교였고, 곧 핸드폰을 내야했기에 그 이후로 무엇이라 말을 못했다. 점심 쉬는 시간. 해란은 여느 때와 다름없이 친구들과 수다를 떨고 있었다. 그때, 교실 문이 열리고 담임 선생님께서 찾아 오셨다.

"해란아? 여기있어?"

"네?"

해란이 자리에서 벌떡 일어나며 말했다. 선생님의 얼굴이 무척이나 어두웠다.

"부모님이 부르신다."

"엄마 아빠가요…?? 왜요?"

"그…."

담임 선생님께선 해란을 밖으로 불러내 말해주었다. 삐— 해란의 귓속에서 이명이 들리는 듯 했다. 처음엔 믿지 않았다. 언니가? 내 언니가? 수학여행 간 언니가? 제주도 간 언니가? 오늘까지만 해도 나랑 있었잖아? 왜? 왜? 왜? 왜?

그 이후론 기억나지 않았다. 수많은 통곡소리, 파도가 철썩이는 소리, 무언가 풀썩 쓰러지는 소리. 해란이 감당하기엔 너무나 크고 벅찬 신경들이 한꺼번에 쏠렸다.

"해란아…"

눈앞의 시야가 흐려지던 순간, 누군가가 해란을 불렀다. 해란은 고개를 돌렸다. 그곳엔, 효주가 있었다. 나중에 듣길 ,해수는 효민에게 구명조끼를 주었다고 했다. 그 덕에 효민은 가까스로 구조되어 병원으로 이송되었다. 그럼,내 언니는?

해란은 바다를 바라보았다. 아무것도 있지 않았다. 말도 안 돼. 저런 곳에 언니가 있다고? 해란은 주저앉았다. 몇 달이 지났지만 해란은 여전히 그곳에 머물러 있었다.

세월호 사고는 단순 실수가 아니었다. 배가 침몰할 당시, 선장은 이미 먼저 탈출한 후였고 남아있던 학생들은 구명조끼를 입고 구조를 기다릴 수밖에 없었다. 결국 9시 30분. 세월호는 완전히 침몰했다. 학생의 대부분이 목숨을 잃었으며 모든 유가족들은 거세게 항의했다. 당시 해경들의 태도에, 뇌물을 받고 세월호 불법운영을 도운 해양수산부 관계자들에게, 있어야 할 자리에 없었던 대통령에게. 그리고 가만히 있으라 말했던 선장에게. 해란은 아직도 이해할 수 없었다. 왜 가만히 있으라고 했을까?

'모두 나가세요'라고 말했다면 반 이상은 살았을 거라는데. 근데 그 말을 바보 같은 우리 언니는 끝까지 믿고 가만히 있었겠지. 끝까지 믿었겠지. 구조될 것이라고 생각했겠지. 물이 턱 끝까지 차오르는 그 순간까지 바보 같은 우리 언니는 믿고 있었겠지.

생각에 잠겨있을 무렵, 어느새 학원에 도착해 있었다. 해란은 학원에 들어가기를 꺼려했다. 그곳에는 효민이 있었기 때문이였다. 하지만 효민과 해란은 수업 듣는 시간이 다르니 마주칠 일은 없을 것이라고 판단하고 해란은 학원에 들어갔다. 역시나, 효민은 이미 집에 가기 위해 가방을 메고 있었다. 효민은 천천히 뒤돌아 해란을 지나쳐 갔고, 해란은 그런 효민과 눈을 마주치지 않았다. 해란은 그 사고 이후로 효민과도 멀어졌다. 어째서인지 해란은 효민과 눈 마주치기가 두려웠다. 효민을 볼 때마다 해수가 생각났고 그 뒤로는 효민에게 구명조끼를 건네주는 해수가 떠올라 속이 메스꺼웠다. 효민은 해수의 죽음으로써 이 자리에 있게 된 장본인이었으며 해란은 그런 생각이 들 때마다 효민에게 원망하는 감정이 들었지만 동시에 이런 감정이 드는 나 자신에게도 구역질이 올라왔다. 그런 이유로 효민과도 어색한 사이였다. 시간이 꽤 흐르고, 밤 9시가 되자 아이들은 하나둘 가방을 싸고 학원을 나섰다. 해란 또한 가방을 메고 어둑해진 거리로 나섰다. 그때, 뒤에서 누군가가 불렀다.

"어 해란아! 드디어 보네"

효민이였다. 그녀는 삼각 김밥을 먹고 있었는지 손에는 삼각 김밥 봉지가 들려 있었다.

"…네?"

해란은 크게 당황했다. 이 시간까지 효민 언니가? 아니, 애초에 효민 언니가 왜….

"네는 무슨~ 이리 와. 내가 맛있는거 사줄게. 근처 공원에서 같이 먹자"

효민은 자기 쪽으로 손짓했다. 해란이 계속 머뭇거리자 효민은 해란을 잡아끌어 근처 편의점으로 향했다.

"아무거나 골라! 내가 다 사줄테니까."

해란은 주뼛거리며 편의점을 서성였다. 딱히 먹고 싶은 것도 없고. 무엇보다 이 자리가 너무나 불편했다. 게다가 계속 어색하기만 했던 효민과 갑자기 만나게 되었다니. 해란은 혼란스러운 마음을 애써 감추고 과자 코너를 슬쩍 살폈다.

"이거 해란이 너가 좋아하는 거 아냐?"

효민이 맨 위 선반에 놓여있던 튀김 과자를 꺼내며 말했다. 해란은 아무 말도 없었다. 효민은 그런 해란을 지그시 쳐다보다가 과자를 다시 선반에 올려놓으며 중얼거렸다.

"이거 해수도 좋아했는데…"

울컥- 해란의 마음속에서 뭔가가 치밀어 올랐다. 그동안 마음속 깊숙이 억누르던 무언가가 점점 새어나오는 듯 했다. 콧잔등이 금세 시큰해지고 눈가가 파르르 떨렸다.

"……."

효민은 그런 해란을 보더니 작게 웃고는 다시 과자를 꺼내어 계산했다.

"가자."

효민은 계산한 과자를 들고 요지부동인 해란에게 말했다.

"……."

해란은 천천히 발걸음을 떼었다. 둘은 근처 공원으로 향했다. 밤9시를 조금 넘겼기 때문에 공원은 한산했다. 가끔씩 조깅하러 오는 여자들 빼고는 모든 게 고요했다. 해란과 효민은 벤치에 앉았고 효민은 과자봉지를 뜯었다.

"먹어."

효민이 뜯어놓은 과자봉지를 해란에게 밀어주며 말했다.

"……."

해란은 아무 말 없이 빨개진 눈시울로 천천히 과자를 들어 씹었다. '와삭-와삭-' 익숙한 짠맛과 동시에 바삭한 식감이 해란의 입안을 맴돌았다. 효민 또한 과자를 하나 먹었다. 한동안 침묵이 이어졌다. 그 침묵을 깬 건 해란이였다.

"…갑자기 왜요?"

해란은 약간의 시비조가 섞인 듯한 목소리로 효민에게 물었다. 효민을 쳐다보진 않았다. 동상처럼 앞만 보고 있었다. 역시나 눈을 마주하기엔 너무 두렵다.

"음… 그냥… 대화하고 싶어서. 이렇게 대화하는 거 거의 처음 아닌가?"

효민이 쓸쓸하게 웃으며 말했다.

"무슨 대화요? 언니 일이면…."

"해란아"

효민이 울컥해 치밀어 오르는 해란의 말을 부드럽게 끊으며 말했다.

"너는, 해수가 미워?"

효민 또한 해란을 보고 있진 않았지만 가끔씩 고개를 옆으로 돌려 해란의 옆모습을 보았다.

"…네, 미워요. 그냥, 수학여행 간다고 바보같이 좋아하던 언니가 밉고요, 그 거지같은 배에 탄다고 좋아라하던 언니가 밉다고요"

차가운 바람이 잠시 둘을 스치고 지나갔다.

"나도, 미워."

효민의 입에서 예상치 못했던 말이 튀어나왔다.

"그때 해수가 나한테 구명조끼를 안 줬으면 해수는 살았겠지. 아직도 기억나. 구명조끼를 주던 해수의 얼굴이… 표정이."

효민이 잠시 말을 멈췄다. "안 봐도 비디오예요. 언니는 무조건 다른 친구들에게 구명조끼를 먼저 나눠 줬을 거예요. 진짜…."

해란이 훌쩍였다. 눈물이 조금씩 떨어졌다. 그 눈물 또한 해란의 무릎에서 차갑게 식었다.

"당연히, 너도 힘들지. 나도 힘들고, 효주도 힘들고, 모두가 힘들어 해. 모두가 기억하기를 두려워 한다고. 근데 말이야"

효민이 눈을 질끈 감았다가 다시 뜨며 말했다.

"우리가 기억하기를 두려워하면 안 돼. 그래야 될 사람들은 따로 있잖아? 우리가 기억하지 못한다면, 우리가 지는거야. 그들에게"

"… 그럼, 그 사람들이 사과하지 않으면요? 세월호를 부정하면요? 그럼 저희는… 그 언니오빠들은… 제 언니는… 없는 사람이 되는 거잖아요. 그게 두렵다고요. 기억은 얼마든지 할 수 있어요. 모두가 그러기를 애쓰고 있는 거고요."

해란이 두 눈을 뻑뻑 문지르며 말했다. 목이 점점 잠기는 듯 했다.

"흠… 해란아. 내가 잠시 좀 멋있는 말 하나 할까?"

"뭔데요?"

해란이 여전히 고개를 푹 숙인 채 말했다.

"용서라는 건 말이야. 잘못한 상대가 사과를 하고 거기에 대해서 '괜찮습니다.' 하고 말하는 것 도 용서겠지만, 진짜 용서는, 결국엔 자기 자신을 위해서 하는 거더라."

효민이 말했다. 해란은 잠시 생각에 잠겼다.

"그럼. 그 사람들이 사과를 안 해도….."

"네가 그냥 네 마음속에서 용서하는 거야. 물론 용서하고 싶지 않겠지. 나도 그러니까. 그렇지만 상대가 사과를 하든 말든, 너가 그냥 편해질 수 있는 방법인거야. 그리고 나서 계속 기억하고, 문제를 되풀이하면… 그래. 모두가 바라는 거지."

"…언니는 뭘 원할까요?"

"글쎄다. 걘 아마 뭐든지 다 괜찮다고 할 걸?"

효민이 키득키득 웃으며 말했다. 해란 또한 풋- 웃었다. 그리고 입을 천천히 열었다.

"고마워요, 언니, 언니도 힘들텐데."

"뭐…그래. 사실 지금도 우리 반 애들 너무 보고 싶고… 무엇보다 우리 해수… 진짜 미치게 보고 싶어"

효민이 끝끝내 잠겨있던 목소리로 말하더니 해란에게 말했다.

"…해란아."

그 부름에, 해란은 천천히… 아주 천천히 고개를 돌려 효민을 바라봤다. 효민은 언제나 그랬듯 환하게 웃으며 해란을 바라보고 있었다.

"우리, 다시 살아가자. 아니, 살아갈 수 있어."

효민의 눈에 눈물이 우수수 떨어졌다. 해란은 차가웠던 자신의 손을, 온기를 빼앗긴 효민의 손에 포개 올렸다. 그 온기는 바다까지 전해졌으리라. 한동안 울던 해란과 효민은 얼굴을 닦으며 일어났다.

"이제 가자. 너무 늦었다."

"헉, 그러네요… 부재중 전화 5통… 얼른 엄마한테 전화해야… 어"

핸드폰을 들던 해란이 깜짝 놀란 듯 고개를 들어 한 나무를 바라봤다.

"오, 이 겨울에 벚꽃이 피기도 하는구나?"

그곳엔 꽃이 다 피진 않았지만 수많은 꽃봉오리 사이에 조금씩 피기 시작한 벚꽃이 있었다.

"그러게요. 곧 봄이 오나 봐요"

＊

다음날, 학교에서 해란은 효주를 만났다. 처음 해란을 직접적으로 마주한 효주는 순간 당황한 기색이 역력했지만 이내 싱긋 웃으며 해란을 따랐다. 둘은 버스를 타고 꽤 긴 시간이 걸려서야 언니가 잠들어 있는 바다에 도착했다. 그들은 먼저 추모관에 들렀다. 그곳에는 많은 사람들이 있었다. 어떤 사람들은 노란 리본이 달린 가방을 메고 있었고 또 어떤 사람은 세월호 추모관에서 나오며 눈물을 적셨다. 구석에선 어떤 분이 두 손을 꼭 모아 기도하고 있었고 맞은편에선 어린아이 한명이 작은 손으로 추모의 메시지를 끄적이고 있었다. 해란과 효주 또한 펜을 들어 메시지를 썼다. 간단하게 썼다.

'사랑해 언니'

해란은 메시지를 기둥에 달았다. 노란색 포스트잇은 금세 커다란 기둥을 감싸고 있었다. 둘은 추모관을 나와 해안가로 향했다. 해안가는 조금 추웠다. 차가운 바닷바람이 둘을 방해했다. 그럼에도, 둘은 개의치 않고 해안가 계단 쪽에 자리 잡고 앉았다. 이 넓은 바다에 언니가 잠들어 있다. 내 언니가… 언니가… 아무것도 보이지 않는 바다를 빤히 보고 있던 해란을 발견한 효주는 조용히 해란의 손을 잡았다. 이제 혼자가 아니다. 내 곁에는 부모님과 효주, 효민이, 우릴 응원해주는 사람들, 그리고 언니가 있다. 해란은 씩 웃었다. 둘은 오랜 시간동안 이 넓은 바다를 바라보았다.

'언니, 잘가. 기억은 우리가 할게. 용서는 우리가 할게. 이제 편히 쉬어'

해란은 이제 가끔씩 해수가 돌아 왔음하는 생각에 빠질 것이다. 또, 잘못한 이들의 면책이 떠오를 때도 있을 것이다. 하지만 괜찮을 거다. 해란은 용서할 테니까.

별과 우주

박하연

대상, 연서중학교

괜찮아. 금세 다 괜찮아질 거야.

"그래서 너 여기서 뭐 하고 있던 거야?"

마주친 아이의 눈동자는 그 누구보다도 초롱했다.

"별."

아이는 꾹 다문 입을 떼 단팥빵을 베어 물어 먹더니 말했다.

"내 이름은 별."

별. 별이라면 내 소원을 들어줄 수 있나.

"학교는 안가?"

별이 고개를 끄덕였다. 난 별이에게 곽 우유를 뜯어주어 건넸다. 별은 자기 얼굴만한 단팥빵을 우걱우걱 씹어 먹더니 내가 건넨 우유를 허겁지겁 마셨다.

"너도 학교 안 가서 여기 있는 거잖아."

이른 봄이 찾아와서 그런지. 꽃향기를 가득 머금은 바람이 자꾸만 불었다. 마음이 괜스레 설레었다.

"난 갈 학교가 없어. 다 졸업했거든."

난 삐걱거리는 그네에 앉아 사과 맛 사탕을 뜯어 입에 넣었다. 별이는 그 새 단팥빵을 다 먹었는지 손을 털며 우유를 마셨다.

"학교는 이제부터 안 가려고. 짜증 나."

별의 큰 눈망울이 찌푸려지는 게 보여 내심 귀여웠다.

"애들이 괴롭혀?"

별이 고개를 끄덕이며 말했다.

"애들 때문도 있고, 선생님이 짜증 나."

별은 그네를 타며 계속 얘기했다.

"자꾸 나보고 난 도움을 받아야 하는 아이래."

"그래?"

"응. 근데 난 도움 받고 싶지 않아."

"우와, 나 어렸을 때 같네. 나 여덟 살 때도 별이 너처럼 이랬거든."

난 별이의 새근새근한 목소리를 들으며 별의 살이 드러나는 곳을 유심히 보았다. 팔, 무릎, 허벅지, 종아리. 멍 자국과 손톱자국. 깨진 손톱과 엉킨 단발머리. 밑창이 다 까진 운동화. 너덜너덜해진 반소매 티. 선생님이 왜 그 랬는지 알겠네.

"그러고 보니 별이는 몇 살이야?"

"여덟 살."

나이에 비해 작은 체구까지. 별이 학대당하는 아이란 걸 짐작할 수 있 었다.

"너는 행복해?"

별이 물었다.

"질문이 너무 어려운데."

별이 비웃으며 말했다.

"뭐가 어려워. 그냥 행복하다고 하면 되지."

"아."

사과 맛 사탕이 다 녹아 사라졌다.

"빨리 대답해봐."

별이 내 소매를 잡아끌며 대답을 재촉했다. 이런 질문은 고등학교에서 나눠주던 설문지 빼곤 처음이라 당황스러웠다.

"너부터 말해봐. 넌 행복해?"

난 내 소매를 잡아끄는 별이의 작은 손을 떼어내며 물었다. 별의 눈망울이 흔들리는 것 같더니 금세 환히 웃으며 답했다.

"이제야 행복해."

아, 무언갈 잊은 것 같은데. 아, 그게 뭐더라. 이른 봄이 찾아온 세상은 마치 누군가의 소원이 이루어진 것처럼 빠르게 지나갔다. 이른 봄이 오고 벚꽃이 만개함과 동시에 이른 봄비가 내렸다. 꽃잎은 빗물에 씻겨 내려갔고, 며칠 동안 찌뿌둥한 날씨만 이어졌다. 바닥에 눈이 내린 듯 수북이 쌓인 꽃잎들이 좋았다. 찌뿌둥한 날씨가 개고 그야말로 푸르른 하늘 아래 온종일 햇빛을 받아도, 꽃잎은 녹지 않아서. 그래서 더 좋았다. 눈이 내린 듯 쌓여있지만. 눈이 내린 듯 세상의 색을 바꾸지만. 꽃잎은 녹지 않아서 좋았다. 아. 문득 이런 생각이 들었다. 눈은 녹아 사라지는데. 꽃잎은 어디로 사라질까, 꽃잎은 녹지 않는데. 그 이유가 궁금하다. 사실 이유야 이미 알고 있다. 저 불어오는 산들바람을 타고 멀리멀리. 어디론가 날아가 새싹의 양분이 되겠지. 나도 꽃잎처럼 될까 두려웠다. 바람이든 뭐든. 지금 이 상태로 무언가에 휩쓸리면, 어딘가로 멀리멀리. 그렇게 잊힐까 두려웠다.

스무 살. 어른이 되면 인생 시작이라더니. 날 버린 엄마 생각에 몇 년을 서글퍼해서 그런가. 오지도 않을 이를 너무도 길게 그리워했다. 그게 문제다. 엄마가 내게 말해주던 말이 잊히지 않는다. 날 닮은 꽃이 피고 있다던 그 말이, 잊히지 않는다. 어른이 되자 10년을 지낸 보육원에서 당장 쫓겨난다는 생각만 들어 제대로 실감이 안 났다. 부모 없는 아이로 자라나다가 이제야 어른이 되었으니 보육원에서 나가야지. 그래. 진짜 혼자가 된 기분이었다. 그동안 모은 보육원 용돈과 아르바이트비로 고시원에 방을 하나 구했다. 침대 하나가 겨우 들어가고, 창문도 없어서 낮인지 밤인지 구분도 어렵다. 퀴퀴한 곰팡내에, 옆방에서 들리는 코골이 소리까지. 내가 죽어라 모은 돈이 고작 이 정도 가치밖에 안 되는구나, 라는 생각만 들었다. 반지하 방 정도는 구할 수 있을 줄 알았는데, 빈 곳이 없다니. 그래서 빈 곳이 생길 때까지 고시원에서 살기로 했다.

유난히 밝은 밤. 하늘엔 별 하나 보이지 않고 달만이 겨우 빛나는데도 도시의 밤은 밝았다. 그 밤사이를 걸었다. 정처 없이 계속 걸었다. 이른 봄이 찾아오고 벚꽃이 만개하자 기다렸다는 듯이 비가 내렸다. 먹구름은 가시지 않고, 며칠째 찌뿌둥한 날씨가 이어졌다. 마침내 하늘이 개고 맑은 구름이 밀려 들어왔다.

3월. 새 학기가 시작할 때 즈음. 그즈음이 되고 아침 9시가 지나면. 거리는 조용해진다. 아이들이 거리에 없어서인지. 아이들을 따르는 웃음소리가 없어서인지. 거리가 텅 비어 보인다. 아파트 단지 안에 있는 편의점에서 놀이터를 지나면 등산로가 나온다. 그 등산로 위로 올라가면 정자가 나오는데, 그 정자에 고양이들이 그렇게 많이 온다. 오늘은 날도 맑겠다. 그 고양이들을 보러 나왔다. 텅 빈 거리. 그 거리를 걷다 편의점에 도착해 단팥빵과 우유, 그리고 고양이 간식을 사서 놀이터로 향했다.

"고양이 간식이 비싸졌네."

다음부턴 간식 못 줄 수도 있겠다. 얼마나 걸었나. 놀이터가 눈에 보였다. 놀이터가 눈에 보이니 놀이터 그네에 앉아있는 작은 아이가 보였다. 학교에 갈 시간일 텐데. 아직 꺼지지 않은 가로등 아래. 유난히 밝은 밤 보이지 않던 별처럼, 아이는 날 보는 듯 마는 듯 계속 쳐다보았다. 그 시선을 피하지 않고 나 또한 빤히 아이를 쳐다보니 아이가 시선을 피했다. 놀이터에 그네 앞에 서서 아이에게 단팥빵을 건네며 말했다.

"애가 왜 여기 있대? 여기서 뭐 해?"

아이는 잽싸게 단팥빵을 낚아채더니 자기 옆 그네를 가리켰다. 난 아이가 가리킨 그네에 앉아 아이를 쳐다보았다. 아이가 손을 내밀어 나 또한 손을 내미니 아이가 사탕을 하나 주었다. 사과 맛 사탕이었다. 난 마른 하늘을 보며 다시 물었다.

"그래서 너 여기서 뭐 하고 있던 거야?"

세계가 또 하나 생겼다.

"난 이제 가야겠다. 고양이 봐야 해."

난 그네에서 일어나 별이에게 말했다. 별이는 내심 아쉬운 듯 아랫입술을 우물거리며 말했다.

"내일도 볼래?"

난 고개를 끄덕였다.

"근데 너 모르는 사람이 주는 거 아무거나 먹으면 안 돼."

"괜찮아. 빵 맛있었어."

"내일도 사서 올게."

따스한 햇살이 공중에 나부꼈다.

"내일도 만나게 되면."

난 허리를 숙여 별과 눈을 마주했다.

"내가 널 도울 수 있게 해줄래?"

별은 아무 말 없이 멍하니 날 바라보다 도망갔다.

난 별이 떠나간 자리를 멍하니 바라보다 한숨을 내쉬었다.

"이게 뭐하는 건지."

나도 별이 되고 싶다.

"엄마 보고 싶어."

그 누군가라도 좋으니. 지금 누구라도 내 텅 빈 거리를 가득 채워줬으면 좋겠다. 유난히 밝은 내 밤하늘을 어둡게 칠해줬으면 좋겠다. 내가 혼자라 느낄 때 즈음에 나타나 날 안아주었으면 한다. 별이 잘 보이는 날, 소원을 빌어야지.

내일이 밝았다. 난 동네빵집을 가서 크림빵과 어린이 음료를 샀다. 고양이들한테 괜히 미안했다. 고양이들 간식 살 돈으로 어린이 음료를 사버렸으니 말이다. 나 기다릴 텐데. 어제 별이를 만났던 그 놀이터를 향해 걷다가 편의점에서 막대사탕 한 개를 사서 입에 넣었다. 이번엔 딸기맛이었다.

'그때 그렇게 도망가 버려서 어쩌나.' 놀이터가 보였다. 놀이터가 시야에 보이자 이번엔 놀이터에 앉아있는 아이가 보였다. 별이었다.

"왜 도망갔어?"

난 미끄럼틀에 다가가 어제처럼 크림빵을 건네며 말했다. 별이는 앉아서 날 올려다보더니 옅게 웃었다.

"진짜 올진 몰랐어."

별이 크림빵을 가져가 반을 쪼개어 내게 내밀었다. 내게 내민 별의 손목에 손톱자국이 그득했다. 난 크림빵을 한입 가득 베어 물며 별에게 말했다.

"너 누구랑 살아?"

"엄마."

"나도 엄마랑 살았는데."

"지금은?"

"지금은 엄마랑 안 살아. 엄마가 날 버렸거든."

정적이 이어졌다. 우주에 온 듯, 텅 빈 거리처럼 조용해졌다. 별이 크림빵을 먹으며 말했다.

"엄마 좋아했어?"

"응. 지금도 보고 싶어."

별이 음료를 열어 한 모금, 두 모금 들이켰다.

"엄마가 너 때리지?"

또 꽃향기를 머금은 바람이 불었다.

별이 고개를 끄덕였다.

"넌 엄마가 좋아?"

별이 고개를 끄덕였다.

"왜?"

별은 불어오는 바람을 한 줌 집더니 말했다.

"오늘같이 이렇게 꽃향기가 나는 바람이 불 때면 엄마가 항상 말해줬어."

어디선가 또 바람이 불었다. 꽃잎을 신고선 그렇게 불었다.

"어디선가 날 닮은 꽃이 피고 있는 거라고."

아, 이게 무슨 말이더라. 아주, 아주 그리워하던 말 같은데. 구름이 해를 가렸다.

"엄마는 별이 가장 소중한 거래. 소원을 들어주니까."

유난히 밝은 나의 밤하늘엔 별이 보이지 않는데.

"엄만 나의 별이야."

별의 초롱한 눈망울이 꽃망울이 되어 피어나는 것 같더니 이윽고 만개했다.

"별이 눈앞에 있는데 어떻게 사랑하지 않을 수 있겠어."

두 번째 봄의 시작이었다.

별과 매일매일 만났다. 만나면 만날수록, 왠지 모를 위화감이 자꾸만 들었다. 그런데 다음날이 되면, 그 위화감은 꿈을 꾼 듯이 잊혀서. 그 위화감이 무엇 때문인지 깊게 생각하지 않았다. 해가 떠오르고, 달이 고꾸라지고를 반복할수록 별의 몸에 흉터는 짙어져만 가는데. 별은 나와 만날수록 더더욱 환히 웃었다. 그 웃음에 애틋함을 느껴 계속 보고 싶었다.

"별아."

"응?"

별과 난 정자 위에서 아이스크림을 먹으며 고양이들을 만졌다.

"보고 싶은 거 있어?"

"말하면 보여줄 거야?"

별이 고양이를 쓰다듬으며 말했다. 나 또한 별이를 쓰다듬으며 말했다.

"너한테 보여줄 수 있도록 노력은 해볼게."

별이는 턱을 어루만지다 무언가 생각난 듯 말했다.

"바다. 바다가 보고 싶어."

어느 날은 별과 그네에 나란히 앉아 이런저런 얘기를 나누는데, 이른 첫 눈이 내렸다. 하나둘 쌓여가는 눈송이를 보다 별이 내게 말했다.

"눈이 오면 저기 강이 얼던데."

"강이 아니라 하천이겠지."

"하천? 그것도 강이겠지, 뭐."

별이 또 물었다.

"눈이 오면 바다도 얼어?"

난 고개를 저었다.

"왜? 왜 안 어는데?"

난 한참 생각하다 말했다.

"바다가 얼면 고래가 숨을 못 쉬잖아. 바다거북도 그렇고."

"진짜야?"

"맞을걸."

눈이 한층 소복이 쌓였다.

"근데 너 계속 이렇게 학교 빠져도 되는 거야?"

"몰라. 되겠지 뭐."

"그거 맞아? 선생님들이 너 찾으러 다닐 것 같은데."

"괜찮아."

"확실해?"

"확실할걸."

"별이 이 녀석. 단팥빵을 너무 먹어."

반지하 방 구하기로 했던 돈으로 어린애 빵이나 사 먹이고 있다니. 여느 때처럼 난 별을 만나기 위해 동네빵집에서 빵과 음료를 사고 놀이터로 향했다. 원래라면 보여야 할 별이 보이지 않았다. 별이 너무 밝아서 그런가. 경각심을 가지지 못했다. 텅 빈 거리가 꽉 찰 때까지도 별은 오지 않았다. 황혼으로 이도 저도 아닌 색으로 얼룩진 하늘이 마음에 들지 않았다. 황혼이 저물고, 가로등이 켜지자 별이 나타났다. 밤하늘 아래 별이 나타난 것이다.

한참을 울은 듯 부은 눈과 눈에 든 피멍. 부어오른 볼과 더욱 산발된 머리까지. 밝은 별이 기어이 저버리고 말았다. 별은 놀이터 가로등 아래 서 있는 날 보고 한참을 울었다. 내가 있을 줄 몰랐다고 했다. 서로의 존재 자체도 모르던 우리 사이가. 무엇 때문에 이리도 연민을 느껴 이 모양 이 꼴이 된 건지. 어째서 우린 서로 별이 된 것인지. 우린 왜. 도대체 왜. 서로의 별이면서도. 서로의 소원을 이루어주진 못하는지. 그게 궁금했다.

별을 껴안아 등산로를 걸었다. 별은 계속 울었다. 도착한 정자 위에 별을 내려놓고 별의 눈물을 닦아냈다. 눈물을 닦아낼때에 혹시 얼굴의 상처가 아플까 걱정스러워 조심히 쓸어내렸다. 무너져 우는 별을 보고 난, 제대로

202

휩쓸렸다. 어찌보면 무너지는게 당연한 나이였는데도 말이다.

"내가 미안해. 내가 미안해."

난 별이에게 사과를 내뱉으며 별을 꼭 껴안았다. 별의 품은 작았다. 작지만 따스했다. 별이 느끼는 내 품도 따스하길 바랄 뿐이다. 별이 내 품에 파고들며 엉엉 울었다.

"엄마가. 엄마가 날 옥상으로 데, 데려갔어."

별이는 내 품 안에서 훌쩍이며 말했다.

"같이 죽자면서. 난 아직 죽기 싫은데."

아, 이제 알겠다. 별은 계속 흐느꼈다. 덩달아 나또한 눈물이 나왔다. 이제야 그 위화감의 정체를 알겠다. 나와 똑닮은 아이를 사랑하게되었는지. 이제야 알겠다. 그렇게 우린 서로의 품에 안겨 그렇게 밤새 울었다. 우리의 눈물이 고여 마르질 않을 바다가 될 때까지. 영원히 얼지않는 바다가 될 때까지. 해가 밝자 별이 말했다.

"엄마가 올거야."

"그걸 어떻게 알아?"

"너랑 나랑 만나는 거 알고 있었어. 학교 선생님이 학교 결석했다고 해서 나 찾으러 다니다 놀이터에 같이 있는거 봤대."

하늘은 맑았다.

"정자에서 아이스크림 먹으면서 노닥거리는 것도 봤대."

난 별이에게 어제 사놓은 빵과 음료를 건넸다.

"이거 먹고, 바다 보러 가자."

별은 또 환히 웃었다. 그렇게 또 별은 밝게 빛나보였다. 별의 손을 잡고 버스에 올랐다. 별의 손에 힘이 들었다. 난 별의 상처를 쓸어내렸다.

"바다 넓어?"

"넓지 그럼. 바다에 가면 마음껏 울어도 돼."

"어제 너무 많이 울어서 이제 울기싫어."

별이는 그러다 한참동안 창문을 바라보았다.

"창문 열어줘."

"네가 열어."

"못 열겠단 말이야."

별이의 말에 난 버스 창문을 열어주었다. 별이는 버스에 들어오는 바람을 힘껏 맡더니 말했다.

"바다 냄새 나는 것 같아."

별의 눈망울이 또 초롱거렸다. 난 작게 미소지으며 말했다.

"그래? 난 꽃향기 나는 것 같은데."

"꽃?"

"그래. 지금 널 닮은 꽃이 피고있나봐."

별과 함께 버스에 내려 부둣가를 향해 걸었다. 별은 해수욕장을 가리키며 말했다.

"저기로 가면 안돼?"

"안 돼. 우린 별이 잘보이는 곳으로 갈거야."

"별은 이미 여기 있는걸."

"너 말고. 밤하늘의 별."

"밤하늘이 아니어도 별은 언제나 있는걸."

별의 손을 잡고 작고 높은 언덕을 올랐다.

"이제 도착했어."

높은 절벽 위에 있는 부둣가에 도착하자 기다렸다는 듯이 황혼이 끝나고 밤이 찾아 왔다. 시린 바닷바람이 그날따라 따스하게 느껴졌다. 난 하늘을 가리키며 말했다.

"어때. 별이 잘 보이지?"

별은 눈을 초롱이며 고개를 끄덕였다.

"이곳의 거린 불빛이 없거든. 그래서 별이 잘 보이는 거야."

"그렇구나. 별이 하늘에 가득해"

별은 또 하늘을 가리키며 말했다.

"마치 우주 같아."

난 웃으며 말했다.

"그러네. 우주 같네."

맞잡은 별의 손을 놓으며 허리를 숙여 별의 눈을 보았다.

"너의 눈망울은 별이 많으면 많을수록 빛나는구나."

"응?"

별도 웃었다.

"있지. 넌 아직도 엄마가 좋아?"

"응, 좋지."

"엄마를 용서해?"

별은 고개를 끄덕였다. 난 별의 어깨를 잡으며 말했다.

"널 죽이려고 했는데도?"

별은 답했다.

"날 죽여도 돼, 그래도 돼. 난 괜찮아."

별이 날 빤히 바라보았다.

"죽여도 된다니, 그게 무슨 말이야."

밤하늘 속, 흐린 구름이 별을 가렸다.

"사랑하면 같이 죽는 거잖아?"

"너네 엄마가 그랬어?"

"응."

"이거 완전 단단히 잘못됐네."

바람이 불었다.

"별아."

"왜?"

"우리 엄마는 있잖아."

"응."

"날 사랑하지 않았어."

"뭐라고?"

"너도 알고 있잖아. 내가 누군지."

별은 답하지 않았다.

"왜 모른 체 해?"

별은 내 눈을 피했다.

"우리 엄만 있잖아. 내게도 항상 그렇게 말해줬어."

"그만해."

"어디선가 날 닮은 꽃이 피고 있는 거라고."

"그만하라고."

별의 눈망울에 눈물이 맺혔다.

"넌 나고."

별은 펑펑 눈물을 내뱉기 시작했다.

"난 너야."

그날 밤은, 유난히 어두웠다.

"너네 엄마는 있지. 정확히 네가 열 살이 되는 날, 널 구청 앞에 버리고 갈 거야."

파도 부서지는 소리가 허공에 맴돌았다.

"그리고 너네 엄만 지난 여덟 번의 생일동안 너에게 이렇게 말했겠지."

"지옥에서도 천국에서도."

"날 용서해줄래?"

"날 용서해줄래?"

별과 내가 합창하듯 말했다. 이해할 수 없다. 이것이 꿈인지 현실인지, 아니면 망각 속인지 몰라도. 결국 또 잊어야할 기억인건 똑같았다. 이런 꿈을 수없이 꾸었던 것만 같다.

"엄만 널 사랑하지않아."

별이 내 품에 안겼다.

"그런데도 용서할거야?"

별을 가린 구름이 저 멀리로 떠났다. 시린 바람이 꽃향기를 머금곤 또 불었다. 별은 날 바라보았다.

207 🩶 🩶

"응."

별이 눈물지으며 내게 활짝 웃었다. 나또한 별에게 활짝 웃었다. 나에게 활짝 웃어보였다. 크게 숨을 들이마시자 퀴퀴한 곰팡내가 났다. 눈을 뜨자 이상하게 눈물이 나왔다. 창문 하나 없는 비좁은 방. 옆방에서 들리는 코골이 소리까지도, 어제와 똑같은데. 이상하게 눈물이 나왔다. 아주, 아주 기나긴 꿈을 꾼것만 같았다. 무언갈 잊어버린 것 같았다. 고등학교 입학하고 나서부터, 가끔 이럴때가 있다. 기억하지도 못하는 주제에, 기나긴 꿈을 꾸곤 눈을 뜨면 이상하게 눈물이 나고. 무언갈 잊어버린 것 같은 기분. 도저히 익숙해지지 않는다. 반지하 건물을 나서, 정처없이 걸었다. 유난히 밝은 밤이었다.

"별아."

익숙한 목소리였다. 목소리가 들리는 쪽으로 몸을 돌려 목소리의 주인을 빤히 쳐다보았다.

"별아."

목소리의 주인은 또 다시금 내 이름을 불렀다.

"엄마."

"오늘 우리 별이 스무번째 생일이잖아. 보고 싶었어."

엄만 끊임없는 사랑을 원했다. 아마, 불같이 사랑하던 남자가 엄말 떠나겠지. 그래서 날 찾아온 거겠지. 사랑을 위해서. 엄만 그런 사람이다. 근데도, 난 왜. 엄마가 두 팔을 벌리며 말했다.

"별아, 엄마랑 한번 안을까?"

엄마가 내게 다가오며 날 꼭 껴안았다. 그리도 그리워하던 따스한 햇살

냄새가 났다.

"별아. 생일 축하해."

엄만 웃음기 섞인 목소리로 내게 축하를 건네더니 말을 이었다.

"있지, 별아. 지옥에서도, 천국에서도."

"용서할게."

엄마가 말을 잇기 전에 내가 눈물을 내뱉으며 말했다.

"용서할테니까, 날 떠나지 말아줘."

"우리 별이 왜 이렇게 울어. 괜찮아 금세 다 괜찮아질거야."

어째서, 이 악마 같은 인간을 용서할 수 있는 거지. 나도 엄말 닮았나, 사랑을 원하나. 아닌데, 엄만 날 사랑하지 않는데. 그러니까, 대체 왜. 난 모든 걸 알면서도 왜 엄마를 용서할 수밖에 없는 거지.

그날따라 유난히 밝았던 밤은 금세 어두워졌다. 밤이 어두워지니 밤하늘 속, 빼곡히 수놓은 별들이 가득 보였다. 도시의 불빛을 뚫곤, 별들은 그렇게 밝게 빛났다. 아, 누가 저런 하늘을 보고 이렇게 말했었는데. 뭐라 했더라. 우주 같다고 했었나.

늑대의 심판

이준서

입상, 서울잠현초등학교

나는 늑대다. 늘 배가 고프다. 그래서 살기위해 오늘도 먹잇감을 찾아 나섰다. 그래서 먹잇감을 찾아 나섰는데 때마침 작은 새끼 염소들만 남아 있었다. 엄마 염소가 잠시 자리를 비운 사이 아기 염소들만 집에서 기다리고 있는 것 같았다. 처음엔 장난삼아 엄마 염소 흉내를 냈다. 하지만 아기 염소들은 목소리를 내보라고 하고, 손을 내밀어보라고 하는 등 절대 넘어가지 않았다. 화가 난 나는 문을 부수고 들어가 아기염소 모두를 한입에 꿀꺽 잡아먹어 버렸다. 배부르게 먹고 나니 잠이 솔솔 쏟아졌다. 그리고 식곤증이 와서 한숨 푹 쉬고 있었다. 눈을 떠보니 속이 더부룩하고 목이 말라 물을 마시려고 일어났는데, 몸이 움직여지지 않았다. 그리고는 영원이 잠들어버렸다.

피고는 반론을 할 권리가 있습니다. 천국과 지옥 심판을 시작합니다. 검사는 피고가 살아있는 동안 한 행동을 말해주세요. 검사가 말했다.

"이 늑대는 악랄한 포식자입니다. 다른 동물들을 먹어버리는 있어서도 안되는 존재입니다. 그리고 마지막으로 이 동물이 잡아먹은 염소들은 엄마를 기다리고 있는 아무런 죄 없는 아이들이었습니다. 이 늑대는 반드시 지옥에 보내야 합니다."

이 소리를 들은 늑대는 화가 났다. 그래서 일어나서 말했다.

"그럼 어떻게 살라는 거죠? 다른 동물들을 잡아먹고 살아야 하는 육식동물로 태어난 것이 제 잘못인가요? 그럼 제 조상들도 다 잘못했다는 것인데 그 판결은 억지라고 생각됩니다."

그러자 검사가 말했다.

"그럼 아이들만 잡아먹는 이유는 무엇인가요? 죄없는 아이들이었잖아요."

"검사님은 야생에 대해 전혀 알지 못한 채 저의 죄를 묻고 계세요. 야생에서 동물을 잡아먹기가 얼마나 힘든 줄 아시나요? 가능한 한 많은 영양분을 얻어야 합니다. 어른 동물들보다 어린 동물들이 잡기가 더 수월하기에 어쩔 수 없는 선택이었습니다."

저승사자는 검사와 늑대의 이야기를 들어보고는 무죄를 선고해 늑대는 천국에 가게 되었다. 천국에 간 늑대는 행복한 삶을 살았지만, 이상하게도 검사가 말한 '왜 홀로남은 아이들만 잡아먹었나요?'라는 말이 아른거렸다. 그리고 그때 천국에 있는 자신이 잡아먹은 염소들을 만나게 되었다. 염소들은 늑대를 보고 너무 놀라 뒷걸음치고 있었다.

늑대는 염소들에게 진심을 다해 말했다.

"내가 배고픈 것만 생각하고 너희가 엄마를 기다리고 있다는 것을 알지 못했어. 정말 미안해."

염소들은 늑대의 후회의 눈물을 보고 늑대를 용서하게 되었다. 늑대와 염소는 그때부터 천국에서 서로를 의지하며 행복하게 살았다.

들판의 양들

최보배
입상, 하길중학교

옛날 옛날에는 아주 맛있는 풀들과 맑은 물이 가득한 들판이 있었어요. 그곳에는 이 세상에서 가장 맛있는 열매들이 1년 내내 자랐고 날씨도 항상 좋아서 많은 동물들이 살았어요. 그 중에는 여러가지 색깔의 양털을 가진 양들도 있었어요. 그 곳에 사는 양들은 자신들의 털색을 너무나도 사랑했어요. 그래서 자신과 다른 색깔의 털을 가진 양들을 싫어하고 같은 털색을 가진 양들끼리 모여 살았어요. 심지어는 서로 나쁜 말을 하기까지 했어요.

"네 털은 피 같아서 무서워!"

"네 검은 털은 칙칙해서 별로야!"

이렇게 양들은 매일매일 서로 나쁜 말을 하며 싸웠어요. 양들이 들판에서 매일매일 싸우는 소리가 결국 높은 하늘에서 오랜 시간 동안 깊은 잠을 자고 있던 폭풍의 잠을 깨우고 말았어요. 양들이 자신의 잠을 깨운 것에 매우 화가 난 폭풍이 들판으로 내려와 싸우고 있던 양들에게 말했어요.

"너네 싸우는 소리가 저 하늘까지 들려! 너희가 색깔 때문에 싸우니까 내가 색깔을 없애줄게."

"안 돼!!"

폭풍이 비를 내리기 시작했고 비를 맞은 양들의 털색이 녹아서 사라져버렸어요. 자신의 털색을 매우 좋아했던 양들은 털색이 사라진 것에 매우 슬퍼했어요. 그리고 서로 네 탓이라며 다시 싸우기 시작했어요.

"너 때문이잖아!"

"아니야, 너네 때문이야!"

양들이 다시 싸우는 소리 때문에 잠을 자지 못한 폭풍이 짜증이 나서 강한 바람을 만들어 들판에 보냈어요. 엄청 강하게 불어오는 때문에 양들은 멀리 날아가 버릴 것만 같았어요.

"으아 양 살려!"

"나 좀 도와줘!"

강한 바람은 다른 동물들은 건드리지 않고 오직 양들만 날려보내려고 더욱 강하게 불어왔어요. 다른 동물들은 양들을 도와주지 않고 날아가지 않으려 버티는 우스꽝스러운 양들의 모습을 비웃었어요.

"내 발 잡아!"

그때 한 양이 소리친 말을 들은 양들은 서로서로 발을 잡고 강한 바람을 버텨냈어요. 강한 바람이 지나간 이후에 양들은 안도의 한숨을 내쉬었고 서로를 바라보며 어색하게 웃었어요. 그리고 하나 둘 씩 자신들이 서로에게 했던 말을 사과하기 시작했어요.

"내가 네 털 색깔이 피 같다고 한 거 미안해. 사실 사과 같아서 예뻐. 그리고 아까 나를 도와줘서 고마워."

"아니야, 나도 미안. 사실 네 털색도 바다같이 푸른색이라 예뻐."

그렇게 서로서로 사과하는 도중에 어린 양이 엄마 양에게 소리쳤어요.

"엄마! 엄마! 저거 봐, 꽃이 엄청 많아 졌어!"

아기 양의 말에 주위를 둘러보니 양들의 털에서 녹아내린 색들이 땅으로 흘러 들어가 여러가지 빛깔의 꽃으로 피어나 있었어요. 여러 색깔의 꽃들이 모여 있어서 엄청 아름다운 꽃밭에 양들은 여기저기 돌아다니며 꽃들을 구경했어요.

"우와 진짜 예쁘다."

"여러 가지 색깔이 섞여있어서 더 아름다운 것 같아"

"무지개 같아."

이제 자신들의 색깔뿐만 아니라 다른 색들도 예쁘다는 것을 인정한 양들은 다 같이 크게 웃고 떠들며 놀기 시작했어요. 그러자 들판에 다시 폭풍이 찾아왔어요. 자신이 했던 잘못에 대해 사과하고 다 같이 친구가 된 양들을 보며 폭풍은 다정한 말투로 양들에게 말을 했어요.

"서로 다른 색의 털을 가졌다고 해서 서로 싫어하면 안돼. 너희는 털색만 다를 뿐 모두 같은 소중한 양 들이잖아. 다들 자신의 행동을 반성한 것 같으니까 색을 돌려줄 게."

폭풍이 하늘에서 이번엔 무지개 색 비를 내렸고 비는 양들의 색을 다시 원래대로 돌려줬어요. 양들은 자신의 색을 되찾은 것에 매우 기뻐했어요. 그리고 양들은 이제 예전처럼 서로를 색깔 가지고 싫어하지 않았어요.

"너네 또 색깔 가지고 싸우면 또 뺏어갈 거야."

이 말을 하고 하늘로 돌아간 폭풍은 평화로워진 들판에 웃으며 다시 잠에 들었어요. 이제 양들은 서로를 색으로 나누지 않고 다 같이 어울리며 즐겁게 살기 시작했어요. 비가 그친 들판에는 아름다운 무지개가 두 개나 떠 있었어요.

8장

순종

복이 흘러가는 통로

순종은 나를 보호하고 있는 사람들의 지시에 기쁨으로 따르겠다는 것이다. 세상은 지켜야
할 많은 규칙이 있고, 그리고 인간 사회에도 위계 질서가 있다. 물론 모든 사람들이 평등하
고 동일한 생명의 가치를 가지고 있지만, 사회생활을 하는 사람들에게는 상하관계라는 질
서가 존재한다. 관계의 달인들은 바로 이런 질서를 잘 파악하고 그 안에서 많은 자유를 누
린다. 많은 축복은 위에서 부터 아래로 흘러가고, 순종은 바로 그 축복이 막힘없이 우리에
게 흘러들어오게 하는 통로가 된다.

마음 도깨비

권태연
입상

마음이 왜 이래

나는 일곱 살 준혁이라고 해.

자 이제 내 말을 들어봐~

어제부터 나는 잘 놀았어. 오후 시간이었어. 뭔가 내 마음에 들어오는 것 같은 느낌이 들고, 심장이 쿵쾅거렸어. 자꾸자꾸 엄마가 보고싶었어. 그러면서도 친구와는 아주 잘 놀았어.

유치원이 끝나고 집으로 왔어. 그런데 나도 모르게 엄마한테 짜증을 부리는 거야!

하~ 마음에 도깨비라도 들어온 것 같아!

도깨비가 있다고?

다음 날 유치원을 가서 내 친구 서야한테 얘기를 해 주었어. 서야가 마음에 도깨비가 있대! 나는 너무 놀라 입을 다물 수가 없었어.

그냥 '헐~'만 나왔지. 나는 집에 가서 엄마에게 물었어.

"엄마!"

"왜~"

"서야가 마음에 도깨비가 있대!"

"그래? 엄마는 잘 모르겠는데?"

도깨비 테스트

나는 유치원에 가서 서야를 만났어. 오늘은 도깨비가 있는지 테스트를 하기로 했어. 그런데 도깨비가 있다고 나온 거야! 그런데 아직은 아기 도깨비로 있대. 어른 도깨비가 되면 짜증만 낸대.

엄마도 있을까?

나는 다른 사람에게 도깨비 테스트를 했지. 그런데 반 친구, 심지어 엄마까지?!

이제 알았다!

모두에게 마음 도깨비가 있는 거야! 이제 알았어. 모두 조금씩 화를 내잖아. 그러니까 모두에게 있는 거야. 알겠지?

내 얘기를 들어줘서 고마워.

끝

 # 올챙이 방울이와 무지갯빛 돌멩이

김서현

우수상, 진주중앙고등학교

연못 속에는 방울이라는 올챙이가 살고 있었어요. 방울이는 누구보다 호기심이 많았고, 친구들보다 멋져 보이고 싶어 했어요. 하지만 외모는 다른 친구들과 다를 게 없었죠. 어느날, 방울이는 연못 바닥을 탐험하다가 반짝이는 돌멩이를 발견했어요.

"우와! 이렇게 빛나는 돌멩이는 처음이야!"

돌멩이는 무지개처럼 빛나고 있었고, 방울이는 감탄하며 중얼거렸어요.

"이건 분명 나만 발견했을 거야! 이 돌멩이를 친구들에게 보여주면 내가 최고로 멋진 올챙이가 되겠지!"

하지만 가까이 다가가 보니 돌멩이는 방울이 몸집의 세 배나 되는 크기였어요.

"이걸 어떻게 옮기지?"

방울이는 고민하다가 일단 친구들에게 이 사실을 알리기로 했어요.

"얘들아! 내가 아까 연못 바닥에서 무지갯빛 돌멩이를 발견했어!"

방울이가 자랑스럽게 말하자, 친구 초롱이가 물었어요.

"정말? 난 그런 걸 본 적이 없는데. 너희는 봤어?"

다른 친구들도 고개를 저으며 말했어요.

"그런 돌멩이는 본 적 없지. 방울아, 너 거짓말하는 거 아니야?"

친구들의 의심에 방울이는 욱한 마음에 소리쳤어요.

"아니야! 내가 진짜 봤다고! 너희들한테 꼭 보여줄 거야!"

그날 이후, 방울이는 돌멩이를 옮길 방법을 고민했어요. 그러다 초롱이가 다가와 물었어요.

"방울아, 무슨 고민 있어?"

방울이는 결국 초롱이에게 속마음을 털어놓았어요.

"그랬구나! 내가 도와줄게. 돌멩이가 어디에 있어?"

초롱이를 데리고 연못 바닥으로 간 방울이는 반짝이는 돌멩이를 보여주었어요. 초롱이는 눈을 반짝이며 외쳤어요.

"우와, 정말 대단해! 이걸 대장님께 팔면 큰 돈을 받을 수 있을 거야!"

방울이도 초롱이의 말에 신이 나며 대답했어요.

"좋아! 돌멩이를 팔아서 나는 맛있는 플랑크톤을 잔뜩 살 거야! 네가 도와준다면 돈의 절반을 나눌게."

둘은 힘을 모아 돌멩이를 옮기려 했어요. 하지만 그 순간, 잉어가 다가와 말했어요.

"너희들 뭐 하는 거야? 이 돌멩이는 내가 어릴 적부터 소중히 간직해온 보물이야!"

방울이는 잉어의 말을 듣지 않고 돌멩이를 옮기려 했어요.

"공동으로 쓰는 연못에서 네 것이니 내 것이니 할 수 없어!"

잉어는 방울이의 꼬리를 잡으며 돌멩이를 가져가는 걸 막으려 했고, 초롱이도 돌을 밀어붙이려 애썼어요. 결국 방울이는 중심을 잃고 돌멩이를 놓쳐버렸어요.

쨍그랑!

돌멩이는 바닥에 떨어져 다른 돌에 부딪히며 두 조각이 나고 말았어요. 방울이는 부서진 돌멩이를 바라보며 실망했어요.

"이제 이 돌멩이는 더 이상 빛나지 않아…."

둘로 쪼개진 돌멩이의 무지갯빛은 사라져버렸어요.

그제야 방울이는 깨달았어요.

"내 욕심 때문에 이렇게 된 거야…. 돌멩이를 옮기려 했던 건 친구들에게 멋져 보이고 싶었을 뿐인데…."

초롱이도 고개를 숙이며 말했어요.

"우리 둘 다 욕심이 과했나 봐. 돌멩이는 원래 연못의 일부로 두었어야 했어."

그날 이후 방울이는 욕심을 버리고, 연못 속의 친구들과 평화롭게 지내기로 다짐했어요.

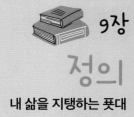

9장

정의

내 삶을 지탱하는 푯대

정의는 어떤 어려움이 있어도 옳은 것을 하겠다는 의지이다. 거짓과 불의는 결국 드러난다. 정의가 필요한 이유는 서로 오래가기 위해서다. 우리는 열정과 능력이 탁월한 시대의 거장들과 영웅들이 여러 가지 세속적 욕망의 노예가 되어 한 순간에 넘어지는 것들을 보아왔다. 정의는 어떤 어려움과 유혹에서도 옳은 일을 하는 것이다. 사사로운 이익에 자신의 양심을 잃어버리지 않고 옳다고 생각하는 것들을 지속적으로 해 나가는 것이다. 누구에게나 자신의 욕망을 따라서 살고 싶은 유혹은 있다. 하지만 이러한 유혹을 뿌리치고 가치 있는 일들을 위해서 자신의 일들을 계속해서 해 나간다면 그 사람의 품격은 계속해서 올라갈 것이다.

 인간 처리 문제

김관우
입상, 서울미술고등학교

"정말인가? 자네."

소행성 루삐루뼁의 제왕, 미 델 루루리가 물었다. 그는 현재 외계인 왕국 주뽀 네루젠스에서 국가를 위해 힘써줄 젊은 공무원들을 선발하고 있던 참이었다. 그러던 중 예사롭지 않은 한 청년을 만나게 된 것이었다.

"골치 아픈 지구의 사람들을 처리할 수 있는 방법이 있다고? 그것도 피한 방울 흘리지 않고?"

그 청년은 은하수 다이아몬드로 만든 안경을 치켜 올린 후 자신만만하게 말했다.

"두 말하면 잔소리. 제가 렙뿐 드 루리찐 초등학교에 다니던 시절부터 제 머릿속에 부드럽게 자리 잡은 놀라운 아이디어입니다. 이것은 세상, 우주, 안드로메다를 바꿀 유일한 발상이지요."

"아아!" 루루리 왕이 탄식했다.

"그렇다면, 내가 자네를 고용할 테니, 그 아이디어를 당장 오늘 밤에 내게 선보여 주게."

청년은 넥타이를 바로잡고 가볍게 미소를 지었다.

"감사합니다. 그럼."

청년이 문을 열고 나가려는 찰나, 왕이 그에게 물었다.

"자네, 이름이 뭔가? 이름도 물어보지 않고 있었군 그래."

청년은 안경을 정장 주머니에 가볍게 넣고선 말했다. "트루쓰."

청년이 나가자, 면접실에 남은 91,021,591,401명의 외계인은 탄복을 금할 수 없었다.

"젠장, 이 면접을 위해 나의 71년을 바쳤거늘."

"오, 우주여, 나에게 어찌 이러십니까?"

"크흑, 저 오만한 젊은이가 나의 자리를 뺏다니. 도대체 무슨 아이디어인 거야?"

"오늘 밤에 두고 보자. 별 것도 아니라면. 난 더 이상 참을 수 없어."

"인간들을 처리하는 문제는 지금까지 누구도 해결하지 못했다구."

청년은 세포막으로 이루어진 엘리베이터에 휘청이며 올라탔다. 건너편 하늘로 은하수가 넘실거렸다. 새들은 한 마리씩 반짝이고 있었다. 청년은 생각했다.

"오, 아름다운 새들이여. 너희들은 항상 무리를 지어 하늘을 감미롭게 수놓지. 그대들이 바로 세상의 정수를 간직한 유리 에메랄드 같은 생명이도다."

그리고 그는 버튼을 누른 뒤 끝없이 하강했다.

"전하, 밤 9시이옵니다."

금성의 표면을 잘라 만든 문 밖에서 달팽이 신하의 목소리가 들렸다.

"아, 그렇군. 인간 처리 아이디어를 볼 시간이지?"

루루리 왕은 유성을 작은 유리어항에 넣은 바둑돌로 푸른 은하수와 대결을 벌이고 있었다. 은하수는 별자리로 놓을 수를 일러 주었다.

"다녀오겠소. 뭘지 정말 궁금한데. 그놈 때문에 많은 지원자들이 탈락을 면치 못했기 때문이지."

왕은 망토를 휘둘러 걸쳐 입고 엘리베이터를 타고 끝없이 하강했다.

"오셨군요. 기다리고 있었습니다."

트루쓰라는 청년이 말했다. 왕은 기대하지 않는 척 눈썹을 씰룩거렸다. 혹시라도 기막힌 아이디어가 아니라면 큰 실수를 한 것이기 때문이다. 왕은 청년을 완전히 믿지 못했다.

"전하, 보다시피, 저것이 바로 지구입니다."

청년이 말했다. 두 외계인은 유리 창문 앞에 서 있었다. 그들 앞에는 커다란 지구가 떠있었다. 푸른 점. 생명의 근원지이자 파괴의 근원지. 야욕, 파괴의 장소, 사랑, 그리움의 장소. 이 작은 구체 안에 모든 것이 있었다.

"나도 아네, 이 인간들 때문에 매번 골치야. 자, 대관절 본론으로 들어가지. 그 아이디어라는게 뭔가?"

청년은 가볍게 웃어 보였다.

"영감님!"

청년은 달팽이 신하를 불렀다. 신하는 수정으로 된 우산 총을 가져왔다. 무기에 관한 것이라면 루루리 왕도 이전에 우주 전쟁에 참여한 적이 있기에 조금은 알고 있었다. 지금 청년이 들고 있는 것은 구멍을 뚫는 용이다. 물론 인간에게 쏘면 목숨을 잃을 것이다. 아니, 이게 다야?

"설마 그 총으로 인간을 쏠 생각인가? 나 참. 이런 삼류 아이디어였다니.

피 한 방울 흘리지 않겠다고 했잖아? 피가 용암처럼 쏟아질 텐데."

루루리는 금방이라도 청년을 우주 밖으로 내던질 생각을 하고 있었다.

"잠시만요. 조금 기다려 주시죠. 자, 시작하겠습니다."

그러더니 청년은 인구가 밀집된 어느 도시에 커다란 구멍을 냈다. 그 구멍은 워낙 깊어 끝이 보이지 않았다. 또 그 구멍의 끝을 특수한 중력, 시간이 흐르는 백색의 공간으로 이어지게 설정해 놓았다. 구멍을 뚫는다고? 땅에? 아직도 이해가 되지 않는다. 청년은 왕에게 운석으로 만든, 최고의 노이즈 캔슬링 기능을 지닌 헤드폰을 건네 주었다. 또한 카메라를 지구 표면으로 확대해 구멍 주변의 모습이 보이게 했다. 그러고는 사라졌다. 왕은 청년을 붙잡으려 했지만 지구에서 소리가 들렸다. 모습이 보였다. 여긴 뭐하는 곳이지? 대관람차 등. 아, 우리나라에도 이런 곳이 있지. 우주에서는 이 공간을 호 삐랑꾸레라고 부른다. 놀이공원 정도로 번역될 것이다. 한 인간이 보인다. 나이가 어리다. 아이스크림 비슷한 것을 먹으며 간다. 혼자다. 그러다 허공에 발을 디딘다. 떨어진다. 구멍에 빠진 것이다. 뒤따라오던 사람이 있었다. 아버지인가?

아이는 소리를 지르며 떨어진다. 그 아이는 울고 있었다. 소리가 작아진다. 메아리처럼 울린다. 아버지는 다급하다. 그러나 구멍 안은 어둡다. 어디까지 이어질지도 모른다. 그러나 그는 다른 방도가 없다. 그는 옆 사람에게 뭐라고 말하더니 본인도 구멍 속으로 뛰어내린다. 옆 사람은 직사각 무언가를 꺼내든다. 두 사람이 빠졌다. 청년의 말에 의하면, 그 구멍은 인간의 기술력 그 어떤 방법으로도 없앨 수 없고, 떨어진 인간은 죽지 않고 시간이 흐르지 않는 백색 공간으로 옮겨진다고 했다. 그 공간의 인간들은 이 청년이 말하는 '지구 청소' 프로젝트가 끝난 뒤 모든 것을 잊고 본래의 위치로 돌아가게 된다는 것이었다.

나, 루루리 왕은 계속 지켜보았다. 하루 뒤, 떨어진 두 인간의 가족으로 보이는 사람이 온다. 얼굴이 눈물로 홍건하다. 경찰로 보이는 인간들이 그들이 구멍 쪽으로 다가서려는 것을 저지한다. 그러나 그들은 빨갛게 달아오른 눈으로 그들과 말싸움을 벌인다. 그러다가, 그러다가, 그 남은 가족도 구멍으로 뛰어든다. 나는 시간이 흐를수록 더 많은 인간들이 구멍으로 뛰어든다는 것을 알았으며, 그것은 자살 행위가 아닌, 불확실성을 극복하고자 한, 그리움으로부터 비롯된 행동이었다. 구멍으로 빠진 인간들과 연관된, 서로 안면이 있는, 사랑하는 또 다른 인간들은 그들의 생사 여부도 모른 채 밤을 지새웠다. 꿈을 꾸었다. 그러던 중 견디지 못하고 이 알 수 없는 상황에서 일말의 희망이라도 붙잡고자 심연으로 뛰어내린 것이다. 나는 한 인간과 연관된, 한 인간을 아는, 한 인간을 사랑하는 또 다른 인간들이 그렇게나 많은 줄 몰랐다. 우주는 기술이 극도로 발달해 있어, 그리움이 도진다 싶으면 근처 자판기에서 억제제를 사 마시면 된다. 인간들에겐 그런 게 없나? 나는 그들을 경멸하기도 했고, 흐르는 눈물을 바라보며 마음속 어딘가가 꿈틀거리는 느낌을 받기도 했다.

일주일 째 되는 날, 백색 공간에 202,281,212명의 인간들이 들어왔다. 동물도 몇 마리 있었다. 백색 공간에 들어온 인간들은 모두 잠에 빠진다. 그들은 모두 미소를 띠고 있었다. 백색 공간은 끝없이 넓었다. 한 달째 되는 날, 전 인구가 검은 구멍에 들어갔다. 마지막으로 뛰어든 인간은 아프리카의 정글 소년 미길리였다. 그는 전방의 사자를 바라보며 마지막 인사를 한 뒤 구멍으로 이야호 뛰어내렸다. 인간들은 구멍을 찾아오기 위해 대륙을 횡단했으며, 종교를 창시했으며, 우주에 빌었다. 그러나 그런 그들도 보고 싶은 사람이 구멍 안에 있다는 것을 알고는 다 같이 뛰어내렸다. 인간들이 사라진 후, 우주는 지구에 들어가 쓰레기들을 청소하고 역겨운 악취를 제거했다. 심연의 구멍을 없앤 뒤 백색 공간에 있던 80억 인간들을 원래 있던 자리로 다시 배치했다. 그들은 아무것도 기억하지 못한다. 모든 것이 끝났다. 자리에서 일어나니 그 흔들림에 내 눈 아래서 수정 같은 그 어떤 것에 떨어졌다. 루루리 왕은 청년에게 물었다.

"어떻게 이런 생각을 한거지? 자네, 트루쓰. 도대체! 이런 방법이!"

트루쓰는 말한다.

"인간들은 서로를 그리워하지 않고는 살 수 없는 존재, 얼굴을 보지 않으면 안 되는 존재라는 것을 깨달았지요. 그들은 어떻게 해서든 서로를 만나고 싶어 하며, 사랑하고 싶어 합니다. 그들이 웃을 때는 다른 인간들을 만났을 때, 그 순간뿐입니다. 우리 우주의 외계인들과는 참 다릅니다. 그들은 전화라는 것도 만들었더군요. 목소리를 듣고 싶을 때 쓴다고 합니다. 전 인간의 본성을 알고 있었습니다. 전 그저 그것을 실현시킬 구멍 하나를 만들었을 뿐입니다. 제가 한 것은 크지 않습니다. 인간은 서로 사랑한다는 전제가 더 위대하다고 생각합니다."

트루쓰는 그날 뒤로 홀연히 종적을 감추었다. 루루리 왕은 그에게 아무것도 해준 것이 없었다. 그가 사라지는 모습을 지켜보았다. 정말일까. 인간은 서로 사랑한다. 이것이 인간이라는 종의 특성일까. 서로 보지 않으면 살수가 없다. 만나야 한다. 말을 섞고 함께 웃어보아야 한다. 사랑에 빠져보아야 한다. 슬프기도 하고 외롭기도 하지만 다시 함께하게 되는 것이다. 그것이 인간이다. 인간이라는 종이 가진 근본이자 뿌리이다.

그렇다. 우린 서로 사랑해야 한다. 루루리는 깨달았다. 불을 끄고, 루루리는 차가운 건물에서 나왔다. 은하수 지하철에는 삶에 지친 사람들이 많았다. 그런데 그곳에 어린 외계인이 있었다. 손에 화성 캔디를 들고 무서운 어른들의 모습을 바라보고 있었다. 루루리는 마치 이끌린 듯이 아이에게 다가가 머리를 쓰다듬으며 말했다.

"안녕?"

거짓말을 벌하는 마법

임소연
입상

"띵동."

핸드폰 알림이 울렸다.

"정원아 이번 주 내 생일파티가 있어!"

'임소연의 생일파티에 초대합니다~~'라는 메시지를 보냈다.

소연아 "고마워"라는 메시지를 받고 생일파티 초대를 마쳤다.

"엄마 생일파티 초대 다했어요!"

"그래 엄마는 생일파티 장소를 꾸미고 올게."

"네 엄마!"

엄마랑 대화가 끝나기 무섭게 동생이 말했다.

"언니, 언니! 나도 언니 생일파티 가면 안돼?"

"안돼 언니 친구들만 와서 너는 가면 안돼."

내 말이 끝나기가 무섭게 동생이 짜증을 내기 시작했다.

"나도 언니 친구들이랑 놀고 싶단 말이야!"

고민 끝에 나는 동생을 데려가기로 했다.

"알겠어. 그 대신 내 말 잘 들어야 해!"

동생이랑 대화를 마치고 나는 잠자리에 들었다.

다음날 나는 준비를 마치고 생일파티 장소로 갔다. 친구들과 나는 인사를 마치고 친구들과 놀기 시작했다. 우리는 운동할 때 쓰는 사각백으로 집 모형을 만들고 안에서 재밌게 놀기 시작했다 술래잡기, 좀비게임, 과자먹기, 수다떨기 등을 하다 보니 1시간이 지났다. 한참 재밌게 놀고 있을 때 동생이 말했다.

"언니! 나 언니들이 가지고 있는 사각백 가지고 놀아도 돼?"

내가 말했다.

"안돼! 우리가 먼저 쓰고 있었잖아. 저기에 우리가 안 쓰는 사각백 있으니까 저거 놀아."

"응 언니!"

우리는 다시 놀고 있었다. 동생이 또 말을 걸었다. 사각백이 부족하다는 것이었다. 하지만 우리도 애써서 만든 집이라서 주고 싶지 않았다. 동생은 실망한 눈빛으로 돌아갔다. 3시간쯤 지나 놀고 있을 때 엄마가 오셔서 케이크, 치킨 등 먹을거리를 사오셨다. 우리는 생일파티 노래를 부르기 시작했다.

"생일 축하합니다, 생일 축하합니다. 사랑하는 소연이 생일 축하합니다."

막 초를 불려고 했는데 그때 사건이 터져 버렸다. 내가 초를 불려고 하는 순간 동생도 같이 불어버렸다.

"야 뭐하는 거야" 나는 소리를 질렀다.

"네가 왜 초를 불어? 네 생일 아니잖아!"

그 동안 쌓였던 동생에 대한 불만이 터져 나왔다. 그런데 동생이 뻔뻔스럽게

"왜 어쩌라고, 나 안 불렀어." 라고 말했다.

순간 분노가 차올랐다. 막 눈물이 쏟아지기 시작했다. 어른들이 겨우 상황을 마무리 하고 생일 파티는 끝이 났다. 동생 때문에 생일을 망쳐버린 것 같아 더 속상한 마음이 들었다.

집에 가는 내내 너무 억울했다. 동생이 생일파티에 오는 것도 받아주고 최대한 많이 배려를 했는데 어떻게 이럴 수가 있을까? 너무 어이가 없었다. 화가 나 등 돌리고 잠을 자려는 순간 좋은 생각이 떠올랐다. 예전에 친구가 주었던 거짓말하는 사람의 입을 막아 버리는 책이 떠올랐다. '이게 될까?' 하는 생각이 들었지만 한번 도전해보기로 했다. 장점은 벌을 준 사람이 마법을 풀어줄 때까지 말을 못하게 하고 찰흙을 떼지 못 하는 것이다. '이제 넌 끝이다. 이 녀석아.' 나는 집에 있는 찰흙을 이용해 책에 나온 주문을 걸었다. 순식간에 찰흙을 만들고 동생이 잠든 사이에 찰흙을 동생 입에 붙어 버렸다. 찰흙은 금방 굳어버리고 나는 후련한 마음으로 마법책을 비밀 장소에 숨기고 잠자리에 들었다.

다음날 아침 동생은 말을 못 해 나에게 싹싹 빌었다. 나는 동생을 믿고 풀어주고 동생은 겁이 났는지 다시는 거짓말, 막무가내처럼 행동하지 않겠다고 했다. 찰흙 마법을 풀어 준 난 반성하는 동생을 보니 서운했던 마음이 녹아 내렸다. 그리고 동생에게 마법을 쓴 건 잘못된 행동이란 생각이 들었다. 그래서 마법 책을 분리수거장에 버렸다.

그 뒤로 난 동생이 어디로 따라와도 상관없었다. 동생이 그렇게 떼쓰는

일은 벌어지지 않았기 때문이었다. 그런데 그날 저녁 동생의 가방에서 마법 책을 보았다.

'분명히 버렸는데?'

동생이 마법을 사용하지 않도록 나도 거짓말을 하지 않도록 조심해야겠다.

10장

감사

온 세상을 아름답게 바꾸는 마법

감사는 다른 사람들이 나에게 준 혜택을 말과 행동으로 표현하겠다. 감사는 이미 충분하다는 넉넉한 마음을 가지는 것이다. 내 안에 바보가 있으면 자녀들의 성적에 집착한다. 내 안에 상처받고 낮은 자존감이 있으면 내 주변의 소중한 사람들을 긍정적으로 평가하지 못하고 잔소리를 하게 된다. 자신 안에 이미 풍성하고 많은 은혜를 누리고 있다고 생각하는 사람은 현재 자신에게 있는 것이 많든 적든 나눔을 실천할 수 있다. 감사는 마음의 여유를 갖는 것이다 '오늘은 어제 죽은 이가 그토록 살고 싶었던 하루'라는 말이 있다. 감사는 바로 이세상을 아름답게 바라보게 하는 힘이 되는 것이다. 오늘 '하루'라는 무대 위에서 스포트라이트를 받으며 찬란한 춤을 추면서 살게 만드는 것이 바로 감사함이다.

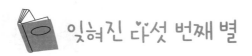
잊혀진 다섯 번째 별

김모빈

입상, 구월여자중학교

옛날 옛적, 세상에는 단 네 개의 별들만이 밤하늘을 밝히고 있었습니다. 사람들은 늘 네 개의 별만이 하늘에 떠 있는 것이 당연하다고 여기며 별들에게 소원을 빌곤 했지요. 그러나 아주 오랜 시간 전, 사람들의 기억 속에 잊혀진 다섯 번째 별이 있었습니다.

"할머니, 하늘에는 왜 네 개의 별만 있는 걸까요? 더 많은 별이 있으면 좋았을 텐데."

"수현아, 아주 오래전이었단다. 하늘에는 항상 다섯 개의 별이 빛났어. 그 다섯 번째 별은 사람들의 마음에 감사가 가득할 때만 빛났지. 하지만 시간이 지나며 사람들은 감사하는 법을 점점 잊게 되었고, 그 별도 어둠 속에 사라지고 말았단다."

"제가 다섯 번째 별을 찾아서 다시 하늘에 빛나게 할래요!"

그렇게 다섯 번째 별을 찾기 위한 수현이의 여정은 시작되었습니다. 수현이가 가장 처음으로 만난 사람은 마른 땅에 씨앗을 심고 있는 한 농부 할아버지였습니다. "할아버지, 왜 이런 메마른 땅에 씨앗을 심고 계세요?"

"가뭄이 계속되지만, 비가 올 날을 기다리며 심고 있는 거란다. 언젠가 비가 내리면 이 씨앗들이 내게 감사한 선물이 되어 줄 거야."

"아직 비가 내리지 않았는데 어떻게 감사하며 기다릴 수 있나요?"

"기다림 속에서도 희망이 있다는 것에 감사해야 한단다."

수현이는 농부 할아버지의 말을 듣고 감사는 당연한 것이 아니라, 기다림 속에서도 발견할 수 있다는 것을 깨달았습니다. 수현이가 두 번째로 만난 사람은 바다에서 고기를 잡고 있는 어부 아저씨였습니다.

"아저씨, 오늘은 고기 많이 잡으셨어요?"

"아니. 한 마리도 못 잡았단다. 하지만 바다에 나올 수 있다는 것만으로도 감사하지."

"고기를 잡지 못했는데도 감사할 수 있나요?"

"바다는 늘 우리에게 무언가를 준단다. 고기가 아니더라도, 맑은 공기나 잔잔한 파도처럼 말이야."

수현이는 어부 아저씨의 말을 듣고 작은 것에도 감사하는 마음을 배웠습니다. 수현이의 마지막 만남은 바로 한 마을에서 오래된 인형을 고치고 있는 할머니였습니다.

"할머니, 왜 이렇게 오래된 인형을 계속 고치세요? 새 인형을 만들면 되잖아요."

"이 인형은 나에게 오랜 친구란다. 시간을 함께 보낸 것에 감사하며 고쳐서 다시 소중히 간직하는 거지."

수현이는 할머니의 말을 듣고 오래된 것에도 감사하고 소중히 여기는 법을 배웠습니다. 긴 여정을 끝낸 수현이는 밤하늘을 올려다보았습니다.

'감사는 특별한 일이 있어야만 하는게 아니구나. 기다림 속에서, 작은 것 속에서, 오랜 시간과 추억 속에서도 감사는 항상 우리 곁에 있었어.'

그 순간, 네 개의 별이 빛나고 있던 밤하늘에, 다섯 번째 별이 반짝이기 시작했습니다. 마을 사람들은 모두 놀라 밤하늘을 올려다보기 시작했습니다.

"잊고 있었던 다섯 번째 별이 돌아왔어!"

수현이는 웃음을 머금고 말했습니다.

"다섯 번째 별은 우리 마음속 감사가 빛날 때 함께 빛나요."

사람들은 다시 감사하는 법을 배우기 시작했습니다. 작고 사소한 일에도 감사함을 표현하고, 서로에게 따뜻한 말을 전하며 다섯 번째 별은 점점 더 밝게 빛났습니다.

수현이가 배운 것뿐만 아니라, 사람들은 실천할 수 있는 용기에서 얻는 감사함, 조건 없는 사랑에서 얻는 감사함, 상대를 이해하는 존중에서 얻는 감사함, 모든 일에 대한 책임감에서 얻는 감사함 등 더 다양한 감사함 들을 배우고 깨달았고, 그때마다 또 다른 새로운 별들이 떠올랐습니다. 어느새 밤하늘에는 셀 수 없는 별들이 함께 빛나며 세상을 비추고 있었습니다.

둥근 마을의 비밀

정희성
입상, 서울국제고등학교

손가락으로 하늘을 가리켜 보세요. 하얀 구름 너머, 아주 특별한 마을에 대한 이야기를 들려줄게요. 마음들이 빛나는 원으로 피어난 신비로운 마을에 대한 이야기를요. 이 마을에 사는 사람들은 모두 허리에 동그란 원을 하나씩 가지고 있었답니다. 이 원은 늘 사람과 함께 움직이며 어디를 가든 따라다녔어요.

이 마을 사람들은 모두 허리에 동그란 원을 하나씩 가지고 있었어요. 그 원은 사람마다 모양도 크기도 색깔도 모두 달랐답니다. 어떤 사람의 원은 노란색으로 넓적했고, 또 어떤 사람의 원은 빨간색으로 작고 동글동글했어요. 파란색, 초록색, 분홍색, 심지어는 반짝반짝 빛나는 무지개색 원을 가진 사람도 있었답니다. 그런데 이 원들에게는 비밀이 하나 있답니다. 사실, 이 원 안에는 사람들의 생각과 감정, 그리고 꿈이 들어있었답니다. 그래서 어떤 날에는 원이 커졌다가, 또 어떤 날에는 작아지기도 했어요. 색깔이 변할 때도 있었죠. 또 슬플 때는 원이 조금 흐릿해지기도 했고, 기쁠 때는 반짝반짝 빛나기도 했어요. 그렇지만 무엇보다 중요한 건, 이 원은 사람들 곁에 절대 사라지지 않는다는 거였어요.

마을사람들에게 원은 아주 소중했어요. 원은 마치 마음을 담은 작은 집과 같았거든요. 그래서 사람들은 서로의 원을 아주 조심스럽게 대했어요. 만약 다른사람의 원 안으로 들어가고 싶다면, 반드시 이렇게 물어봐야했어요.

"내가 너의 원에 들어가도 될까?"

그리고 상대방이 대답을 할 때까지 꼭 기다려야했어요.

"네!"라고 대답하면 그때 들어가도 되고,

"아니요."라고 하면 그냥 그대로 두어야 했죠.

이것은 마을사람들이 함께 지키는 가장 중요한 약속이었답니다. 이 약속 덕분에 모두가 서로의 원을 존중하며 행복하게 지낼 수 있었어요.

마을 사람들은 이런 약속을 아주 소중히 여겼답니다. 왜냐하면, 원은 그 사람의 마음이기 때문이었어요. 마음은 언제나 부드럽고 연약해서 잘못 다루면 상처받을 수 있거든요. 그렇기 때문에 모두가 자신의 원도,다른 사람의 원도 정말 소중히 여겼어요. 하지만 이 평화로운 마을에 어느 날 똘망똘망한 눈을 가진 아이가 찾아왔어요. 아이의 이름은 강이였답니다. 호기심 많은 강이는 아직 원이 무엇인지도, 그 안에 어떤 소중한 것들이 담겨있는지도 잘 알지못했어요. 그저 신기하고 궁금한 마음뿐이었죠. 강이는 마을을 이리저리 뛰어다니며 말했어요.

"우와! 저 사람의 원은 반짝반짝하네! 저 원은 무슨 색일까? 안에 들어가보면 더 재밌겠지?"

강이는 한 사람의 원 안에 쑥 들어가보기도하고, 이리저리 손으로 만져

보기도 했어요. 그러자 마을이 갑자기 술렁이기 시작했답니다.

"어, 누가 내 원에 들어왔어!"

"내 생각들이 엉켜버렸잖아!"

어떤 사람은 깜짝 놀라며 자신의 원을 작게 숨겼고, 어떤 사람은 화가 나서 원을 크게 부풀렸어요. 마을은 점점 소란스러워졌고, 사람들의 원은 점점 흐려지기 시작했습니다. 강이는 그런 줄도 모르고 계속 이곳저곳을 돌아다녔어요. 하지만 시간이 지날수록 마을사람들의 표정이 점점 어두워지고, 강이를 피하기 시작했어요. 강이는 그제야 뭔가 잘못됐다는 걸 느꼈어요. 그날 밤, 강이는 조용히 마을광장에 앉아 있었어요. 작은 손으로 무릎을 꼬옥 붙잡고 눈물을 뚝뚝 흘리며 속삭였어요.

"내가 잘못한 걸까? 난 그냥 궁금했을 뿐인데…"

그때, 마을에서 가장 나이가 많은 오스카 할머니가 강이에게 다가왔어요. 할머니는 강이의 작은 손을 부드럽게 잡으며 말했답니다.

"얘야, 이 원은 우리의 마음의 집이란다. 아주 소중한 공간이지. 그런데 다른 사람의 집에 허락도 없이 들어가면 사람들이 얼마나 놀라고 속상하겠니?"

강이는 천천히 고개를 들어 할머니를 바라보며 물었어요.

"그럼 저는 어떻게 해야 하나요? 저는 그저 원이 궁금했을 뿐이에요…"

할머니는 부드럽게 웃으며 말했답니다.

"다른 사람의 원에 가까이 가고 싶다면, 먼저 물어보렴. '내가 너의 원에 들어가도 될까?'하고 말이지. 그리고 상대가 싫다고 하면, 그 마음을 그대로 존중해줘야 한단다. 사람마다 원의 크기도, 모양도, 색깔도 다르듯, 그 안에 담긴 마음도 다다르니까 말이야."

강이는 고개를 끄덕이며 다짐했어요.

"저도 이제 다른 사람의 원을 소중히 대할래요. 그리고 제 원도 소중히 여길게요."

그날 이후, 강이는 행동을 조금씩 바꿔나갔어요. 다른 사람의 원에 들어 가고 싶을 때면 먼저 "들어가도 될까?" 물어봤고, 때로는 조금 멀리서 바라 보는 것만으로도 만족했답니다. 자신의 행동으로 상처를 입은 사람들에게 정중히 다가가 먼저 사과를 건네기도 했지요. 시간이 지나 강이는 점점 깨 달았어요.

"내 원도 소중하지만, 다른 사람의 원도 그만큼 소중한 것이었구나!"

강이의 변화를 본 마을 사람들은 하나 둘 다시 마음의 문을 열었어요. 작아졌던 원들은 다시 활짝 펴서 제 모습을 찾아갔고, 커다랗게 부풀었던 원들도 부드럽게 가라앉았답니다. 그렇게 마을은 다시 평화로워졌어요. 그리고 사람들은 서로의 원을 존중하며 더 깊은 신뢰와 사랑으로 이어졌 답니다.

그 후로도 강이는 마을에서 배려깊고 용감한 아이로 자랐답니다. 그리고 마을은 언제나 따뜻한 마음이 담긴 원들이 활짝 핀 평화로운 곳이 되었답 니다.

자, 이제 우리 모두 둥근 팔을 해볼까요? 두 손을 앞으로 모아 큰 원을 만 들어 보세요. 여러분의 원은 무엇이 담겨있나요? 꿈? 사랑? 생각? 그것이 무엇이 되었든 그 원은이 세상에서 단 하나뿐인, 여러분만의 소중한 집이 랍니다. 그렇기 때문에 누구든지 여러분의 원에 함부로 들어오거나 상처를 줄 권리는 없어요. 그리고 여러분도 다른 사람의 원을 존중해야해요. 그 사람의 원 안에도 그들만의 소중한 마음이 담겨 있으니까요.

가끔은 원이 작게 느껴질 수도 있고, 커다랗게 부풀어 오를 때도 있을 거예요. 하지만 잊지 마세요. 그 원은 언제나 여러분 곁에 있으며, 여러분을 지켜주는 아주 특별한 공간이랍니다. 자, 이제 두 손으로 만든 그 원을 가슴 가까이 가져와 보세요.

"이 원은 내 마음의 집이다. 나는 이 집을 소중히 지킬거야."

그리고 약속해 보세요.

"나는 내 원도, 다른 사람들의 원도 소중히 여길거야."하고요. 세상은 원으로 연결되어 있어요. 예쁜 꽃처럼 다양한 원들이 곳곳에서 아름답게 피어나고 있죠. 그 원들은 우리의 마음을 담은 특별한 공간이에요.

서로의 원을 존중하고 사랑한다면, 우리 모두가 더 따뜻한 마음으로 살아갈 수 있을 거예요. 서로의 다름을 인정하고 소중히 여기는 것, 그것이 바로 이 작은 마을이 우리에게 가르쳐준 소중한 교훈이랍니다.

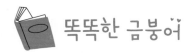# 똑똑한 금붕어

임재민
입상, 부산 금성고등학교

푸르른 숲속에는 맑고 잔잔한 연못이 있었고, 그곳에는 여러 물고기들이 사이좋게 살고 있었어요. 연못 위에는 햇빛이 반짝이며, 물속에는 예쁜 금 빛 비늘을 가진 작은 금붕어 루미가 살고 있었답니다. 루미는 밝고 활발한 성격이지만 기억력이 아주 짧은 특별한 물고기였어요. 루미는 자기가 무엇 을 하고 있었는지를 금방 잊어버리곤 했고 친구들에게 물건을 나눠주고도 그 사실을 잊어버리기 일쑤였죠.

"안녕? 아름다운 물고기야, 이거 너 줄게!"

라며 밝게 웃는 루미의 모습에 친구들은 '루미는 참 착하고 좋은 친구야!' 라고 생각했답니다.

그러던 어느 날 연못에 큰 문제가 생겼어요. 가뭄이 들어 물이 줄어들고 먹을 것도 점점 없어졌죠. 물고기들은 배가 고파 서로 먹을 것을 나눌 여유 가 없었어요. 하지만 루미는 그런 상황에서도 여전히 자신의 먹이를 친구 들에게 나눠 줬답니다.

"나중에 또 먹을 게 생길 거야! 너도 배고프지? 이거 먹어!"

244

라고 말하며 작은 먹이를 나눠 주었죠. 그저 친구를 도와주고 싶었던 루미의 행동은 친구들에게 따뜻한 마음을 전해주었어요. 조금씩 다른 물고기들도 루미를 보고 서로 돕기 시작했답니다. 연못에는 루미의 행동을 지켜보던 할아버지 물고기가 있었어요. 그는 루미에게 다가와 말했죠.

"루미야 너는 정말 특별하구나. 연못에서 너의 도움을 받지 않은 물고기는 단 한 마리도 없을 거란다."

루미는 그 말이 이해되지 않았어요.

"할아버지 무슨 말씀인지 모르겠어요." 그러자 할아버지는 웃으면서 대답했어요.

"루미야 너는 언제 어디서나 빛난단다."

이 말을 듣고 루미는 할아버지의 따뜻한 미소를 보며 마음이 편안해졌답니다. 어느 날 루미는 엄마가 선물해 준 소중한 조개껍데기를 잃어버렸다는 사실을 깨달았어요. 그 조개껍데기는 루미에게 아주 특별한 물건이었죠.

"어디 갔지? 내가 어디에 둔 걸 잊어버린 걸까? 아니면 누가 가져간 걸까?"

루미는 슬픈 마음을 감추지 못했어요. 연못의 깊숙한 곳부터 돌멩이 가득한 곳, 물풀 사이 모래 언덕까지 아무리 찾아도 조개껍데기는 보이지 않았어요. 조개껍데기에 대한 기억이 사라지기 전에 찾아야하는데 어떡하지 루미는? 친구들에게 이야기하고 싶었지만, 혹시 자신이 조개껍데기를 나눠줬다면 어쩌나 하는 걱정에 혼자 연못 구석에서 조용히 울고 있었답니다. 그때, 루미가 울고 있는 모습을 본 친구들이 다가왔어요. 작은 메기가 물었죠.

"루미, 왜 울고 있어? 우리한테 말해봐!"

루미는 망설이다가 조개껍데기를 잃어버렸다고 털어놓았어요. 그러자 많은 물고기들이 깜짝 놀라며 말했죠.

"루미, 너는 항상 우리를 도와줬잖아! 이번엔 우리가 너를 도울 차례야!"

친구들은 연못 구석구석을 찾아다니며 조개껍데기를 찾기 시작했어요. 물풀 사이, 바위 틈 모래 속까지 샅샅이 살폈답니다. 그리고 큰 잉어가 드디어 조개껍데기를 찾아 루미에게 가져다 주었어요.

"루미, 여기 있어! 네가 찾던 조개껍데기야!"

루미는 조개껍데기를 받고 크게 웃으며 친구들에게 고마움을 전했답니다.

그날 루미는 깨달았어요. 나누는 마음이 믿음과 우정을 만드는 힘이 있다는 것을. 조개껍데기를 찾고 난 후 연못에는 작은 변화가 생기기 시작했어요. 여러 물고기들은 루미를 보며 서로 돕는 것이 얼마나 중요한지 깨닫게 되었답니다. 작은 가재는 모은 예쁜 돌멩이를 나누어 주고, 여러 송사리들은 안전한 보금자리를 함께 사용하기도 했어요. 또한 할아버지 물고기는 연못 가장자리에 모두가 함께 쓸 수 있는 작은 공유 구역을 만들었답니다. 물고기들은 자신에게 필요 없는 물건들을 그곳에 두고 필요한 친구가 가져가게 했죠.

이 공유 구역의 이름은 '아름다운 루미'로 정해졌고, 물고기들은 서로 나눔의 기쁨을 배우게 되었답니다. 그날 이후로 루미는 더 열심히 친구들을 도왔어요. 나눌 때마다 더 따뜻한 마음을 담기로 결심했죠. 루미의 마음은 연못에 큰 변화를 가져왔어요. 물고기들은 서로 더 도와주고, 연못은 다시 따뜻한 곳이 되었답니다. 루미는 아직도 기억력이 짧았지만, 친구들은 루미의 착한 마음을 여전히 누구보다 소중히 여겼답니다.

11장

나눔

선한 영향력

나눔은 다른 사람이 행복할 수 있도록 도움을 주겠다는 마음과 행동이다. 나눔을 실천하는 인생을 결코 궁핍하지 않다. 다른 사람과의 관계에서 내가 받는 대가보다 더 큰 가치를 제공하려고 노력한다면 더 많은 사람들이 당신 인생의 단골 손님이 될 것이기 때문이다. 삶은 우리에게 주어진 선물이다. 그렇기에 우리는 삶의 목적을 다른 사람을 돕고 이 세상을 보다 아름답게 만들어 가는 것으로 설정해야 한다. 우리가 아무리 능력이 많아도 사회적으로 고립이 된다면 그 능력은 쓸모없는 것이 되어 버릴 것이다. 왜냐하면 우리가 세상에 태어나고 성장하며, 사라지는 과정이 모두 삶 속에서 맺는 관계에 의해 결정되기 때문이다. 다른 사람과의 관계를 생각하지 않고 개인의 성공만을 추구한다면 인생이 결코 행복하지 않다. 본래 선물로 주어진 인생에 다른 이들에게 조그마한 나눔을 실천해 나간다면 그 인생은 보다 행복하고 의미 깊은 인생을 살 것이다.

신서윤
입상, 미사중앙초등학교

괜찮아. 금세 다 괜찮아질 거야.

"그래서 너 여기서 뭐 하고 있던 거야?"

마주친 아이의 눈동자는 그 누구보다도 초롱했다.

"별."

아이는 꾹 다문 입을 떼 단팥빵을 베어 물어 먹더니 말했다.

"내 이름은 별."

별. 별이라면 내 소원을 들어줄 수 있나.

"학교는 안 가?"

별이 고개를 끄덕였다. 난 별이에게 곽 우유를 뜯어주어 건넸다. 별은 자기 얼굴만 한 단팥빵을 우걱우걱 씹어 먹더니 내가 건넨 우유를 허겁지겁 마셨다.

"너도 학교 안 가서 여기 있는 거잖아."

이른 봄이 찾아와서 그런지. 꽃향기를 가득 머금은 바람이 자꾸만 불었다. 마음이 괜스레 설레었다.

"난 갈 학교가 없어. 다 졸업했거든."

난 삐걱거리는 그네에 앉아 사과 맛 사탕을 뜯어 입에 넣었다. 별이는 그새 단팥빵을 다 먹었는지 손을 털며 우유를 마셨다.

"학교는 이제부터 안 가려고. 짜증 나."

별의 큰 눈망울이 찌푸려지는 게 보여 내심 귀여웠다.

"애들이 괴롭혀?"

별이 고개를 끄덕이며 말했다.

"애들 때문도 있고, 선생님이 짜증 나."

별은 그네를 타며 계속 얘기했다.

"자꾸 나보고 난 도움을 받아야 하는 아이래."

"그래?"

"응. 근데 난 도움 받고 싶지 않아."

"우와, 나 어렸을 때 같네. 나 여덟 살 때도 별이 너처럼 이랬거든."

난 별이의 새근새근한 목소리를 들으며 별의 살이 드러나는 곳을 유심히 보았다. 팔, 무릎, 허벅지, 종아리. 멍 자국과 손톱자국. 깨진 손톱과 엉킨 단발머리. 밑창이 다 까진 운동화. 너덜너덜해진 반소매 티. 선생님이 왜 그랬는지 알겠네.

"그러고 보니 별이는 몇 살이야?"

"여덟 살."

나이에 비해 작은 체구까지. 별이 학대당하는 아이란 걸 짐작할 수 있었다.

"너는 행복해?"

별이 물었다.

"질문이 너무 어려운데."

별이 비웃으며 말했다.

"뭐가 어려워. 그냥 행복하다고 하면 되지."

"아."

사과 맛 사탕이 다 녹아 사라졌다.

"빨리 대답해봐."

별이 내 소매를 잡아끌며 대답을 재촉했다. 이런 질문은 고등학교에서 나눠주던 설문지 빼곤 처음이라 당황스러웠다.

"너부터 말해봐. 넌 행복해?"

난 내 소매를 잡아끄는 별이의 작은 손을 떼어내며 물었다. 별의 눈망울이 흔들리는 것 같더니 금세 환히 웃으며 답했다.

"이제야 행복해."

아, 무언갈 잊은 것 같은데. 아, 그게 뭐더라. 이른 봄이 찾아온 세상은 마치 누군가의 소원이 이루어진 것처럼 빠르게 지나갔다. 이른 봄이 오고 벚꽃잎이 만개함과 동시에 이른 봄비가 내렸다. 꽃잎은 빗물에 씻겨 내려갔고, 며칠 동안 찌뿌둥한 날씨만 이어졌다. 바닥에 눈이 내린 듯 수북이 쌓인 꽃잎들이 좋았다. 찌뿌둥한 날씨가 개고 그야말로 푸르른 하늘 아래 온종일 햇빛을 받아도, 꽃잎은 녹지 않아서. 그래서 더 좋았다. 눈이 내린 듯 쌓여있지만. 눈이 내린 듯 세상의 색을 바꾸지만. 꽃잎은 녹지 않아서 좋았다. 아. 문득 이런 생각이 들었다. 눈은 녹아 사라지는데. 꽃잎은 어디로 사라질까. 꽃잎은 녹지 않는데. 그 이유가 궁금하다. 사실 이유야 이미 알고 있다. 저 불어오는 산들바람을 타고 멀리멀리. 어디론가 날아가 새싹의 양분이 되겠지. 나도 꽃잎처럼 될까 두려웠다. 바람이든 뭐든. 지금 이 상태로 무언가에 휩쓸리면, 어딘가로 멀리멀리. 그렇게 잊힐까 두려웠다.

스무 살. 어른이 되면 인생 시작이라더니. 날 버린 엄마 생각에 몇 년을 서글퍼 해서 그런가. 오지도 않을 이를 너무도 길게 그리워했다. 그게 문제다. 엄마가 내게 말해주던 말이 잊히지 않는다. 날 닮은 꽃이 피고 있다던 그 말이, 잊히지 않는다. 어른이 되자 10년을 지낸 보육원에서 당장 쫓겨난다는 생각만 들어 제대로 실감이 안 났다. 부모 없는 아이로 자라나다가 이제야 어른이 되었으니 보육원에서 나가야지. 그래. 진짜 혼자가 된 기분이었다. 그동안 모은 보육원 용돈과 아르바이트비로 고시원에 방을 하나 구했다. 침대 하나가 겨우 들어가고, 창문도 없어서 낮인지 밤인지 구분도 어렵다. 퀴퀴한 곰팡내에, 옆방에서 들리는 코골이 소리까지. 내가 죽어라 모은 돈이 고작 이 정도 가치밖에 안 되는구나, 라는 생각만 들었다. 반지하 방 정도는 구할 수 있을 줄 알았는데, 빈곳이 없다니. 그래서 빈 곳이 생길 때까지 고시원에서 살기로 했다.

유난히 밝은 밤. 하늘엔 별 하나 보이지 않고 달만이 겨우 빛나는데도 도시의 밤은 밝았다. 그 밤사이를 걸었다. 정처 없이 계속 걸었다. 이른 봄이 찾아오고 벚꽃이 만개하자 기다렸다는 듯이 비가 내렸다. 먹구름은 가시지 않고, 며칠째 찌뿌둥한 날씨가 이어졌다. 마침내 하늘이 개고 맑은 구름이 밀려 들어왔다. 3월. 새 학기가 시작할 때 즈음. 그즈음이 되고 아침 9시가 지나면. 거리는 조용해진다. 아이들이 거리에 없어서인지. 아이들을 따르는 웃음소리가 없어서인지. 거리가 텅 비어 보인다. 아파트 단지 안에 있는 편의점에서 놀이터를 지나면 등산로가 나온다. 그 동산로 위로 올라가면 정자가 나오는데, 그 정자에 고양이들이 그렇게 많이 온다. 오늘은 날도 맑겠다. 그 고양이들을 보러 나왔다. 텅 빈 거리. 그 거리를 걷다 편의점에 도착해 단팥빵과 우유, 그리고 고양이 간식을 사서 놀이터로 향했다.

"고양이 간식이 비싸졌네."

다음부턴 간식 못 줄 수도 있겠다. 얼마나 걸었나. 놀이터가 눈에 보였다. 놀이터가 눈에 보이니 놀이터 그네에 앉아있는 작은 아이가 보였다. 학교에 갈 시간일 텐데. 아직 꺼지지 않은 가로등 아래. 유난히 밝은 밤 보이지 않던 별처럼, 아이는 날 보는 듯 마는 듯 계속 쳐다보았다. 그 시선을 피하지 않고 나 또한 빤히 아이를 쳐다보니 아이가 시선을 피했다. 놀이터에 그네 앞에 서서 아이에게 단팥빵을 건네며 말했다.

"애가 왜 여기 있대? 여기서 뭐 해?"

아이는 잽싸게 단팥빵을 낚아채더니 자기 옆 그네를 가리켰다. 난 아이가 가리킨 그네에 앉아 아이를 쳐다보았다. 아이가 손을 내밀어 나 또한 손을 내미니 아이가 사탕을 하나 주었다. 사과 맛 사탕이었다. 난 마른 하늘을 보며 다시 물었다.

"그래서 너 여기서 뭐 하고 있던 거야?"

세계가 또 하나 생겼다.

"난 이제 가야겠다. 고양이 봐야 해."

난 그네에서 일어나 별이에게 말했다. 별이는 내심 아쉬운 듯 아랫입술을 우물거리며 말했다.

"내일도 볼래?"

난 고개를 끄덕였다.

"근데 너 모르는 사람이 주는 거 아무거나 먹으면 안 돼."

"괜찮아. 빵 맛있었어."

"내일도 사서 올게."

따스한 햇살이 공중에 나부꼈다.

"내일도 만나게 되면."

난 허리를 숙여 별과 눈을 마주했다.

"내가 널 도울 수 있게 해줄래?"

별은 아무 말 없이 멍하니 날 바라보다 도망갔다. 난 별이 떠나간 자리를 멍하니 바라보다 한숨을 내쉬었다.

"이게 뭐하는 건지."

나도 별이 되고 싶다.

"엄마 보고 싶어."

그 누군가라도 좋으니. 지금 누구라도 내 텅 빈 거리를 가득 채워줬으면 좋겠다. 유난히 밝은 내 밤하늘을 어둡게 칠해줬으면 좋겠다. 내가 혼자라 느낄 때 즈음에 나타나 날 안아주었으면 한다. 별이 잘 보이는 날, 소원을 빌어야지. 내일이 밝았다. 난 동네빵집을 가서 크림빵과 어린이 음료를 샀다. 고양이들한테 괜히 미안했다. 고양이들 간식 살 돈으로 어린이 음료를 사버렸으니 말이다. 나 기다릴 텐데. 어제 별이를 만났던 그 놀이터를 향해 걷다가 편의점에서 막대사탕한 개를 사서 입에 넣었다. 이번엔 딸기맛 이었다.

'그때 그렇게 도망가버려서 어쩌나.'

놀이터가 보였다. 놀이터가 시야에 보이자 이번엔 놀이터에 앉아있는 아이가 보였다. 별이었다.

"왜 도망갔어?"

난 미끄럼틀에 다가가 어제처럼 크림빵을 건네며 말했다. 별이는 앉아서 날 올려다보더니 옅게 웃었다.

"진짜 올진 몰랐어."

별이 크림빵을 가져가 반을 쪼개어 내게 내밀었다. 내게 내민 별의 손목에 손톱자국이 그득했다. 난 크림빵을 한입 가득 베어 물며 별에게 말했다.

"너 누구랑 살아?"

"엄마."

"나도 엄마랑 살았는데."

"지금은?"

"지금은 엄마랑 안 살아. 엄마가 날 버렸거든."

정적이 이어졌다. 우주에 온 듯, 텅 빈 거리처럼 조용해졌다. 별이 크림빵을 먹으며 말했다.

"엄마 좋아했어?"

"응. 지금도 보고 싶어."

별이 음료를 열어 한 모금, 두 모금 들이켰다.

"엄마가 너 때리지?"

또 꽃향기를 머금은 바람이 불었다.

별이 고개를 끄덕였다.

"넌 엄마가 좋아?"

별이 고개를 끄덕였다.

"왜?"

별은 불어오는 바람을 한 줌 집더니 말했다.

"오늘같이 이렇게 꽃향기가 나는 바람이 불 때면 엄마가 항상 말해줬어."

어디선가 또 바람이 불었다. 꽃잎을 싣고선 그렇게 불었다.

"어디선가 날 닮은 꽃이 피고 있는 거라고."

아, 이게 무슨 말이더라. 아주, 아주 그리워하던 말 같은데. 구름이 해를 가렸다.

"엄마는 별이 가장 소중한 거래. 소원을 들어주니까."

유난히 밝은 나의 밤하늘엔 별이 보이지 않는데.

"엄만 나의 별이야."

별의 초롱한 눈망울이 꽃망울이 되어 피어나는 것 같더니 이   고 만개했다.

"별이 눈앞에 있는데 어떻게 사랑하지 않을 수 있겠어."

두 번째 봄의 시작이었다. 별과 매일매일 만났다. 만나면 만날수록, 왠지 모를 위화감이 자꾸만 들었다. 그런데 다음날이 되면, 그 위화감은 꿈을 꾼 듯이 잊혀서. 그 위화감이 무엇 때문인지 깊게 생각하지 않았다. 해가 떠오르고, 달이 고꾸라지고를 반복할수록 별의 몸에 흉터는 짙어져만 가는데. 별은 나와 만날수록 더더욱 환히 웃었다. 그 웃음에 애틋함을 느껴 계속 보고 싶었다.

"별아."

"응?"

별과 난 정자 위에서 아이스크림을 먹으며 고양이들을 만졌다.

"보고 싶은 거 있어?"

"말하면 보여줄 거야?"

별이 고양이를 쓰다듬으며 말했다. 나 또한 별이를 쓰다듬으며 말했다.

"너한테 보여줄 수 있도록 노력은 해볼게."

별이는 턱을 어루만지다 무언가 생각난 듯 말했다.

"바다. 바다가 보고 싶어."

어느 날은 별과 그네에 나란히 앉아 이런저런 얘기를 나누는데, 이른 첫눈이 내렸다. 하나둘 쌓여가는 눈송이를 보다 별이 내게 말했다.

"눈이 오면 저기 강이 얼던데."

"강이 아니라 하천이겠지."

"하천? 그것도 강이겠지, 뭐."

별이 또 물었다.

"눈이 오면 바다도 얼어?"

난 고개를 저었다.

"왜? 왜 안 어는데?"

난 한참 생각하다 말했다.

"바다가 얼면 고래가 숨을 못 쉬잖아. 바다거북도 그렇고."

"진짜야?"

"맞을걸."

눈이 한층 소복이 쌓였다.

"근데 너 계속 이렇게 학교 빠져도 되는 거야?"

"몰라. 되겠지 뭐."

"그거 맞아? 선생님들이 너 찾으러 다닐 것 같은데."

"괜찮아."

"확실해?"

"확실할걸."

"별이 이 녀석. 단팥빵을 너무 먹어."

반지하 방 구하기로 했던 돈으로 어린애 빵이나 사 먹이고 있다니. 여느때처럼 난 별을 만나기 위해 동네 빵집에서 빵과 음료를 사고 놀이터로 향했다. 원래라며 보여야 할 별이 보이지 않았다. 별이 너무 밝아서 그런가. 경각심을 가지지 못했다. 텅 빈 거리가 꽉 찰 때까지도 별은 오지 않았다. 황혼으로 이도 저도 아닌 색으로 얼룩진 하늘이 마음에 들지 않았다. 황혼이 저물고, 가로등이 켜지자 별이 나타났다. 밤하늘 아래 별이 나타난 것이다.

한참을 울은 듯 부은 눈과 눈에 든 피멍. 부어오른 볼과 더욱 산발된 머리까지. 밝은 별이 기어이 저버리고 말았다. 별은 놀이터 가로등 아래 서 있는 날 보고 한참을 울었다. 내가 있을 줄 몰랐다고 했다. 서로의 존재 자체도 모르던 우리 사이가. 무엇 때문에 이리도 연민을 느껴 이 모양 이 꼴이 된 건지. 어째서 우린 서로 별이 된 것인지. 우린 왜. 도대체 왜. 서로의 별이면서도. 서로의 소원을 이루어주진 못하는지. 그게 궁금했다.

별을 껴안아 등산로를 걸었다. 별은 계속 울었다. 도착한 정자 위에 별을 내려놓고 별의 눈물을 닦아냈다. 눈물을 닦아낼때에 혹시 얼굴의 상처가 아플까 걱정스러워 조심히 쓸어내렸다. 무너져 우는 별을 보고 난, 제대로 휩쓸렸다. 어찌보면 무너지는게 당연한 나이였는데도 말이다.

"내가 미안해. 내가 미안해."

난 별이에게 사과를 내뱉으며 별을 꼭 껴안았다. 별의 품은 작았다. 작지만 따스했다. 별이 느끼는 내 품도 따스하길 바랄 뿐이다. 별이 내 품에 파고들며 엉엉 울었다.

"엄마가. 엄마가 날 옥상으로 데, 데려갔어."

별이는 내 품 안에서 훌쩍이며 말했다.

"같이 죽자면서. 난 아직 죽기 싫은데."

아, 이제 알겠다. 별은 계속 흐느꼈다. 덩달아 나또한 눈물이 나왔다. 이제야 그 위화감의 정체를 알겠다. 나와 똑닮은 아이를 사랑하게되었는지. 이제야 알겠다. 그렇게 우린 서로의 품에 안겨 그렇게 밤새 울었다. 우리의 눈물이 고여 마르질 않을 바다가 될 때까지. 영원히 얼지않는 바다가 될 때까지. 해가 맑자 별이 말했다.

"엄마가 올거야."

"그걸 어떻게 알아?"

"너랑 나랑 만나는 거 알고 있었어. 학교 선생님이 학교 결석했다고 해서 나 찾으러 다니다 놀이터에 같이 있는거 봤대."

하늘은 맑았다.

"정자에서 아이스크림 먹으면서 노닥거리는 것도 봤대."

난 별이에게 어제 사놓은 빵과 음료를 건넸다.

"이거 먹고, 바다 보러 가자."

별은 또 환히 웃었다. 그렇게 또 별은 밝게 빛나보였다. 별의 손을 잡고 버스에 올랐다. 별의 손에 힘이 들었다. 난 별의 상처를 쓸어내렸다.

"바다 넓어?"

"넓지 그럼. 바다에 가면 마음껏 울어도 돼."

"어제 너무 많이 울어서 이제 울기 싫어."

별이는 그러다 한참동안 창문을 바라보았다.

"창문 열어줘."

"네가 열어."

"못 열겠단 말이야."

별이의 말에 난 버스 창문을 열어주었다. 별이는 버스에 들어오는 바람을 힘껏 맡더니 말했다.

"바다 냄새 나는 것 같아."

별의 눈망울이 또 초롱거렸다. 난 작게 미소지으며 말했다.

"그래? 난 꽃향기 나는 것 같은데."

"꽃?"

"그래. 지금 널 닮은 꽃이 피고있나봐."

별과 함께 버스에 내려 부둣가를 향해 걸었다. 별은 해수욕장을 가리키며 말했다.

"저기로 가면 안돼?"

"안 돼. 우린 별이 잘보이는 곳으로 갈거야."

"별은 이미 여기있는걸."

"너 말고. 밤하늘의 별."

"밤하늘이 아니어도 별은 언제나 있는걸."

별의 손을 잡고 작고 높은 언덕을 올랐다.

"이제 도착했어."

높은 절벽 위에 있는 부둣가에 도착하자 기다렸다는 듯이 황혼이 끝나고 밤이 찾아왔다. 시린 바닷바람이 그날따라 따스하게 느껴졌다. 난 하늘을 가리키며 말했다.

"어때. 별이 잘 보이지?"

별은 눈을 초롱이며 고개를 끄덕였다.

"이곳의 거린 불빛이 없거든. 그래서 별이 잘 보이는거야."

"그렇구나. 별이 하늘에 가득해"

별은 또 하늘을 가리키며 말했다.

"마치 우주같아."

난 웃으며 말했다.

"그렇네. 우주같네."

맞잡은 별의 손을 놓으며 허리를 숙여 별의 눈을 보았다.

"너의 눈망울은 별이 많으면 많을수록 빛나는구나."

"응?"

별도 웃었다.

"있지. 넌 아직도 엄마가 좋아?"

"응, 좋지."

"엄마를 용서해?"

별은 고개를 끄덕였다. 난 별의 어깨를 잡으며 말했다.

"널 죽이려고 했는데도?"

별은 답했다.

"날 죽여도 돼, 그래도 돼. 난 괜찮아."

별이 날 빤히 바라보았다.

"죽여도 된다니, 그게 무슨 말이야."

밤하늘 속, 흐린 구름이 별을 가렸다.

"사랑하면 같이 죽는 거잖아?"

"너네 엄마가 그랬어?"

"응."

"이거 완전 단단히 잘못됐네."

바람이 불었다.

"별아."

"왜?"

"우리 엄마는 있잖아."

"응."

"날 사랑하지 않았어."

"뭐라고?"

"너도 알고 있잖아. 내가 누군지."

별은 답하지 않았다.

"왜 모른체 해?"

별은 내 눈을 피했다.

"우리 엄만 있잖아. 내게도 항상 그렇게 말해줬어."

"그만해."

"어디선가 날 닮은 꽃이 피고 있는거라고."

"그만하라고."

별의 눈망울에 눈물이 맺혔다.

"넌 나고."

별은 펑펑 눈물을 내뱉기 시작했다.

"난 너야."

그날 밤은, 유난히 어두웠다.

"너네 엄마는 있지. 정확히 네가 열 살이 되는 날, 널 구청 앞에 버리고 갈 거야."

파도 부서지는 소리가 허공에 맴돌았다.

"그리고 너네 엄만 지난 여덟번의 생일동안 너에게 이렇게 말했겠지."

"지옥에서도 천국에서도."

"날 용서해줄래?"

"날 용서해줄래?"

별과 내가 합창하듯 말했다. 이해할 수 없다. 이것이 꿈인지 현실인지, 아니면 망각 속인지 몰라도. 결국 또 잊어야할 기억인 건 똑같았다. 이런 꿈을 수없이 꾸었던 것만 같다.

"엄만 널 사랑하지않아."

별이 내 품에 안겼다.

"그런데도 용서할거야?"

별을 가린 구름이 저 멀리로 떠났다. 시린 바람이 꽃향기를 머금곤 또 불었다. 별은 날 바라보았다.

"응."

별이 눈물지으며 내게 활짝 웃었다. 나 또한 별에게 활짝 웃었다. 나에게 활짝 웃어보였다. 크게 숨을 들이마시자 퀴퀴한 곰팡내가 났다. 눈을 뜨자 이상하게 눈물이 나왔다. 창문 하나 없는 비좁은 방. 옆방에서 들리는 코골이 소리까지도, 어제와 똑같은데. 이상하게 눈물이 나왔다. 아주, 아주 기나긴 꿈을 꾼것만 같았다. 무언갈 잊어버린 것 같았다. 고등학교 입학하고 나서부터, 가끔 이럴 때가 있다. 기억하지도 못하는 주제에, 기나긴 꿈을 꾸곤 눈을 뜨면 이상하게 눈물이 나고. 무언갈 잊어버린 것 같은 기분. 도저히 익숙해지지 않는다. 반지하 건물을 나서, 정처없이 걸었다. 유난히 밝은 밤이었다.

"별아."

익숙한 목소리였다. 목소리가 들리는 쪽으로 몸을 돌려 목소리의 주인을 빤히 쳐다보았다.

"별아."

목소리의 주인은 또 다시금 내 이름을 불렀다.

"엄마."

"오늘 우리 별이 스무 번째 생일이잖아. 보고 싶었어."

엄만 끊임없는 사랑을 원했다. 아마, 불같이 사랑하던 남자가 엄말 떠나겠지. 그래서 날 찾아온 거겠지. 사랑을 원해서. 엄만 그런 사람이다. 근데도, 난 왜. 엄마가 두 팔을 벌리며 말했다.

"별아, 엄마랑 한번 안을까?"

엄마가 내게 다가오며 날 꼭 껴안았다. 그리도 그리워하던 따스한 햇살

냄새가 났다.

"별아. 생일 축하해."

엄만 웃음기 섞인 목소리로 내게 축하를 건네더니 말을 이었다.

"있지, 별아. 지옥에서도, 천국에서도."

"용서할게."

엄마가 말을 잇기 전에 내가 눈물을 내뱉으며 말했다.

"용서할테니까, 날 떠나지 말아줘."

"우리 별이 왜 이렇게 울어. 괜찮아 금세 다 괜찮아질거야."

어째서, 이 악마 같은 인간을 용서할 수 있는 거지. 나도 엄말 닮았나, 사랑을 원하나. 아닌데, 엄만 날 사랑하지 않는데. 그러니까, 대체 왜. 난 모든 걸 알면서도 왜 엄마를 용서할 수밖에 없는 거지. 그날따라 유난히 밝았던 밤은 금세 어두워졌다. 밤이 어두워지니 밤하늘 속, 빼곡히 수놓은 별들이 가득 보였다. 도시의 불빛을 뚫곤, 별들은 그렇게 밝게 빛났다. 아, 누가 저런 하늘을 보고 이렇게 말했었는데. 뭐라 했더라. 우주 같다고 했었나.

신이와 펭영의 모험

홍채영
입상, 부산 동양중학교

옛날 옛날 모험심이 강하고 모든 일에 열정적인 신이와 귀여운 펭귄 펭영이 있었어요. 둘은 아주 친한 친구였는데, 함께 모험을 떠나는 걸 좋아했죠. 모험을 떠날 장소를 찾던 신이는 숨겨져 있다는 한마을에 대한 글을 봤어요. 신이가 말했어요.

"펭영아 우리 이 마을에 가보는 것 어때? 숲속에 숨겨져 있다는 신비한 마을이야. 정말 재미있을 것 같지 않아?"

"우와 정말 재미있어 보여! 우리 당장 가보자."

신이와 펭영이는 바로 짐을 싸서 숨겨져 있다는 마을로 향했어요.

"아, 힘들어. 신이야, 우리 언제까지 걸어야 해?"

"조금만 더 가면 도착할 거야. 그때까지, 조금만 더 힘을 내자."

신이와 펭영이는 하염없이 걸었어요. 그때,

"우와! 펭영아, 저것 봐."

"이야! 정말 이쁘다. 오길 정말 잘 한것 같아."

신이와 펭영이는 눈앞에 펼쳐진 예쁜 꽃나무들을 보고 감탄했어요. 그리고 바로 앞엔 '행복한 마을'이라고 적힌 마을 표지판이 보였지요.

"여기가 마을 입구인가 봐."

"어서 들어가 보자!"

준영과 펭영은 마을 안쪽으로 들어갔어요. 그때 저 멀리 한 남자가 보였지요.

"어랏, 저 사람은 누구지?"

그때 그 남자가 신이와 펭영이를 쳐다봤어요.

"안녕, 나는 이 마을에 살고 있는 '김철갑로빈'이라고 해 너희 이름은 뭐니?"

"안녕하세요. 저는 이곳으로 모험을 온 신이에요."

"저는 펭영이에요. 잘 부탁드려요."

"멋진 이름이네. 너희가 올 걸 알고 있었어. 만나서 반가워 저기 가운데 길로 가면 아이스크림 가게가 하나 있을 거야. 가면 여자가 한 명 있을거거든, 그 여자에게 아이스크림을 달라고 하면 줄 거니 한번 가 봐."

"감사합니다. 안녕히 계세요."

마침 배가 고팠던 신이와 펭영이는 김철갑로빈에게 감사 인사를 하고 가운데 길로 출발했어요 아이스크림 . 가게가 보일 때까지 열심히 걷고 또 걸었지요.

"아, 힘들다. 아이스크림 가게는 어디 있는 걸까?"

펭영의 말이 끝나기도 전에 저 멀리 아이스크림 가게가 보였지요.

"우와! 저기 아이스크림 가게가 있어."

그리고 옆에는 철갑로빈이 말한 여자도 함께였지요.

"안녕, 너희가 철갑로빈이 말한 새로운 모험가들이구나?"

밝고 다정하던 철갑로빈과는 다르게 어딘가 차갑고 무서워 보이는 여자였어요. 신이와 펭영이는 조금 무서웠지만 말을 이어나갔어요.

"안녕하세요. 저는 신이고, 이 친구는 펭영이에요."

"안녕하세요. 펭영이에요."

"그래그래, 전해 들었어. 나는 '정가로세라'라고 해. 만나서 반가워, 아이스크림 먹을래?"

무서워 보였던 가로세라는 생각보다 친절했지요. 신이가 말했어요.

"좋아요! 감사합니다."

신이와 펭영이는 신나게 아이스크림을 먹었어요 .가로세라가 말했지요.

"저기 왼쪽 길로 가면 빨간 지붕집이 나와. 그쪽에 가서 새우튀김을 찾아봐. 아마 맛있는 음식이 많을 거야."

마침 신이와 펭영이는 아이스크림으론 배가 차지 않아 배가 고픈 상태였고, 맛있는 음식이 많다는 소식에 당장 빨간 지붕집으로 달려가고 싶었죠.

"감사합니다. 안녕히 계세요!"

신이와 펭영이는 또 다시 길을 나섰어요. 예상과 달리 빨간지붕집은 생각보다 더 가까운 곳에 있었죠. 펭영이가 빨간 지붕집의 대문을 두드렸어요.

"저기요~, 계세요? 새우튀김이 있다고 해서 왔어요."

그때 문 너머에서 누군가 소리쳤어요.

"넌 누구야?"

신이가 대답했어요.

"저는 신이라고 해요. 가로세라님이 여기 새우튀김이 있다고 해서 왔어요. 맛있는 음식이 많이 있다고 했는데 조금 먹을 수 있을까요?"

문 너머의 누군가가 대답했어요.

"들어와."

신이와 펭영이는 기쁜 마음으로 집안으로 들어갔어요.

"실례하겠습니다."

집안에 들어가자 맛있는 냄새가 잔뜩 풍겨왔지요. 신이와 펭영이는 더욱 배가 고파졌지요. 그때 저 멀리서 한 여자가 걸어왔어요.

"안녕, 너희가 오늘 새로 온 모험가라 했나? 애들한테 소식 전해 들었어 여기 앉아."

여자는 맛있는 음식이 잔뜩 차려진 밥상을 가리키며 말했어요. 밥상 위에는 케이크부터 시작해서 각종 디저트와 맛있는 음식들이 잔뜩 있었죠 신이와 펭영이는 음식을 허겁지겁 먹기 시작했어요.

"내 이름은 '윤기나는아름'이야. 만나서 반가워. 너희 이름은 뭐야?"

"제 이름은 펭영이고, 이 친구는 신이라고 해요. 만나서 반가워요."

"음식 천천히 먹으면서 들어. 우리 마을은 원래는 요정 마을이었고 요정이 4명이였어. 너희처럼 용감하고 모험심이 강한 열정적인 아이가 한 명 있었는데 그 친구가 모험을 떠나겠다며 마을을 떠났지. 그 이후로 인원이 줄어 약해진 마을에 한 마녀가 저주를 걸어서 우리의 이름이 모조리 바뀌고 요정에서 인간으로 변해 버렸어. 원래 이름이 조금 남아있다곤 하는데 우린 다 까먹어 버려서 너희가 생각하기엔 우리의 원래 이름이 뭐였던 것 같아?"

그때 신이가 음식을 먹는 것을 멈추고 입을 열었어요.

"혹시 저희가 여러분들의 이름을 맞추면 여러분들의 이름은 다시 원래대로 돌아오는 건가요?"

"그럼, 너희가 우리의 원래 이름을 말하기만 해도 우리는 원래의 요정 모습으로 돌아가고 이름도 다시 바뀔 수 있는걸."

어느 순간 주위를 둘러보니 철갑로빈과 가로세라도 함께 우리의 말을 듣고 있었어요. 철갑로빈이 말했어요.

"우리는 우리의 이름을 되찾기 위해 우리 마을로 사람을 불러들이고 있었어. 꼭 다른 사람이 우리 이름을 맞춰야지만 우리가 원래 모습으로 돌아갈 수 있거든."

그때 신이와 펭영이는 뭔지 모를 책임감을 느꼈어요. 꼭 이 요정들의 이름을 찾아줘야만 할 것 같았거든요.

"굳이 맞추지 않아도 괜찮아. 포기한 사람이 정말 많았거든."

"저희가 꼭 이름을 찾아드릴게요!"

신이와 펭영이는 자신 있게 외쳤어요. 그리고 골똘히 생각했지요. 마침내 신이와 펭영이는 답을 찾을 수 있었어요.

"저 알 것 같아요. 김철갑로빈은 김로빈, 정가로세라는 정세라, 윤기나는 아름은 윤아름!"

신이가 말을 끝마치자마자 눈앞에 있던 마을 주민들이 서서히 요정의 모습으로 변해갔어요. 그리고 요정들이 말했지요.

"맞았어, 정답이야! 우리의 이름을 되찾아줘서 고마워."

그리고 눈을 감았다 뜨니 어느새 신이와 펭영이는 집에 도착해있었죠.

"어, 뭐지? 펭영아 일어나 봐."

그리고 주위를 둘러봤어요 신이가 . 자고 일어난 머리맡에는 신이가 갖고 싶어 하던 게임기와 펭영이가 갖고 싶어 하던 옷이 있었지요 그. 옆엔 쪽지가 하나 있었어요.

"우리의 이름을 찾아줘서 고마워. 우리를 도와준 것에 대한 보답이야."

그렇게 그 이후로 요정들과 신이와 펭영이 모두 행복하게 살았답니다.

밑빠진 독에 물 붓기일지도 몰라

김채연
입상, 대전외국어고등학교

어느 날, 아기 곰 타타는 유치원 선생님에게서 지구에 대한 이야기를 들었어요.

"지구는 점점 뜨거워지고 있답니다. 우리는 지구가 아프지 않게 도와주어야 해요. 알겠죠?"

그러자 반 친구들이 입을 모아 대답했어요.

"네!"

시간이 흘러, 타타는 초등학교에서 지구에 대해 배웠어요.

"우리가 사용하는 플라스틱이 부서져 바다에 떠다니고 있어요. 플라스틱 사용을 줄이고 분리수거를 잘해야 해요. 알겠죠?"

그러자 반 친구들이 입을 모아 대답했어요.

"네!"

시간이 흘러, 타타는 중학교에서 지구에 대해 배웠어요.

"지구의 오존층이 뚫리고 있어요. 우리는 자가용 사용을 줄여 배기가스를 줄여야 해요. 알겠죠?"

그러자 반 친구들이 입을 모아 대답했어요.

"네!"

어느덧 고등학생이 된 타타는 열심히 분리수거를 실천하고 있었어요. 붉은 여우 피피가 타타를 보며 말했어요.

"항상 정해진 대로 분리수거를 실천하다니, 타타 너 참 대단하다."

하지만 멧토끼 샤샤는 조용히 중얼거렸어요.

"근데… 이미 너무 많은 쓰레기들이 아무렇게나 버려져 있어."

진돗개 왈왈이가 쾌활하게 말했어요.

"이 정도면 해봤자 아무 소용 없겠는데? 타타야, 너도 그냥 다른 애들처럼 적당히 해!"

피피가 화가 나서 말했어요.

"야, 너 무슨 말을 그렇게 해."

그러자 샤샤가 걱정스러운 표정으로 말했어요.

"그렇긴 해. 이따금씩 내가 노력해도 결국엔 바뀌지 않을까 봐 두려워."

왈왈이가 주스를 빨아 마시며 덧붙였어요.

"우리가 아무리 앞장서서 환경을 생각해도 길에 쓰레기를 버리고, 에어컨을 켜놓고, 음료수를 남긴 채 분리수거하는 사람들 때문에 소용없어. 우리 몇 명이 해봤자 의미 없잖아."

샤샤도 고개를 끄덕이며 말했어요.

"맞아. 우리 몇 명이 해봤자 밑 빠진 독에 물 붓기 같아…"

그러자 피피는 결연한 표정으로 말했어요.

"다른 동물들이 그럴수록 우리라도 계속 실천해야지!"

타타는 친구들의 대화를 들으며 고민에 빠졌습니다. 그날 밤, 타타는 많은 생각이 들었어요.

"정말 밑 빠진 독에 물 붓기일지도 몰라⋯ 어렸을 때부터 변화가 없잖아. 그래도 아무것도 안 하고 있을 순 없어. 어떻게 하면 좋을까? 그래, 그 방법을 써보자!"

다음날 아침, 타타는 교장선생님께 아이디어를 설명드렸어요. 교장선생님은 학생들의 반발이 걱정되었지만, 타타의 열정에 마음이 움직였어요. 시간이 흘러, 현장체험학습 날 한 달 전, 무지개고등학교 교장 선생님은 아침 조회 시간에 폭탄 발언을 했어요.

"한 달 뒤, 현장체험학습의 목적지는 바로 재활용 선별장입니다!"

예상대로 학생들은 얼굴을 찌푸렸어요. 보통은 놀이공원이나 동물원을 가는데, 재활용 선별장이라니요. 타타는 친구들의 반응을 보며 마음을 졸였어요. 교장선생님은 거기에 더해 더 청천벽력같은 말을 했어요.

"현장체험학습 날까지 재활용을 더 빡빡하게 검사할 예정입니다. 그리고 활동 내용은 생기부에도 기재됩니다."

날벼락 같은 소식에 학생들은 패닉에 빠졌어요. 평소에 대충 하던 분리수거를 제대로 하자니 방법을 몰랐죠. 비닐이 코팅된 종이는 비닐인지 플라스틱인지, 스프링 노트의 스프링은 어떻게 빼야할지 도대체 감이 오지 않았어요. 지금이야말로 타타가 실력을 발휘할 때였죠.

"비닐이 코팅된 종이는 일반쓰레기에 버려야 돼. 어엇, 빨대는 플라스틱이 아니라 일반쓰레기야. 스프링 노트의 스프링은 이렇게 하면 쉽게 쏙 뺄 수 있어."

모두들 서툴었지만 자신의 생기부를 위해, 그리고 조금은 지구를 돕는다는 생각에 열심히 참여했어요. 시간이 흘러, 현장체험학습 당일, 학교 선생님들과 학생들은 분주하게 준비한 재활용 쓰레기를 들고 드디어 재활용 선별장에 도착했어요. 버스에서 내린 왈왈이는 투덜거렸어요.

"으익, 냄새. 이게 뭐야, 원래대로라면 놀이공원에서 신나게 롤러코스터를 타고 있을 텐데…"

피피가 말했어요.

"그만하고 재활용한 거나 날라. 우리가 그동안 열심히 재활용한 거잖아. 목적지에 데려다줘야지."

선별장 입구에서 기다리고 있던 재활용 선별원이 웃으며 타타와 친구들을 반겼어요.

"오늘 여기까지 오시느라 수고 많으셨습니다."

학생들은 냄새와 어수선한 분위기에 조금 지쳐 보였지만, 재활용 선별원의 말에 궁금증

이 생긴 듯 서서히 선별장 내부로 들어갔어요. 재활용 선별원은 학생들에게 재활용품이 처리되는 과정을 보여주었어요. 큰 기계들이 돌아가며 플라스틱, 캔, 종이를 분류하고 있었죠. 하지만 그 옆에는 잘못된 분리배출로 인해 처리되지 못하고 쌓여 있는 쓰레기들도 있었어요.

"여기 보이시죠? 이건 재활용이 될 수 있었지만, 잘못 분리배출되어 결국 폐기물로 처리될 쓰레기들입니다. 여러분이 올바르게 분리배출하면 이런 낭비를 줄일 수 있어요."

학생들은 산처럼 쌓인 쓰레기를 보며 웅성거리기 시작했어요. 왈왈이는

어이없다는 표정을 지으며 말했어요.

"우리가 이렇게 노력해도 이렇게 많이 버려지면 무슨 소용이야."

그러자 피피가 반박했어요.

"아니야, 우리가 조금씩이라도 더 올바르게 하면 이 쓰레기 산이 줄어들 겠지. 적어도 우리가 할 수 있는 건 해야 해."

타타는 주변을 둘러보며 조용히 재활용 선별원에게 물었어요.

"그럼 저기 있는 쓰레기들은 어떻게 되는 거예요?"

재활용 선별원은 아쉬운 표정을 지으며 답했어요.

"저 쓰레기들은 결국 소각되거나 매립될 수밖에 없어요. 하지만 여러분 처럼 열심히 분리수거를 실천한다면, 이런 쓰레기들의 양을 크게 줄일 수 있답니다."

재활용 선별원의 말이 끝나자, 타타는 조심스럽게 손을 들었어요.

"저희가 재활용한 것들은 제대로 분류되었을까요? 저희가 열심히 했지만 실수가 있었을 수도 있어서요."

재활용 선별원은 미소를 지으며 고개를 끄덕였어요.

"좋은 질문이에요! 오늘 여러분이 직접 가져온 쓰레기들을 분류하고, 우 리가 준비한 기계에 투입해보면서 얼마나 올바르게 했는지 확인해봅시다."

학생들은 처음엔 꺼려했지만, 점점 분리수거에 몰두하기 시작했어요. 타 타는 친구들에게 분리수거 요령을 설명하며 도왔어요.

"여기 비닐은 투명한 비닐만 재활용 가능해! 그리고 이 페트병은 라벨을 안 떼면 재활용이 안 돼. 조심해."

학생들이 분류한 쓰레기들은 기계로 투입되었고, 분류 결과가 모니터에 나타났어요. 재활용 선별원은 결과를 보며 박수를 쳤어요.

"여러분, 정말 잘하셨어요! 처음에는 실수도 있었지만, 시간이 지날수록 분류가 점점 정확해졌어요. 특히 오늘처럼 열심히 하면, 이런 작은 실천이 큰 변화를 만들 수 있답니다."

학생들은 점점 뿌듯해 보였어요. 왈왈이도 작게 중얼거렸어요.

"생각보다 그렇게 나쁜 건 아니네."

샤샤도 희미하게 웃으며 말했어요.

"내가 이렇게까지 할 줄 몰랐는데, 조금은 의미 있는 것 같아."

그날 이후, 무지개고등학교 학생들은 분리수거에 대해 더 신중해졌어요. 왈왈이는 친구들에게 재활용 요령을 알려주는 모습을 보였고, 샤샤는 스스로 올바르게 실천하면서 다른 친구들을 격려했어요. 타타의 노력은 교내 학생들에게 큰 변화를 일으켰고, 이 소식은 다른 학교에도 전해졌어요. 많은 학교가 재활용 선별장 체험을 도입하면서 지역사회에도 큰 영향을 미쳤어요. 1년 후, 무지개고등학교는 환경 보호를 위해 열심히 노력한 "모범 학교"로 선정되었고, 타타는 미소를 지으며 말했어요.

"작은 물방울이 큰 바다를 만든다더니, 우리도 그렇게 될 수 있구나."

그렇게 아기 곰 타타와 친구들은 지구를 지키기 위해 한 발 더 나아갈 수 있었습니다.

12장

정직

신뢰를 구축하는 든든한 기초

정직은 있는 그대로 자신의 모습을 꾸미지 않고 말과 실천으로 보여주는 것이다. 갈등과 충돌이 많은 이 세상에서 사람들은 여러 가지 방어막을 치고, 보다 두꺼운 갑옷을 입으며 자신을 보호하면서 살고 있다. 정직은 그러한 방어막과 갑옷이 없어도 갈등과 충돌로부터 안전한 벽을 쌓아 사람들을 보호해준다. 집요하리만큼 솔직하고 자신의 부족함까지 그대로 드러낼 수 있다면 사람들은 더 이상 당신에게 경계하지 않고 더 이상 방어막을 치고 갑옷을 입지 않을 것이다. 을 것입니다. 우리는 솔직하고 정직해져야 한다. 그런 의미에서 정직은 오히려 강력한 무기라고 할 수 있다. 결국 사람의 마음을 열게 하고 움직이게 하는 것은 진정성 있는 정직함이고, 그 진정성은 긍정적인 에너지를 선물한다.

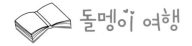 돌멩이 여행

정하윤
입상, 홈스쿨

　나는 지금 포동포동한 소가 느긋하게 걸으며 끌고 있는 수레에 타고 있다. 잘 닦이지 않은 흙바닥을 지날 때마다 수레가 덜컹거리는 바람에 멀미가 나려 한다. 그리고 비가 한동안 오지 않았는지 건조하기 짝이 없는 황토색 먼지가 뽀얗게 일어나서 목이 매캐하다. 어딜 봐도 빌딩들이 세워져 있고, 바닥은 대리석 아니면 아스팔트로 되어 있는 번쩍번쩍한 곳에 살았던 내가 나무들이 가득하고 흙바닥에 돌멩이가 콕콕 박혀 있는 이곳에 온 이유인 보잘것없는 돌멩이를 내려다봤다. 모든 일의 시작은 이 울퉁불퉁하고 거칠거칠한 회색 돌멩이였다.

　나는 27살의 미혼 청년이고, 부모님은 몇 년 전에 돌아가셨다. 나는 정말 화려한 도시에서 살았다. 그 도시의 이름은 쿰티칼. 스레오 왕국의 수도였다. 쿰티칼은 발전된 도시였지만 그만큼이나 부패한 곳이었다. 경찰은 언제나 뇌물을 많이 준 편의 손을 들었기에 신고해도 제대로 해결되는 일이 하나도 없었다. 사람들은 허구한 날 '제대로 된 사람이 나타나야 한다'고 했지만, 나서지는 않았다.

어느 날 나는 일주일째 공사 중이라 시끄러웠던 건물이 오늘은 조용한 걸 알고 건물이 어떻게 완성됐는지 궁금해서 늦은 저녁쯤에 구경하러 갔다. 하지만 그 자리에는 낡아빠진 오두막집만이 덩그러니 서 있을 뿐이었다. 아무리 봐도 막 공사를 끝낸 새 건물이라는 생각이 들지 않았다. 이게 도대체 누구의 소유인지 궁금했지만, 누군가의 이름이나 어느 회사 이름은 커녕 아무 단서도 찾을 수 없었다. 안에도 사람이 없는 듯했다. 나는 오두막집 안에 들어가 보고 싶은 충동이 일었다. 문을 열자 끼익 소리가 나며 기분 나쁜 냄새가 스멀스멀 새어 나왔다. 코를 막으며 안으로 들어갔다. 겉모습과는 달리 안은 꽤 잘 정돈되어 있었다. 나는 긴장을 풀고 집 안을 둘러보았다. 작은 탁자 하나가 눈에 띄어서 가까이 가 보니, 내 주먹의 절반만 한 회색 돌멩이가 놓여 있었다. 그리고 그 옆에는 튼튼하게 생긴 금고가 있었다. 이게 뭘까 싶어서 돌멩이를 집어 들어 요리조리 살펴보는데, 밖에서 인기척이 들렸다. 나는 기겁하고 도망쳐 나왔다.

그렇게 오두막집 밖으로 뛰쳐나온 내 손에는 그 돌멩이가 들려 있었다. 나는 쿵덕쿵덕 뛰는 심장을 부여잡고 풀숲에 숨었다. 머리부터 발끝까지 검은색 옷을 입고 머리에 까만 두건까지 두른 남자가 오두막집으로 들어갔다. 어둑어둑한 늦저녁에 검은 두건이라니, 왠지 모르게 수상했다. 그는 숨을 헐떡이는 동시에 굉장히 불안한 표정을 짓고 있었다. 나는 다시 한번 놀라며 내 집으로 돌아갔다. 솔직히 그 후에도 나는 돌멩이를 돌려놓을 기회가 여러 번 있었다. 하지만 이게 뭐길래 탁자 위에 혼자 놓여 있었던 건지 알기 전까지는 돌려놓고 싶지 않았다. 그래서 오두막집에서 '돌멩이 어딨어!'하는 고함이 들려도 돌멩이를 더욱 은밀한 곳에 숨기기만 했다. 이상한 점은 그럴수록 머릿속에 안개가 낀 듯 생각을 잘할 수가 없다는 것이었다. 나는 전혀 죄책감을 느끼지 않았다.

그렇게 며칠이 지났는데, 깜짝 놀랄 소식을 듣고야 말았다. 아침 식사를 하며 본 뉴스에서. 그 남자가 엄청난 금액이 걸린 현상 수배범이었다는 걸 알게 된 것이었다. 그는 일주일 전 야바쿰 왕국의 수도에서 세상에 단 하나밖에 없는 노란 다이아몬드를 훔쳐 달아났다고 했다. 그런데 도둑은 검거됐지만, 그 다이아몬드는 현재 행방을 알 수가 없다는 소식이었다. 나는 이 소식을 듣고 현기증을 느낄 수밖에 없었다. 왜냐하면 내가 오두막집에서 훔쳐 온 그 돌멩이가 노란 다이아몬드에 진흙을 입힌 거라는 것을 어제저녁에 대해 알게 된 상태였기 때문이었다. 이렇게나 심각한 문제가 될 거라고는 전혀 상상해 보지 않고 부자가 될 생각에 신나있던 나는 헛구역질이 날 것만 같았다. 뉴스를 듣고 상황이 심각하다는 걸 알게 된 순간 뿌옇던 머릿속이 맑아져 내가 아주 더럽고 추악한 짓을 했다는 걸 알게 된 것이다. 나는 도둑에게서 노란 다이아몬드를 훔쳤고, 되돌려 주지도 않았다. 오히려 숨기기에 바빴다. 이 행동은 도둑에게서 훔쳤다 하더라고 명백한 도둑질이었다. 이제 나의 잘못으로 떠맡게 된 이 문제는 내가 해결해야만 했다. 전에 말했듯이 경찰이든 관리든 모두 부패해서, 이 노란 다이아몬드를 나라에 맡겼다간 원래의 주인에게 온전히 돌아갈 확률은 없다는 걸 잘 알고 있기 때문이었다. 나는 내 잘못을 참회하는 마음으로 이 다이아몬드를 원래의 주인에게 돌려주고 싶었다. 그래야만 한다고 생각했다. 그래서 나는 돌멩이, 아니 노란 다이아몬드를 주인에게 돌려주기 위한 여행길에 올랐다. 뉴스에서 도둑이 야바쿰 왕국의 수도인 호라샤에서 노란 다이아몬드를 훔쳤다고 했으니, 우선 야바쿰 왕국으로 가기로 했다. 다행히 바로 옆에 있는 나라였다. 가방 하나에 물과 먹을 것, 돈, 옷 몇 벌 정도만 챙겨서 쿰티칼을 떠났다.

나는 돈을 아끼기 위해 조금 느리지만 사천오백 쟈웅으로 가격이 싼 수레를 타기로 했다. 그래서 지금 내가 이 덜컹거리고 먼지가 폴폴 나는 이 수레에 몸을 싣고 있다. 나는 막막함에 한숨을 쉬었다. 단서 하나 없이 넓고 넓은 호라샤에서 어떻게 다이아몬드 주인을 찾을 수 있을까? 처음에는 '노란 다이아몬드의 주인을 찾습니다.'라는 내용의 전단을 돌릴지 생각해 봤지만, 사람들이 너도나도 자기가 주인이라고 몰려들 게 분명해서 포기했다. 생각보다 쉽지 않을 것 같았다. 나는 머리에서 김이 나도록 열심히 머리를 굴렸다. 우선 다이아몬드를 쓸 만한 상황을 생각해 봤다. 결혼식, 청혼, 축제나 파티, 그리고 특별한 선물 같은 곳에 쓰는 경우가 많을 것 같았다. 물론 왕실이나 아주 부유한 사람이 주인일지도 몰랐지만 그렇지는 않다고 생각했다. 왜냐하면 그런 돈 많은 사람이었다면 공개적으로 다이아몬드를 찾을 수 있기 때문이었다. 그리고 경비도 튼튼하게 할 수 있을 테니 도둑맞을 염려는 오히려 일반인들이 더 많았다. 그래서 노란 다이아몬드의 주인은 아주 부유하지는 않고, 최근 한 달간 결혼을 했거나, 청혼을 받았거나, 축제나 파티를 연 사람이라는 결론을 내렸다. 여기에 덧붙이자면 아주 가난한 사람도 아니라고 추측했다. 노란 다이아몬드는 굉장히 비싸니까. 나는 이 정도 생각해 낸 걸 자랑스럽게 여기며 수레 위에서 잠이 들었다.

다음 날 아침이었다. 나는 이제 수레에 완벽하게 적응해서 덜컹거리는 움직임도, 뭉게뭉게 피어나는 먼지도 다 괜찮아졌다. 그래서 생각하기 훨씬 수월했다. 오늘은 더욱 많은 걸 생각해 냈다. 어제 보석의 주인은 아주 부유하지도 가난하지도 않되, 최근 한 달간 큰 행사나 특별한 이벤트를 한 사람이라고 결론을 내렸었는데, 조금 생각을 고쳤다. 아주 부유하지도 가난하지도 않다는 건 같지만 최근 큰 행사나 특별한 이벤트를 준비했다가 문제가 생겨 아직 진행하지 못한 사람일 거라고. 노란 다이아몬드는 세상에 단 하나밖에 없는 굉장히 특별한 존재이니, 이것이 사라졌다면 행사의 핵심 요소가 빠진 셈이다. 그러니 아직 행사나 이벤트를 진행하지 못했을 것이다. 그렇게 생각하니 실마리를 찾아서 기뻤지만 슬픔에 잠겨 있을 보석 주인이 떠올라 조급해졌다.

마침, 수레가 목적지인 야바쿰 왕국의 수도, 호라샤에 도착했다. 나는 소를 몰아 이곳까지 나를 데려다준 수레 주인에게 팁까지 주었다.

"여기, 오천 쟈웅입니다."

"와, 오백 쟈웅이나 더 주신다니! 감사합니다, 손님. 안녕히 가세요!"

다행히 호라샤는 수도라서 숙박 시설이 많았다. 그리고 쌌다. 이쯤에서 이야기해야겠는데, 야바쿰 왕국은 좀 가난한 나라이다. 왜냐하면 내 본국인 스레오 왕국이 오랫동안 야바쿰 왕국을 지배했기 때문이다. 스레오 왕국은 야바쿰 왕국을 바탕으로 크게 발전할 수 있었지만, 야바쿰 왕국은 몰락할 수밖에 없었다. 이러한 역사적 배경 때문에, 두 왕국은 언어도 같고 화폐도 같았다. 하지만 다른 점이 있다면 스레오 왕국은 부패하고 타락했지만, 야바쿰 왕국은 정직하고 깨끗한 나라라는 것이다. 나는 돈이 좀 있었지만 종일 밖에 돌아다닐 것 같아서 적당한 가격의 숙소를 3일 예약했다. 숙소에 들어가 점심 식사만 하고 밖에 나왔다. 더는 단서를 생각해 낼 수 없어서 그냥 발로 뛰며 사람들에게 물어보기로 한 것이다. 당장 눈에 보이는 가정집부터 문을 두드렸다.

"안녕하세요. 계십니까?"

남색으로 칠해진 금속 문이 조금 열리고 중년의 여성이 머리를 빼꼼 내밀었다.

"누구세요?"

"아, 사람을 찾고 있는데요."

"아마 우리 집에는 없을 거예요. 집안에 안 좋은 일이 생겨서 그러니 이만 가주시겠어요?"

그녀가 이렇게 말하더니 다시 문을 닫으려고 했다.

"잠시만요! 잠시만요! 중요한 일이라서요. 혹시 최근 한 달간 귀중한 물건을 잃어버리셔서 큰 행사나 중요한 이벤트를 못 한 적이 있으신가요?"

"어! 어떻게 아셨어요? 제 딸의 결혼식이 이주 전이었는데, 귀한 보석을 도둑맞았지, 뭐예요. 그리고 여러 다른 문제도 생겼고요. 그래서 결혼식이 취소됐지요. 댁은 누구시길래 우리 집 사정을 아십니까?"

이 말을 듣고 잔뜩 기대했다. 설마, 한 번에 찾은 건가?

"혹시 그 도둑맞은 귀한 보석이 노란 다이아몬드인가요?"

부인이 놀란 듯 눈을 크게 뜨고 멈칫했다.

"그냥 오신 분은 아닌 것 같군요. 안으로 들어오셔서 편하게 이야기 나눌까요?"

나는 기분이 정말 좋았다. 이 많고 많은 집 중에 이 집을 바로 찾다니! 운이 정말 좋군. 나는 부인의 말대로, 집으로 들어가 거실에 있는 탁자에 앉왔다. 그곳에는 부인의 남편으로 보이는 사람이 이미 앉아 있었다. 부인은 남자에게 소곤소곤 말하더니 과일을 좀 가져오겠다며 방을 나갔다. 남자는 웃으며 말을 걸었다.

"안녕하세요. 저는 아샬룸 키루다라고 합니다. 57살입니다. 25살짜리 딸 하나 있고요. 선생님은 이름과 나이가 어떻게 되십니까?"

나보다 분명 나이가 훨씬 많은데도 나를 존중해주는 듯한 어조여서 기분이 좋았다.

"아, 저는 27살 붐키토 히오벳입니다."

"들자 하니 노란 다이아몬드에 대해 아신다고?"

"네, 자세히 설명해 드리지요."

나는 내가 어떻게 여기까지 오게 되었는지 설명했다.

"이렇게 해서 노란 다이아몬드를 돌려드리러 왔습니다."

나는 이제껏 소중하게 모셔 온 돌멩이를 꺼냈다. 키루다 씨가 돌멩이를 집은 채로 물이 가득 담긴 유리잔 안에 손을 넣고 살살 흔들었다. 그러자 바싹 말라 딱딱해진 진흙이 서서히 떼어지며 노란 다이아몬드가 모습을 드러냈다. 키루다 씨는 눈물을 흘리며 다이아몬드의 물기를 닦았다. 나는 그가 기뻐서 그러는 줄 알았다. 하지만 그게 아니라는 걸 금세 깨달았다. 키루다 씨의 눈은 기쁨의 눈물이 아닌 슬픔과 절망의 눈물을 쏟아내고 있었기 때문이었다. 나는 의아해하며 물었다.

"키루다 씨, 도둑맞은 다이아몬드를 찾았는데 기쁘지 않으세요? 왜 우십니까?"

그가 눈물을 훔치며 대답했다.

"히오벳 씨, 이 다이아몬드는 차라리 없었으면 좋을 뻔했소. 집안일이기는 하지만 잘 들어보시오, 내가 왜 슬퍼하는지. 아까 말했듯이 나에게는 25살이 된 딸이 있는데, 그 아이는 이 노란 다이아몬드로 만든 결혼반지를 끼고 결혼할 예정이었소. 하지만 다이아몬드를 도둑맞았고 애초에 돈을 보고 접근했던 그 남자는 사라져 버리고 말았소. 내 딸은 돈만 밝히는 그런 남자에게 상처를 받아서 지금 아주 우울하게 지내고 있다오. 앞으로 정말 정직하고 양심 있는 사람이 아니라면 만나지도 않겠다더군. 이러니, 내가 이 다이아몬드를 저주할 수밖에 없지 않겠소? 이게 없었다면 그 남자와 내 딸이 결혼할 뻔하지 않았을 테고, 딸도 즐겁고 행복한 아가씨로 남아있었을 텐데."

나는 아가씨가 너무나도 가엽게 느껴졌다. 그래서 아가씨를 위로해 주고 싶었다. 나는 키루다 씨에게 따님을 만나 뵐 수 있는지 물었다. 그러자 그는 당연하다는 듯 허락해 주었다. 나는 잠시 다녀올 곳이 있다고 한 뒤 그 집을 나왔다. 아가씨에게 줄 선물도 사고, 내가 갑자기 아가씨를 만나면 그녀가 당황할 것 같아서 시간을 줄 의도였다. 나는 길거리를 돌아다니며 무엇을 선물로 줄지 고민했다. 그러다가 아주 예쁜 처음 보는 꽃을 발견했다. 한 상인이 팔고 있었는데 딱 한 송이만 남아있었다. 하는 수 없이 한 송이와 화병, 물을 사서 화병에 물을 붓고 꽃을 꽂았다. 그랬더니 정말 아름다워 보였다. 나는 꽃이 시들까 봐 걱정돼서 서둘러 아가씨를 만나러 갔다. 문을 두드리니 키루다 씨가 반갑게 맞아주며 딸은 정원에 혼자 있다고 알려 주었다. 나는 긴장되는 마음으로 그녀에게 다가가 인사를 했다.

"안녕하세요, 저는 붐키토 히오벳입니다. 아버님과 만났는데 따님이 우울해하신다고 하셔서 왔습니다."

키루다 씨의 딸이 고개를 돌리자 긴 갈색 머리카락이 찰랑거렸다.

"안녕하세요 히오벳 씨. 저는 아샬룸 키루다의 딸 아리스 키루다에요."

나는 아리스의 얼굴을 보고 한눈에 반하고 말았다. 투명하고 상냥해 보이는 눈, 부드러운 코, 야무진 입술까지 정말 아름다웠다! 나는 아리스와 이야기를 즐겁게 이야기를 나누었다. 분위기도 좋고 많이 친해졌을 때, 내가 선물로 사 온 꽃을 내밀었다. 그런데 아리스가 선물을 보더니 얼굴이 빨개졌다. 내가 당황해서 왜 그러냐고 묻자, 그녀가 수줍어하며 대답했다.

"이 꽃은 브바두 꽃이에요. 여러 송이라면 상관없지만 한 송이를 이성에게 선물하면 청혼한다는 뜻이 있어요."

나는 상상치도 못한 말에 말도 못하고 우물쭈물했다. 아리스가 다시 말을 이었다.

"저는 당신이 좋아요. 그러니 당신에게 브바두 꽃 한 송이를 드릴게요."

그러더니 발밑에 피어있던 브바두 꽃을 꺾어 나에게 건넸다. 이게 내 '돌멩이 여행'의 결말이다. 이후에는 모든 일이 순식간에 진행됐다. 나와 아리스는 서로의 청혼을 받아들였고, 결혼식을 올렸다. 그 아름답고 행복한 결혼식에는 노란 다이아몬드로 만든 결혼반지를 낀 신부와 신랑이 등장했다. 아리스와 나는 단란한 가정을 꾸렸다. 나는 지금까지도 아리스에게 '우리는 정직과 양심이 맺어준 사이'라고 말하곤 한다….

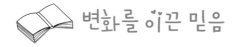 변화를 이끈 믿음

조모현

입상, 마산제일고등학교

옛날, 작은 마을에 희망이라는 소녀가 살고 있었습니다. 그녀는 항상 밝은 미소를 지으며, 마을 사람들에게 긍정적인 에너지를 전하는 아이였죠. 희망은 언제나 사람들에게 이렇게 말하곤 했습니다.

"희망은 우리가 손에 쥐는 것이 아니에요. 그것은 우리가 찾지 않으면 결코 보이지 않죠."

그러나 마을 사람들은 그녀의 말을 잘 이해하지 못했습니다. 마을 사람들은 대개 현실적이고 실용적인 사람들로, 희망의 말을 단지 어린아이의 허황된 꿈이라고 여겼습니다.

"그게 무슨 뜻이야?"

사람들은 의문을 품으며 희망의 말을 흘려들었습니다. 그 마을 근처에는 숲이 있었고, 그 숲에서는 최근 몇 달 간 가뭄이 심각해졌습니다. 마을 사람들은 이 문제를 해결할 방법이 없다고 느끼며, 더 이상 희망을 갖지 못했습니다.

"이건 우리가 아무리 노력해도 해결할 수 없는 문제야,"

마을 사람들은 절망적인 목소리로 말했습니다. 그러나 희망은 그들의 말을 듣고도 희망을 잃지 않았습니다. 희망은 작은 씨앗을 손에 쥐고, 마을 사람들에게 항상 말했습니다.

"이 씨앗은 언젠가 큰 나무가 될 거예요. 하지만 그 나무는 바로 자라지 않을 거예요. 그럼에도 불구하고, 나는 매일 이 씨앗에게 물을 줄 거예요."

사람들은 희망의 말을 듣고 웃었습니다.

"그 씨앗이 자라지 않는다고? 그럼 물을 주는 의미가 없잖아. 그냥 시간 낭비 아니야?"

그들은 희망의 말에 의심을 품으며, 웃으며 지나쳤습니다. 하지만 희망은 굳건히 씨앗에게 물을 주었습니다. 매일 아침, 그 작은 씨앗에 물을 주며 희망은 다시 한 번 말했습니다.

"나무는 자라지 않겠지만, 내가 물을 주는 이 행동 자체가 중요한 거예요. 아무리 작은 일이라도 꾸준히 하면 결국 변화가 생길 거예요."

마을 사람들은 그 모습을 이해할 수 없었습니다.

"왜 그렇게 물을 주는 거지? 자라지 않는 씨앗에 물을 주면 결국 물만 낭비하는 거 아닐까?"

그들은 걱정하며 말했지만, 희망은 그들의 질문에 대답하지 않았습니다. 그녀는 여전히 씨앗에 물을 주는 일을 계속 했습니다. 시간이 흘러가면서, 마을 사람들의 마음도 조금씩 변하기 시작했습니다. 그들은 희망이 하는 일을 보고, 점점 더 많은 사람들이 작은 씨앗을 심기 시작했습니다. 그들 중 아무도 씨앗이 자라기를 바라고 물을 준 것이 아니었어요. 그들은 단지 희망이 왜 씨앗에 물을 주는지에 대한 답을 알지 못했지만, '이렇게 하면 무언가 달라질 것이다'라는 희망을 품고 작은 씨앗에 물을 주었습니다. 그리고 어느 날, 마침내 기적처럼 큰 비가 내리기 시작했습니다. 숲은 급격히 푸르게 변하고, 그동안 마른 땅에서는 싹들이 자라기 시작했습니다. 마을 사람들은 그 모습을 보고 깜짝 놀랐습니다.

"우리가 이렇게 계속할 줄 몰랐는데, 정말로 변화가 일어났어. 비가 내리고, 나무가 자라기 시작했어!"

그들은 희망에게 고백했습니다. 그러나 희망은 그들의 말에 고개를 끄덕이며, 한 가지 중요한 사실을 전했습니다.

"맞아요. 하지만 이 변화는 우리가 그 씨앗이 자라지 않는다고 믿었기 때문에 일어난 거예요. 자라지 않는 씨앗이 자라게 된 것은 바로 우리의 믿음 덕분이에요."

마을 사람들은 여전히 그 말을 이해할 수 없었습니다.

"그럼, 결국 자라지 않는 씨앗이 자라게 된 이유는 그 씨앗이 자라지 않아서였다?"

마을 사람들은 물었습니다. 그 질문에 대해 희망은 한참 동안 생각하더니, 웃으며 이렇게 말했습니다.

"네, 맞아요. 그 씨앗이 자라지 않았기 때문에 우리는 더 많은 씨앗을 심고, 더 많이 물을 주었어요. 씨앗이 자라지 않는다고 믿었기 때문에, 우리는 다른 방법을 찾고, 다른 방식으로 계속 노력했어요. 그리고 그 결과로 변화가 일어난 거죠."

희망은 단지 씨앗에 물을 준 것이 아니라, 마을 사람들에게 중요한 교훈을 전한 것이었습니다. 그것은 '희망은 우리가 믿고 행동하는 힘으로부터 온다'는 진리였습니다. 그녀는 마을 사람들에게 희망을 어떻게 키우고, 그것을 실천으로 옮길 수 있는지를 보여준 것이었습니다. 마을 사람들은 이제 희망의 말을 이해하기 시작했습니다. 그들은 이제 더 이상 절망하지 않고, 작은 일에도 희망을 품고 꾸준히 노력하기 시작했어요. 그리고 결국, 마을은 아름답게 변화하였고, 희망은 그 변화를 이끌어낸 진정한 원동력이었습니다.

Dream! OwnYourStory!

나만의 이야기로 꿈을 그리다

초판 1쇄 발행 | 2025년 3월 15일

지은이 | 박하연외 33명
펴낸 곳 | 사단법인 희망도서관
등록일 | 2023년 1월 8일

발행처 | 도서출판 가이오
출판등록번호 | 제2024-000005호
주소 | 주소 경기도 수원시 장안구 경수대로 1022
문의 | 031-253-5550, shalomqt@hanmail.net

가격 | 15,000원
ISBN | 979-11-986695-2-0 43810